女兵方队

艾蔻 ◎ 著

五次大阅兵背后的故事

河北出版传媒集团
花山文艺出版社
河北·石家庄

图书在版编目（CIP）数据

女兵方队：五次大阅兵背后的故事 / 艾蔻著.
石家庄：花山文艺出版社，2024.10. -- ISBN 978-7
-5511-7367-4

Ⅰ．Ⅰ25
中国国家版本馆CIP数据核字第20247TZ399号

书　　名：	**女兵方队**——五次大阅兵背后的故事
	Nübing Fangdui——Wu Ci Da Yuebing Beihou De Gushi
著　　者：	艾　蔻
选题策划：	郝建国
出版统筹：	李　彬　　王玉晓
责任编辑：	申　强　　尹志秀　　霍雅楠
责任校对：	李　伟
封面设计：	李关栋
美术编辑：	陈　淼
出版发行：	花山文艺出版社（邮政编码：050061）
	（河北省石家庄市友谊北大街330号）
销售热线：	0311-88643299/96/17
印　　刷：	河北新华第一印刷有限责任公司
经　　销：	新华书店
开　　本：	880mm×1230mm　1/16
印　　张：	18.75
字　　数：	210千字
版　　次：	2024年10月第1版
	2024年10月第1次印刷
书　　号：	ISBN 978-7-5511-7367-4
定　　价：	58.00元

（版权所有　翻印必究·印装有误　负责调换）

目 录

引子 …………………………………………………… 1

1984 女卫生兵方队 …………………………… 3

    意外出现了 ………………………………………… 5

    集结！四百二十二名女兵 ………………………… 8

    长达十五秒的静站 ………………………………… 18

    焦头烂额的教练员 ………………………………… 25

    夏日奇冰 …………………………………………… 35

    皮靴啊，裙子啊，焕然一新 ……………………… 40

    你好，斜线 ………………………………………… 48

    银杏树的果子 ……………………………………… 57

1999 女兵方队 …………………………………… 65

    长号在前 …………………………………………… 67

    大场面 ……………………………………………… 73

    一起减肥吧 ………………………………………… 85

又见沙河机场	94
数以吨计的汗水啊	100
调步子的人	107
想去仪仗队看"火花"	112
友邻	118
南池子街口一朵小花	122

2009 三军女兵方队 127

阅兵史上最大的数字	129
第一场雪	134
良乡的日日夜夜	138
向女神致敬	143
最牛排面	148
同心同行	158
在雨中	166
青春啊,各奔东西	175

2015 白求恩医疗方队 183

恋爱中的宝贝	185
唯一的女兵方队	190
战争,女人从未走开	194
学兵的逆袭	199
从素描到油画,从油画到水墨丹青	205
女将校领队	211
太阳照常升起	215
管亚新,我找了你三十年	223

2019 女兵方队 229
集结！五百零二名女兵 231
拥抱的力量 236
女兵堆里的男干部 240
医务室里欢乐多 248
历史总有惊人的相似 253
中秋之夜 259
星光熠熠 265
执念 271
即将踏上征程 281

尾声 291

引　子

　　比起京城的繁华闹市，这里的傍晚有些过于安静。秋色渐浓，小径上梧桐树的落叶多了起来，不知从哪天开始，黑蚱蝉们集体收声，回旋在耳边此起彼伏的嘶鸣仿佛转移到了另一座星球。

　　每天晚饭后，石华会独自散步，沿着小区花园的石板路走上一个小时。多年来，石华始终保持着七十五厘米的步幅和每分钟一百一十六步的步速。没人能跟上她的步子。亲友们抱怨，这是散步不是行军，可对她来说，深入骨髓的习惯改不了了。

　　1982年入伍，1991年离开解放军三〇一医院的石华几乎是战友中最早转业的一批，在中远集团工作了近三十年。无论什么时期，不管结识的是新同事还是新朋友，稍作接触，对方便会礼貌又好奇地问一句——

　　"您当过兵吧？"

　　曾经的军人身份被反复识破之后，石华不得不感叹，那七个月的塑造竟伴随了她一生。

最近，她迷上了绘画。仅半个月的时间，完全没有基础的石华交出了令辅导老师甚为惊讶的好作品。石华本人也很诧异，没想到自己还有如此天赋，与此同时，这种痴迷也令她大感不解，原本在散步时放空的脑子，不听使唤地冒出各种画面。美妙的线条，生动的笔触，还有那变幻无穷的色彩与光影，引得石华手痒痒，恨不得赶紧回家挥舞画笔。明年就要退休了，谢秋娜再次向她发出了邀请，加入受阅女兵合唱团的事本该欣然答应，可现在又萌生出宅在家里潜心作画的退休计划。石华陷入了两难。

手机不停地提示有新的微信消息，群里叽叽喳喳闹个不停，都是关于明天的阅兵庆典的。从1984到2019，已经三十五年了。一切过往，皆为序章，与阅兵有关的往事，石华并不愿轻易提起，尽管那段非凡经历早已深深镌刻在了她的灵魂中、记忆里。

1984 女卫生兵方队

1999

2009

2015

2019

意外出现了

"分列式——开始!"

随着阅兵副总指挥一声令下,威严的军乐响起,沿东长安街北侧一字排开的庞大队伍同时调整队形,完成由阅兵式转为分列式的准备。这是中华人民共和国成立三十五周年国庆阅兵中最受瞩目的环节,四十二支受阅方队将依次通过天安门,向世人展示中国军队现代化建设取得的显著成就。

天安门广场披上了节日盛装,五星红旗迎风招展,人民英雄纪念碑巍然耸立,金光闪烁的"人民英雄永垂不朽"八个大字连同碑座上庄严肃穆的巨幅石雕,与高挂在城楼正面的毛泽东画像遥相辉映。城楼上红彤彤的宫灯格外夺目,鲜花簇拥的观礼台上坐满了各界人民代表和各国来宾。

由陆海空三军指战员组成的仪仗队护卫着威严的八一军旗率先亮相,紧跟其后的是军事学院方队,头戴金黄色风带大檐帽、身着纯毛凡尔丁新军服的学员步伐铿锵,意气风发。接下来,海军学院方队、空军学院方队、炮兵学院方队……全军各军事院校的代表方队悉数登场。

步兵方队开始正步通过天安门,位于十八支徒步方队尾部的女卫生兵方队已接近东观礼台。女卫生兵方队位于空降兵方队之后、中国人民武装警察部队方队之前。

东观礼台越来越近,很快就要抵达东华表。两位领队迈过整齐线的一刹那,会以高亢嗓音下达"向右看"的口令,届时方队将闻令而动,全体女兵向右转首四十五度,齐步换作正步。而石华则须继续保持头正颈直,牢牢把控住整支队伍的方向。不能仰望天安门,是这位年仅十八岁的基准兵心中最大的遗憾。

方队组建之初,一米七三的石华就以绝对的身高优势站在了第一排面第一名的位置。军医学校大一学员石华略显青涩,队列里许多队员都是她的学姐,不仅思想成熟,举止谈吐间也都透着自信与洒脱,军区各单位选来的战士更兼具老兵的历练与风度,如此种种,无形中给石华带来了沉甸甸的压力。因此,即便每天刻苦训练,训练之外再加班加点,都无法让石华建立作为一名基准兵的绝对自信,而队友们质疑的声音潮水一般不断灌进她的耳朵。

有人说她罗圈腿,她就在睡觉前并齐双腿,用背包带捆住,每晚如此。有时躺下去了还不放心,又挣扎着坐起来,请同屋的战友帮她再勒紧一些。坚持了快一个月,终于被方队政委栗龙池知道了。

"你这不是自讨苦吃吗?"

"没事儿,政委,我能坚持。"

"赶紧给我停了!"栗龙池佯装生气,"不许再胡闹!"

"可我的腿不直……"

"谁说不直?你是太瘦了,增加些饭量就好了。"

栗龙池不放心,偷偷跟去训练场观察了她半天,嗯,精神饱满,踢腿有力,训练状态还是不错的。想了想还是不踏实,趁着休息间隙,又把石华叫到一边:"我刚才仔细看过了,你的腿型完全没问题,再说了,腿不直能让你当大排头吗?"

石华终于安下心来,背包带不再用了。然而,质疑的声音并未因此消失,可以说,在长达七个月的训练时期里,质疑声从未断过。实际上,不管是谁,只要站在0101这个备受瞩目的位置上,就注定要经受更多的磨砺与考验。后看前,左看右,后排看前排,排面看排头,这是方队标齐的基本法则,因此越靠右越靠前的位置,越需要保持动作的标准和稳定性。石华巨大的压力便来源于此,作为整个方队的基准兵,归根到底,所有人的步幅和速度都要以她为准。

基准兵石华(石华供图)

石华稳步向前,摆臂的力度与幅度早已在二百多天的不断重复中形成了肌肉记忆,炯炯有神的目光直视正前方的同时,还要用余光时刻留意左前方的孟伟与白俊萍,死死抠住基准兵与领队之间的位置关系。很多年之后,那个角度、那个距离,还会在梦中重现。在梦中,她依然能准确捕捉到任何一种细微的变化,然后迅速做出相应的调整。这种情形有点儿像手艺人历经成千上万次打磨凝结而成的近乎玄妙的一种感觉,一种"特异功能"。她的脚下,丝毫不差地保持着七十五厘米的步幅,步速则完美地踩踏在《分列式进行曲》的鼓点上。

意外，就在这个时候出现了。

与平时训练一样，三次天安门预演都按统一播放的军乐行进，而受阅当天是由军乐队现场演奏，并借助分置于天安门东西两侧的扩音喇叭进行传声。在队伍自西向东的行进过程中，军乐队的鼓点直接传到队伍前端，身后的扩音喇叭仍然清晰可闻，传声的滞后效应令二者相差了足足半拍。几乎是出于条件反射，孟伟和白俊萍作出了相同反应，右脚快速地向前垫了一步，合上了军乐队的节奏。

两名领队的调整令石华猝不及防，脑子里最先冒出的是别慌，保持镇定！念头闪过的同时，队伍已经又往前行进了四个步子，不能再这样耽误下去了！现在，石华用眼角的余光看到，领队的步伐正好跟整个队伍是相反的。

已经没有时间犹豫了。石华决定赶步子。

集结！四百二十二名女兵

石家庄火车站。一下火车，常文锦就差点儿摔一跤，石块铺筑的站台坑坑洼洼，人又多，好不容易挤出来，又走反了方向，折腾半天总算找到了军医学校的接站牌，一块刷过白漆的木板孤零零地斜靠在路边上。常文锦把背囊卸下来，掏出手绢擦了擦汗，都说天津热，没想到石家庄更热。不一会儿，两个穿军装的战友跑了过来，他们告诉常文锦，需要等一等，接站的卡车刚走。

一九八三级护理专业十队十班的宿舍在二楼东头，常文锦不紧不慢地铺床，整理内务柜，再把行李箱和多余的物品放进库房，一切都收拾妥当了，屋里还是她一个人。窗外的银杏树果实累累，一簇一簇的倒有些像桂圆呢，常文锦怔怔地望着。听说，这种稀有树种要生长二十年才能结出果实。

"你来得可真早哇！"门突然被推开，一个漂亮女孩儿大大方方地走了进来，"你好，我叫谢秋娜！"

"噢，你是班长。"常文锦只觉得眼前一亮，"你长得真好看！"

"你怎么知道的？"

"一看就知道啊。眼睛大大的，那个，皮肤也好……"没想到对方会这样问，常文锦反而不好意思夸了。

"哎呀不是——"谢秋娜一听，哭笑不得，连连摆手道，"我是说你怎么知道我是班长？"

"啊——占这个床位的都是班长。"常文锦转过身，指了指对面的下铺，木质的床沿上贴着毛笔书写的名牌。待在宿舍里无聊，每个人的名字都被她念过好几遍了。

两个人笑得前仰后合。

初次相见，常文锦就感受到谢秋娜身上有一种独特气质，具体是什么还说不上来，反正她就是喜欢。一九八三级新学员中有许多干部子女，谢秋娜也是，这个常文锦知道，大概和自己的情况差不多，从小在部队院里长大，父亲是军人。熟识之后，两人以"小秋""常子"互称，每天话题多得聊不完。

大一的课程并不轻松，尤其是解剖课，天天都有，第一次进解剖教室，偌大一间屋子就一张床，教学用的尸体需要每次课前从福尔马林里现捞上来，刺鼻的甲醛味熏得大家连连后退。可要想认清每一条神经每一根血管，就必须亲自去摸、去翻、去找。谢秋娜胆子大，经常第一个冲上去动手。班里有谁不敢的，她还会去做思想工作。而基护课是从练习洗手开始的，然后是无菌技术、生命体征检测技术、口腔护理技术，临近期末时，大家已经能相互扎针了。心思细密的常子基护操作拿了满分。

半年的同窗时光足以交到好朋友，足以结下难舍的友谊，一九八三级护理专业的女学员们在备考间隙一边憧憬着回家过年的喜悦，一边为即将到来的短暂离别暗自惆怅。她们并不知道，足以改写人生的重大事件就要降临。

寒假前最后一个星期天，小秋和常子终于轮到了一起外出。在人民商场，她们选了各自喜欢的羊毛衫，又买了一模一样的喇叭口牛仔裤，兴高采烈地跑去中山照相馆拍了张合影。常文锦一直珍藏着这张黑白照片，两个年轻姑娘手挽着手，笑靥如花。右下角有一行毛笔小楷：一九八四年一月十五日。

1984年1月15日，就是在这天下午，军医学校〔中国人民解放军北京军区军医学校。该校历经多次转隶更名：中国人民解放军白求恩医学高等专科学校（1992—1999）、中国人民解放军白求恩军医学院（1999—2004）、中国人民解放军第四军医大学护理士官系（2004—2011）、中国人民解放军白求恩医务士官学校（2011—2017），现为中国人民解放军陆军军医大学士官学校，下文一般统称为白校〕副校长陈守信在办公室加班，《人民日报》上一篇题为《学先进做"最可爱的人"》的文章引起了他的注意。总后勤部举行庆功表彰大会，第四军医大学参加抢救华山遇险群众的学员集体荣立二等功。

事发西安，陈守信之前就有所关注。去年劳动节，西岳华山游客骤增，在千尺幢附近，一名中年人被拥挤的人潮挤离台阶，不幸摔下山崖，紧接着又有十几名游客掉下山去。正在游山的第四军医大学十几名学员闻讯马上组织起来，冒着自身被砸伤和摔落山崖的巨大危险，奋勇抢救了十余名受伤游客，最大限度地降低了这场意外造成的灾难。杨尚昆在讲话中说："我们不一定都能碰上机会去华山抬一次担架，但这种精神每一个人都应该学。"

英雄群体来自部队，又同属医学院校，陈守信敏锐地意识到，这是很好的教育素材，他翻了翻教学计划，琢磨着，可以请政教室梅清海教员给大家上一课。

电话响了，是值班室打来的。阅兵指挥部下令，由北京军区军医学校组建女卫生兵方队，在国庆三十五周年阅兵大典时接受党和国家领导人的检阅。

正式通知终于来了！陈守信腾地站了起来，他必须立即动身前往北京领命。第二天下午，陈副校长带着更为振奋人心的消息匆匆赶回石家庄。此次阅兵规模空前，徒步方队的编员也有重大调整，由十四个排面组成，每个排面编制二十五人，加上两名领队，将组成三百五十二人的庞大队伍！这是一场史无前例的盛大亮相，放眼世界阅兵史，从未出现过横排面超过二十人的受阅部队。作为中华人民共和国成立以来第一支女兵方队，女卫生兵方队也将以三百五十二人的雄壮姿态正步通过天安门。军医学校沸腾了。

兴奋之余，所有人都感到如山的压力。学校党委马上组织开会，讨论方案，任命副校长陈守信为总领队，二大队队长杨生文为方队长，一大队政委栗龙池为方队政委。时间紧迫，前期筹划只能利用寒假加班进行。待新学期开学，轰轰烈烈的队员选拔便拉开了序幕。

除了常文锦和谢秋娜，一九八三级的高玉华、毛燕玲、刘珏珏、周燕玲等学员也都进入了方队名单，大家热情高涨，在以张国英、张媛为代表的一九八二级学姐们的带领下自发练了

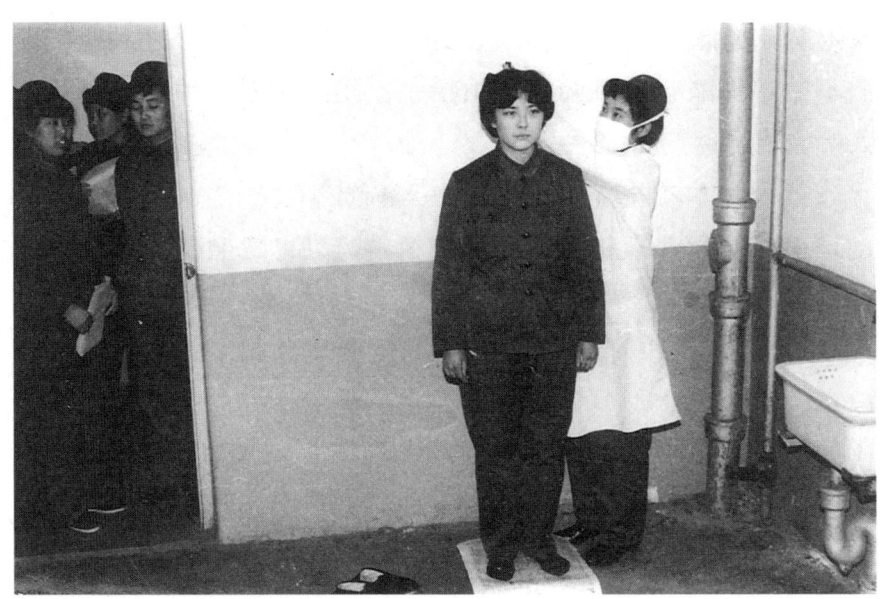

队员选拔（石红供图）

起来。一夜之间，校园的大路小道上全部画满了步幅线。

　　受阅女兵要求身体健康，五官端正，体格匀称，无遗传病史，体质须能经受接近一年的高强度训练。经过逐层淘汰，再严格按照一米六到一米七的身高标准去筛选，六百多名在校女学员只剩下不到一半，总领队陈守信和方队政委栗龙池决定适度放宽身高标准，再从已经下到实习点的大三学员里挑一些素质全面的优秀骨干，便于后期方队各方面工作的开展。于是，张素炎、王惠萍、白俊萍、李军等一众一九八一级学员分别从各自实习医院返校。原本身高超标被刷下来的石华再次收到了方队通知，重新站进了队伍中。

　　人数还是不够。

　　最后，选拔范围扩大到整个北京军区。

　　2月21日上午，十八岁的石红被二五六医院政治处叫去量身高、看模样。对于入伍才三个月的石红来说,"阅兵"完全是一个陌生词语,她刚习惯了军营生活,在同年兵当中交到了不错的好姐妹,怎么舍得离开?何况去一个新环境又得重新适应。面容稚嫩的女兵想都没想就一口回绝了。石红回到办公室继续工作,吃过午饭又和战友小棠溜去小花园分享了一包美味的红薯干,午后阳光照在身上暖洋洋的,年轻的女兵心情大好。岂料下午一上班就被告知需要整理一大堆文件,石红略微显出些急躁。这一天看上去和往常并无不同。

令多年之后的石红记忆犹新的,是那晚水房里的不期而遇。一名女干部,石红连她的名字都不知道,只记得她个子高挑,举止优雅。这个人对石红有着极为特殊的意义,从某种程度上可以说彻底改变了她的人生轨迹。

"你就是那个新兵吧,选去参加阅兵了?"女干部放下洗脸盆,上下打量着石红,赞赏的眼光里透出几许羡慕。

"对,我已经决定不去了。"石红轻松地回答道。

"啊?"

对话就此中止,水房里哗哗啦啦只有水的声音。

"这么重大的活动,居然不去了?"女干部洗漱完毕,麻利地把牙缸毛巾放回脸盆,又扭过头来看了石红一眼,边走边嘟囔,"多好的机会啊,可惜……"

听完这话,年轻的石红突然改变了主意,虽然她还是闹不清阅兵这事儿究竟如何"重大",但那位女干部的反应让她隐约感到,如果不参加阅兵,没准儿将来会后悔。翌日清晨,新兵石红风风火火闯进了政治部刘主任的办公室。

"主任,昨天我说不参加阅兵,这话我收回。我要参加,我想去……"

"什么？"刘主任面露愠色地看着面前这个任性的小姑娘，"这是阅兵，不是儿戏！一会儿不去一会儿又要去，玩儿过家家吗？"

半个月后，身高一米六七的石红站在了第一排面。不少女兵与石红有着相似的经历，年龄偏小，还带着些孩子脾气，懵懵懂懂地就闯进了这支队伍。因为年龄偏小，身体还处于生长发育阶段，加上训练过程中对体态的调整，队员身高始终是个变数。每隔两三周，方队就要重新组织一次身高测量。石红从一排二十五名换到二十二名，然后十二名，最后调到了第十名。在训练的八个月内，她的身高一个劲地往上蹿，从一米六七到一米七，足足长了三厘米。

来自军区各单位的管亚新、董旭、李淑君、李静等也相继到白校报到，这些女兵中有的军龄尚浅，有的已是经验丰富的老班长。

那几年，军委为了照顾常年驻守边防的基层干部，每年都要吸收边防干部的子女入学，因此军医学校少数民族的学员也比较多，选进方队的就有蒙古族、回族、朝鲜族、满族、彝族、壮族、鄂温克族、达斡尔族等八个少数民族的女兵，她们生活习惯各不相同，相互沟通存在障碍。四百二十二名队员站在一起，年龄跨度为十岁，军龄跨度为七年，怎样将这些各方面存有差异的女兵尽快融合起来，形成一个有凝聚力的战斗集体，是横在方队面前急需攻克的难题。经过深思熟虑，大家决定将十四个排面按顺序分为三个中队，男干部任中队长，女干部任教导员。每个排面再分成四个班，尽量将人员打乱，保证每个班既有学员又有战士，既有老兵又有骨干。

方队里还有一批1976年、1977年入伍的老兵，其父辈大多也是军人,她们出生在困难时期,成长在动乱年代,再加上军龄长,充分接受过革命传统教育和严格的作风纪律的锻炼,适应能力很强。入驻阅兵村之前,队员们整体情绪稳定,很大程度上要归功于这些思想朴素、踏实上进的老兵。面对训练中遇到的种种困难与考验,老兵们总是默默坚持,展现出令人惊叹的毅力与决心,无形中为新兵作出了良好的示范,起到了不可或缺的榜样作用。

1984年3月初,经过三次大调整,由军医学校一九八一级、一九八二级、一九八三级护理专业的女学员和军区女战士组成的女卫生兵方队正式编成,这是我军建军史上第一支受阅的女兵部队。

方队组建不久,阅兵指挥部的工作组就专程到军医学校检查工作。训练尚处于初期阶段,只有单兵队列动作可以勉强展示,工作组却扛出了录像机,一个班一个班地进行近距离拍摄。两天后,陈守信接到通知,要他马上赶往北京。原来,工作组回去反映女兵方队基础差、训练能力弱,尤其是女兵形象不够好,指挥部建议解散女兵方队,另招一批重新训。消息犹如晴天霹雳!

陈守信一个人在会议室里急得团团转。然而短时间内情况又出现了戏剧性的转变,秦司令员亲自过问,否定了解散方案——

"气质和素质都是经过严格训练得来的,还没下功夫训,换什么人?"

回石家庄的火车上陈守信仍然惊魂未定,这个突发的意外给他重重地敲了一次警钟。1959年国庆十周年阅兵之后,已经二十五年没有搞过阅兵了,组建女兵方队这是第一次,任务特殊,谁也没搞过，谁都没经验，只能靠自己边干边摸索，方队管理涉及方方面面，哪个环节上处理不好都会出大问题。军区后勤部衣部长说得对："受阅工作无小事。"

望着窗外苍茫的华北平原，陈守信混乱的思绪渐渐清晰，必须不遗余力地从各个方面去提高标准。

目前负责训练的是学校军体教员和后勤仓库借调过来的几位连长和排长，虽然都很认真，但教法和标准不一致，对指挥部的规定也有不同的解读，训练质量可想而知。重新调整教练班子成了当务之急。

离军医学校不远的上庄有个步兵学校，军事训练标准高作风严，两校还联合组织过毕业典礼，算是关系不错的友邻。在陈守信的印象中，步兵学校的陶涵副校长办事果断，豪爽热情。两人认识时间虽不长，却能相谈甚欢，论起来还算是老战友。抗美援朝战争期间，陈守信所在连队入朝不久就编入了六十三军的一八八师，与陶涵同属一支部队。

事不宜迟，陈守信第二天便登门拜访，请陶涵为女兵方队派出一位教研室主任级别的总教练和十五位有经验的教练员。步兵学校也有受阅任务，加之学校正常的教学训练任务也很繁重，面对老战友毫不客气的狮子大开口，陶涵面露难色，犹豫再三过后还是点头答应了。

没过几天，训练经验丰富的副师职教员田利民带着十名优秀教练员来军医学校报到了，再加上从三军仪仗队借调过来的两位仪仗兵，教练班子总算实现了飞跃式提升。

而提升方队整体形象的工作是从头开始的，陈守信找到栗龙池和另外几位方队领导一起想办法。在思想观念尚处于保守阶段的20世纪80年代，一群男干部聚在一起研究女兵的形象问题，其难度之大，过程之漫长，也就可想而知了。尤其是像栗龙池这样的青年军官，几乎从未涉足过女性话题，甚至对女孩儿的生理期常识都不太了解。然而，讨论的结果却令人惊异，大家居然全票通过了关于"女兵集体烫发"的提议。

1984年4月初的一个星期天，石家庄市桥西区、桥东区主干道上的理发馆全被女兵"占领"。这一天恰逢换装日，四百二十二名女兵脱下笨重而臃肿的棉衣，穿上剪裁合身的春秋常服，齐耳短发统一烫成了时髦的波浪卷。再次集结在训练场上时，所有人都惊呆了。科目依旧，哨声依旧，连教练员板起的"臭面孔"也一如既往，可队员们个个容光焕发，精神抖擞，整支队伍看上去焕然一新。

那天晚上，许多女兵都因为兴奋而失眠，宿舍里的"卧谈会"

女兵烫头发（石红供图）

持续到了半夜——

"春节联欢晚会看了吗?"

"看啦!李谷一烫的那个卷儿,跟咱们这个一模一样。"

"顺心姐姐,你说我的头发会不会洗着洗着又直回去了?"

"放心吧,不会的,要不然你头顶那个大包不就白烫啦?"纪顺心来自北京军区总医院,是1976年年底入伍的老兵。

众人哄笑。烫发时温度过高,结果刘丽萍把头皮烫伤了,她当时也不敢吭声,怕老班长批评她娇气。

女兵集体烫发,在全军都是绝无仅有的,方队做出如此大胆的举措不能不说是一场冒险。作为一支纪律部队,军队院校对学员的发型和着装都有着严格规定,虽然上级曾表示过,女兵方队在形象上可以和在校学员有所区别,但实际上并没有具体的文字依据。方队领导和学校领导都做好了心理准备,没准儿会有人来"兴师问罪"。

20世纪80年代初期,改革开放时间还不长,正处在新旧思想交替的阶段,无论地方还是部队,人们还压抑着对美的向往,甚至会有意无意地回避这个话题。烫发给大家带来了难忘的思想激荡,原来美如此重要,原来美是一种力量。轰轰烈烈的烫发行动之后,方队中的兴奋情绪持续了很长时间,这种欢快气氛为枯燥的训练增色不少,待冷静下来大家又渐渐意识到,单单烫个头就能塑造出女兵的靓丽形象吗?就能把队列走好吗?

当然不是!

长达十五秒的静站

为了适应受阅训练的高强度,女兵每天早上起来练体能,跑完五公里之后再分排面带开。长跑是管亚新的老大难，加上天冷，跑起来就更费劲，天天摔，胳膊和膝盖都有瘀青。第八圈刚过半，管亚新又摔趴下了，胃里一阵翻腾，难受得哇哇直吐。石红见状赶紧把她扶起，慢慢走到看台底下去休息。两人是一个新兵连的战友，分别没多久居然又在方队重逢了，巧的是还都分到了一排面，说起来就像故事里的情节。

"究竟什么是阅兵啊？"石红趴在栏杆上问。

望着操场上跑得气喘吁吁的队友，管亚新走神了，她特别想回山西，从侯马野战医院一起选来的战友昨天退回去了两个，她也想走。

"问你呢？"石红拿胳膊肘碰了碰身边的管亚新。

"是什么我不清楚，反正不是在这个遍地煤渣的破操场里转圈儿玩儿！"

管亚新撒气的胡话并非全无道理，田利民总教练来方队之后，第一件事就对操场提出了质疑，要求更换训练场地。

"至少应该是宽敞平整的水泥地面。"田利民直言不讳。

白校条件有限，煤渣操场一时半会儿也无法修葺改善，经过多方沟通，此事得到了空军第四航空学校的热心支持，答应将闲置的机场跑道借给方队训练。四航校位于白校西北方向四公里外的大郭村，需要出动十五台军卡。浩浩荡荡的车队每天早出晚归，来回路上，女兵们相互拉歌，尽显青春活力。

当年被称作"静站"的军姿站立是横在女兵面前的第一道难关。田利民本想撂句狠话给大家来个下马威，却因为太过激动出现了口误。

"即使有个马蜂窝趴你脸上也不能动！"

什么？马蜂窝？队伍里零星冒出些笑声。

两脚跟靠拢并齐,两脚尖向外分开呈六十度角,两腿挺直;小腹微收,自然挺胸;上体正直微向前倾,双肩放平稍向后张,两臂自然下垂贴紧;手指并拢自然微屈,大拇指贴于食指第二关节,中指贴于裤缝;头要正,颈要直,下颌微收,目视前方……

遵循如此严苛烦琐的要求将身体从头到脚调整到位,几乎需要调用所有的肌肉群,同时,必须保持注意力高度集中。静站之初,往往是顾得了这头儿又丢了那头儿,连经验丰富的老班长们都频频出错,对于那些稚气尚未脱尽的小兵来说,难度就可想而知了。队伍里的"报告"声此起彼伏,教练员们忙不迭地穿梭在排面之间。

静站从十五秒练起,然后是一分钟、两分钟、五分钟,逐次加码,最终要达到的是持续站立两个小时不倒的终极目标。

一开始,石红心想,区区十五秒算个啥。待田总教练一声

初期训练(石红供图)

令下，全身绷得僵直地往那一站，顿时感到头皮发麻，呼吸窘迫，她才明白十五秒居然也那么漫长，哨音迟迟不落，而自己马上就要晕倒了。这种体验给她带来了很大的震撼，当兵入伍原本对她来说没什么大不了的，你又不是科学家，又不是舞蹈家，当兵嘛，不就是穿一身军装立正稍息吗？石红没想到，单单一个静站，一个只需要坚持十五秒的静站都那么费劲。

女卫生兵方队里有不少小兵，年龄最小的蒙古族女兵刘丽萍刚满十五岁，每次挨了批评都要哭鼻子，排长王惠萍需要把她带到旁边玩一会儿，玩高兴了才愿意回队列里继续训练。她们年龄尚小，对部队的认识和对自我身份的认知都比较肤浅，随着严酷训练的逐日铺展，困难与困惑也接踵而至，不得不完成心态和思想上的转变。对她们而言，阅兵训练是真正意义上的军训。关于上述所言，石红也曾提出种种设问与思考：你不

是已经完成新兵训练了吗？经受住了新兵连的考核了吗？即便答案都是肯定的，那也不够，进入方队，你就必须扛过每一个阶段的每一项考验并且坚持到底，只有这样才能最终成为真正的战士。

1984年3月13日是女卫生兵方队值得纪念的日子。17点刚过，天色已十分阴沉。开训以来，持续的低温天气考验着这群年轻的女兵。按照训练计划，今天还剩最后一个科目：静站三十分钟。起风了，六五式军服配发的小檐布帽是扣在后脑勺上的，佩戴不太稳固，许多女兵的帽子都被风掀掉了，满地乱滚。队伍中出现了短暂的混乱，重新调整后，静站正式开始。

后方传来哐当哐当的动静，石红一听便知，田总教练又站到那口倒扣的破桶上去了。面对密密麻麻四百多人的庞大队伍，要想把每个人的情况看清楚，还就得寻个高处。田利民不知从哪里找来一口还沾着泥的破铁桶，一脸严肃地踩上去，女兵们的站姿便尽收眼底。

"三排第十六名！说你呢！不许动！"

"七排第五名！下巴往里收！"

田总教练一喊话，身体自然就会摇晃，脚下的桶便哐当哐当地乱响，石红总担心他摔下来，心里一直替他捏着一把汗。方队中，按理说一排面应当最具优越感，其实，也不尽然。后面的队员都有前排战友作参照，在长久的站立中，尤其是当你站不稳坚持不住的时候，前方那个坚定的后脑勺就是强有力的精神支柱。可一排的视野太开阔了，空旷的机场跑道上什么也没有，除了一望无际的华北平原。视觉上的无所凭依，往往令听觉更加灵敏。

又起风了，明明是春风，怎么会这么冷？石红忍不住打了个冷战，后脖子连着后背立马冻僵了。石红这才明白，自己的后背已经湿透，把秋衣贴住了，风从领口灌进去，一点儿一点儿扯开粘连，怪痒痒的。原来，大冷天里也能站出一身汗来。若不是亲身经历，石红打死也不信。

铁桶又开始响了，并且越响越厉害，像投向井底的空桶，带来一种乡村耕种的劳动气息，那动静实在与严肃的方队训练格格不入。石红突然忍不住想笑。

细密的雨点就在这个时候落在了她微微翘起的嘴角边。

哦，下雨了。冷飕飕的风打在脸上竟如针扎一般疼。

又过了一小会儿，石红反应过来，是小冰粒。

转眼间，洁白的雪花便飞舞在了天地间。即便是在华北地区，下雪也总是令人欣喜而雀跃的，可眼前的雪景对于静站的队员来说只有一种意义，那就是用毅力战胜时间。轻盈俏皮的雪花静静地落在脸上，再化成雪水钻进脖子里。那天穿的是胶鞋，帆布的鞋面很快被雪水浸湿，一只只脚丫子冻得完全失去了知觉，来自大地的透骨凉气贯穿脚底直蹿太阳穴。尽管如此，大家仍然努力保持着静站姿势，没有人喊报告。

位于四排面排头的谢秋娜感觉尚可，运动员出身的她曾是一名游泳健将，在北京市的重要比赛中拿过不错的名次，还多次打破北京市纪录。此时她担心的是自己的好姐妹，常子体质偏瘦弱，这么挨冻会不会扛不住？谢秋娜斜眼瞥了一眼左前方，二排面中部有个身影似乎抖得特别厉害。

站在方队外部观察，每个女兵都被融化的雪水浸透，嘴唇不可抑制地抖动着，身体也开始打战。眼尖的一中队教导员赵康平发现有名队员脚下竟淌着一摊红通通的带着冰碴子的血水。

"不能再这样冻下去了！"赵康平心疼得直跺脚。20世纪

80年代初，女性普遍使用的卫生带防水性差，加之长时间无法更换，雪水一泡，就出现了难堪的情形。例假期间难免受到痛经困扰，更何况还要在这冰冷的雨雪天里坚持静站。

方队干部和教练员们你看看我，我看看你，谁也不说话，各自都做着激烈的思想斗争。

这个时候，距离结束还有十三分钟。

多年之后，陈守信受邀参加中央电视台的访谈节目，提及往事，这位年逾八十的耄耋老人仍然记得当时左右为难的复杂心情。

"一方面，这种恶劣的天气条件是锤炼意志力的绝佳机会，训练场就是战场，上战场哪有看天气的？另一方面，女孩儿毕竟身子单薄，万一冻坏了怎么办？究竟喊不喊停？雪啊是越下越大，越下越让人没了主意。"镜头下，陈守信摊开双手，一如当年那般无助。

为了摆脱时间越走越慢的焦灼，陈副校长开始不停地安排工作：一、通知伙房熬姜汤，方队回去后立刻送到宿舍。二、各中队干部要监督队员们喝，确保一人不漏。三、晚饭推迟，让大家有充足的时间换衣服。四、随队军医在训练结束后下到各排询查，发现有冻伤的立即治疗……

宿舍门被推开的时候，刘珏珏还昏沉沉地躺在床上，这两天因为发烧她没能参加训练。姐妹们利索地换着衣服，咿咿呀呀哼着不成调的曲子，屋子里顿时闹哄哄的，刘珏珏诧异地支起身子，看到一堆湿漉漉的棉衣和一张张兴奋异常的笑脸。

"发生什么事了？"刘珏珏有气无力地问。

"珏珏，你好些没？"温燕凑过来拽住上铺的床沿，两只眼睛忽闪忽闪地，"下雪了！我们胜利了！回来的路上一直唱！"

十二排面的温燕在那天的日记里写道："我常在屋子里欣

赏可爱的雪花，也从电影里看过顶风冒雪的战斗场面。这次在雪中静站，我才意识到自己已经成为一名战士了。"石红也有同感，雪中静站之后，她开始重新审视自己，"当兵"可不是件容易事儿。

除了克服恶劣天气引发的"大麻烦"，训练中还会遭遇各种出其不意的小困扰。刘珏珏最怕雨过天晴。有一种学名叫蠓的小虫子，喜欢在雨后倾巢出动。这种虫子比蚊子小，却比蚊子厉害得多，所咬之处奇痒难耐，调皮的队员们给它起了个可爱的名字——"小咬"。

"该死的小咬！"

过敏体质的刘珏珏深受其害，脸上脖子上常常被叮出成片的红肿。静站是绝对不能动的，她必须绷紧全身的肌肉咬牙坚持，强忍住满脸满脖子的痛和痒。那种滋味堪称"撕心挠肺"，多年之后回忆起来仍叫她头皮发麻，整个人好像又回到了那场时间近乎凝固、四周站满人却又鸦雀无声、永远等不到结束哨音的静站。

焦头烂额的教练员

1984年3月，北京卫戍区仪仗营三军仪仗队的王俊光被抽调到女兵方队担任一排面教练员，与他一同前往军医学校报到的另一名仪仗兵叫刘宝权。两人一走进大门，刚好碰到方队搞完政治教育带回，那"松松垮垮"的队伍惊得王俊光眼珠子都要掉出来了，差点儿一个向后转直接回了北京。

"队列基础太差！"两天下来，王俊光已经忍无可忍，"还老是勾肩搭背，嘻哈打闹，根本没个当兵的样儿！"

王俊光在阅兵村（王俊光供图）

这句带着浓厚胶东口音的评价立马引起了共鸣。

"软绵绵没长骨头似的，从头到脚全是毛病！"步兵学校的教练员纷纷表示赞同。作为一所军事指挥院校，步兵学校无论日常管理还是练兵标准都是向基层作战部队看齐的。

两位仪仗兵更是焦虑不堪。王俊光负责的第一排面，是整支方队的重中之重，而首次排面考试，刘宝权负责的二排面拿了个倒数第一。那晚刘宝权失眠了，拉着王俊光聊了一晚上，面对如此重大的受阅任务，两个年轻人难免有失从容。

"万一出了纰漏怎么办？"在沉重的训练压力下，小刘把想象发挥到了极致，"那可是要'掉脑袋'的啊！"

仪仗兵属特殊兵种，身姿仪态各方面标准极为严苛，仪仗兵新兵训练需要整整六个月，是普通士兵的两倍。一名合格的仪仗兵，无论烈日炎炎还是寒风凛冽，都能稳定保持完美军姿三小时以上。因此，在早期的静站训练中，尽管女兵们挺直身板拼尽全力坚持，方队干部在一旁热泪盈眶，感叹着姑娘们可喜的进步，可在仪仗兵眼里还根本什么都不是。怎么说呢？比如说眉头紧锁满脸焦愁的王俊光，看看他牙疼般咧着嘴却又一言不发的样子，就什么都明白了。

对于以培养军医和护士为主的白校来说，医学专业的教学工作才是重点，学员军事素质方面的要求相对不高，其他单位选拔的女兵大多来自卫生、话务等后勤岗位，情况亦如此。因此，整支队伍在训练初期的"糟糕表现"给一众教练员带来了巨大压力。

十四个排面，每个排面安排一名教练员负责全程训练，从管理层面考虑，方队又在每个排面指定一名素质全面的队员任

摆臂练习（石红供图）

排长。为了提高效率,排长常常需要出列辅助教练员训练,尤其像张素炎这样的队列标兵,在初期承担了大量的训练工作。女兵训女兵是毫无障碍的,头歪了,直接上手给扳正,肩不平,哪边高就拍哪边。要是有谁汗水大迷了眼,顺手拽过袖子就帮忙擦了,军中姐妹间的默契与温情自然无须多言。可男教练员就麻烦了,站在队伍面前,满脑子装着细则与标准,一眼望去像是在看一张错漏百出的试卷,恨不能立刻给抹平码正。问题是男女授受不亲,绝不可动手,只能进行口头纠正,加之许多教练员年龄尚轻,对着女兵说话特别容易紧张,往往词不达意。田总教练找来一堆小木棍,给大家分了分,还做了示范,哪里有问题就点哪里,效果立竿见影。石红见状扑哧一声笑出来,破桶演罢木棍登场,田总可真会想招!

当年的战士和军校学员不配发皮鞋,可方队正式上场得穿,

训练(石红供图)

为了进行适应性训练，每名队员都领到了两双绑带的女军官皮鞋，真是个意外惊喜。结果只高兴了一天就笑不出来了，新皮鞋又硬又涩，几乎所有女兵的脚上都起了泡，严重些的还磨出了血。管亚新属于典型的男孩儿性格，压根没把起泡当回事，见同屋的队员又抹鼻涕又抹眼泪，心想，我都没哭，你们比我大还哭，在一旁偷乐了半晌还不够，又凑到跟前去看热闹。

"快看，那个泡像只小兔子，忒可爱！"

"嘿，你这更漂亮，跟玫瑰花儿似的。"

大家正疼得龇牙咧嘴，又被管亚新一口纯正的京腔逗得忍俊不禁。

和所有需要付出大量坚持和毅力才能成功的事情一样，受阅训练是不会为脚上的泡而暂停的，同样，也不会为任何一种训练伤而降低标准。日子一天天在晨练与夜训间流转，女兵方队即将迎来进阅兵村前的最后一次考核。

栗龙池政委用革命乐观主义的幽默鼓励大家，称徒步方队如今变成了"泡兵方队"，想必作战能力也实现了跨越式的提升，不久后的将来定能威震八方。动员会就在大家的笑声中开始了。

"你们是中华人民共和国成立以来第一支女兵方队，知道第一支是什么概念吗？"

"历史上从来没有过女性参加阅兵。"

"知道什么叫阅兵吗？"

"阅兵就是——我们将代表全军女兵，向全世界宣告，中国有了第一支女兵方队！"

"我们一定要走出国威，走出军威，走出世界一流水平！"

"同志们！在座的每一位！你们——都是佼佼者！你们——注定会被载入史册！"

别看栗龙池个子矮，站在人高马大的陈守信旁边，声音却格外洪亮。一席话让女兵们听得热血沸腾。此时管亚新的心中却是另一番滋味，山西侯马野战医院的五名战友接二连三都被退回了，只剩下自己一个，体会到淘汰残酷的同时，为单位争光的使命感油然而生。

"无论如何，也不管它什么考核，我就是玩儿命也得留下来！"管亚新的态度产生了一百八十度的转变，她不想走了！

20世纪七八十年代，部队要求新兵尤其是女兵必须下到食堂去锻炼，目的就是培养一种吃苦耐劳的精神。都知道后厨的活路并不轻松，小兵赵淑玲入伍时还不到十五岁，新兵期间几乎把炊事班所有工种都学会了。喂猪、浇园、扛面粉袋，还有和面、揉馒头，她都干过。五十斤面往大铝盆里一倒，撸起袖子弓着腰，马步架势摆得稳稳的，揉啊，揣啊，两只手冻得通红。至于洗菜和包包子那些就算是轻松活儿了。劳动锻炼最大的好处就是练成了大力士，身体也壮实了不少，也正因为如此，赵淑玲几乎没有晕倒过。

唯一那次晕倒是因为长智齿。智齿引发的炎症折磨得赵淑玲彻夜未眠，想哼哼两声又怕影响战友们休息，只能硬憋着。第二天起来，腮帮子肿起大枣似的一个包，不明就里的教练员还批评她："不知道训练是件严肃事儿吗，怎么还含着颗糖？"静站刚开始没一会儿，赵淑玲就左摇右晃起来，很快便晕倒了。教导员支军很奇怪，关切地问道："是不是昨天晚上没休息好？"倒的时候都没哭，突然得到温柔关心，年轻的女兵终于委屈地哭出声来。

入驻阅兵村后，天气逐渐转热。华北地区春天短，往往4月份还裹着棉衣瑟瑟发抖，5月份又热得要穿短袖了。队员们把夏季常服的袖子统一挽起来，一方面凉快些，另一方面也便于教练员们纠正动作。

每个教练员都觅得了各自心仪的小木棍。二排教练员刘宝权的木棍比较长，他喜欢稍微站远一些，这样便于把握队员的整体情况，毕竟一切细节都是为最终呈现的整体效果服务的。再者，恐怕就是自信问题了。当兵第二年的刘宝权还未满十九岁，面对比自己年长的女兵，总觉得人家不肯听他指挥。

常文锦右膝盖已经疼了好几天了，走齐步还好，一练踢腿就跟不上，出腿慢，腿伸不直，踢腿高度也不够。刘宝权来来回回地纠正，她就是不改。

"抬高！"长长的木棍指向右腿，"脚尖往下压！"

常文锦满脸汗珠子，大腿肌肉钻心地疼，像是有人在用木槌狠狠地砸。即便使出了浑身力气，右腿也不听使唤，只剩一个劲儿地乱抖。

"我让你抬高！抬高！抬高！"喊话的人越喊越急，脖子涨得通红。

右腿的高度仍然没有丝毫进展。常文锦努力忍着疼，要知道，现在她能保持右腿悬空已经很不容易了。一步一动的练习是为了统一动作标准，同时也能有效提高腿部的稳定性，通常保持十秒左右就要换腿，可眼下已经超过了三分钟。

其他队员也纷纷坚持不住了，腿上动作状况频出，有的开始大幅度抖动，有的干脆直接点地。

"停！"

终于喊停了！队员们长吁短叹，赶紧弯下身子去揉揉各自绷得僵硬的腿。刘宝权看得真切，实际上她们在相互递眼色，嘴里嘟嘟囔囔地正骂自己呢。

"二排十一名！去排尾！"

常文锦脑袋里轰的一声，她愣了两秒，木偶般扳正身子，径直走到了排面末端。在氛围严肃的训练场上被罚下排面，对于性格敏感的女孩儿来说，无疑是一种耻辱。接下来练了些什么，怎么练的，她根本不知道，只记得腿疼、委屈，需要用很大的力气去阻止眼泪流下来。实际上，淌满汗水的脸上有没有泪水谁又能说清呢。

好不容易熬到了训练结束，常文锦也结束了思想斗争，她决定找刘宝权解释一番。像个小跟班似的追在他后面，对方却说什么也不理会。常文锦只好向中队长求助，一看队部没人，扭头又去了食堂。食堂里空空荡荡的，大家都吃完饭回宿舍休息了，只有陈副校长和司务长张灿在讨论伙食问题。

"小常怎么啦？"陈守信赶紧拉个凳子让她坐下，关切地问道。

一肚子委屈的常文锦终于忍不住哭了出来，一边抽泣一边把事情经过学了一遍，陈守信越听眉头皱得越紧。

那天下午的训练临时取消了，方队开了两个多小时的全体大会。常文锦坐在小马扎上忐忑不安，觉得自己把事情闹大了。其实，常文锦的事情只是个导火索，正式开训以来，教练员和队员之间的矛盾层出不穷。

队员们反映有的教练员偏心，战士队员和学员队员区别对待。当年战士常服只有两个兜，学员穿的干部常服是四个兜，因此一眼就能辨出身份。行注目礼的时候有个战士开小差，方向转反了，就被教练员罚练转头一百遍，可要是学员动作出错，教练员顶多拿小木棍点一点，还要客气地赔个笑脸。正步分解动作，左脚抓地，右腿悬空，刘宝权要拉出尺子挨个量，遇到站不稳的、出腿慢的、高度不够二十五厘米的，一律罚去队伍前面亮相，出列的女兵羞愧难当，一个个活像被推上审判席的犯人。

"女兵方队里绝不允许变相体罚！"对于教练员们的种种"恶行"，陈守信逐一斥责。

刘宝权成了重点被批评对象，还在方队大会上做了检查，事后他情绪低落了很长时间。

对于这种处理方式，王俊光是不认同的。不得不说，男教练难免会动用一些比较粗糙的方式，所起到的激励和警醒作用在一定程度上是有效的。十四名教练员都很年轻，即便军事素质再优秀，在组训的整体把控上也尚显稚嫩，驾驭能力不够是情有可原的。还有一点很关键，他们大多数从未接触过女兵训练，如何同女兵沟通，如何把握分寸，这方面的经验几乎为零，这才是症结所在。

刘宝权是王俊光接的兵，脑瓜子聪明，悟性高，很快就在二百多个新兵中脱颖而出，率先加入了正式编队。接到训女兵的特殊任务后，刘宝权也学着王俊光开始写训练日记，认认真真地制订计划、研究方法。为了保持最佳训练状态，在白校训练期间，每天凌晨3点，王俊光都要带着刘宝权跑到第三教学楼去吊嗓子，那个地方离宿舍最远，不用担心吵醒睡梦中的战友们。他们所做的种种努力，都是为了搞好训练。

而几个中队干部的看法又不同，某某表现很不错，在班里团结战友，一有时间就去食堂帮厨；某某是军龄七年的老兵了，经常给年轻队员做思想工作；还有某某多刻苦啊，半夜偷偷爬起来绑着沙袋练踢腿，怎么就成了预备队员？免不了怨声载道，前来兴师问罪。教练员们叫苦不迭，我们要的是动作，说难听些，

排面合成（石红供图）

表现好坏跟动作好坏没有必然关系，你总是出腿慢，踢腿高度也不达标，就算思想觉悟再高也会影响排面效果啊。

实际上，大家虽各执一词，可最终目标是一致的。队员想走好，教练员想训好，本不应出现矛盾，问题出在了沟通方式上。总之，方队女兵与教练员之间的斗法就此拉开了序幕，在这场持久拉锯战中，栗龙池和其他方队干部常常忙于女队员与男教练员之间的调停工作。那个时候栗龙池还不知道，由此往后的1999年、2009年、2015年，直到2019年，白校将会包揽每次大阅兵中女兵方队的抽组任务，而一代又一代的女队员与教练员之间这种微妙的、"爱恨交织"的、"相爱相杀"的、既对立又统一的复杂关系在循环往复的正步声中演绎出了无数故事。

没完没了的争执伴随着日复一日的训练，笑也罢，哭也罢。5月中旬阅兵指挥部组织了第二次抽考，女卫生兵方队的成绩跃升到总分第二名。

多年之后，在方队大大小小的聚会中这次批斗会仍然是讨论的热点，有人说，栗政委那是把这群女兵当作女儿一般呵护，偏心在所难免。还有人透露，陈副校长在天津长大，对天津的队员有袒护心，矛头直指常文锦。提及陈年往事，年过半百的老战友们还会因为种种细节孰对孰错争得脸红脖子粗，一如当年那群没长大的小孩儿。

夏日奇冰

第九村位于机场跑道最东头，这是女卫生兵方队和女民兵方队的地盘，整个沙河阅兵村所有的女性都聚集于此，因此第九村又被称作"熊猫村"。刚进村时，刘珏珏有一种走进大漠的错觉，紧接着，罗列整齐、数量庞大到惊人的帐篷阵营映入眼帘，她仿佛置身于排兵布阵的古战场，心中不由得升起一股壮志豪情。

第二天清晨，起床哨还没响，刘珏珏已经坐起身来。砖头垒制的简易床腿上并排着低矮的铺位，梦中的姐妹们看上去像是席地而睡，一切都显得那么坚硬和陌生，帐篷里昏暗局促的空间让尚未完全清醒的刘珏珏有些发蒙。外面传来低沉有力的脚步声，伴随着一浪高过一浪的呼号，哪支方队这么早就出操了？

刘珏珏蹑手蹑脚地掀开门帘，想一探究竟，却碰到一中队教导员赵康平带着几名队员行色匆匆地经过。

"这里有蛇！"

最先发现有蛇的是随队军医高桂兰，一觉醒来，高医生感觉手边有个凉乎乎的东西，拿手电一照，床上竟然盘着一条蛇！

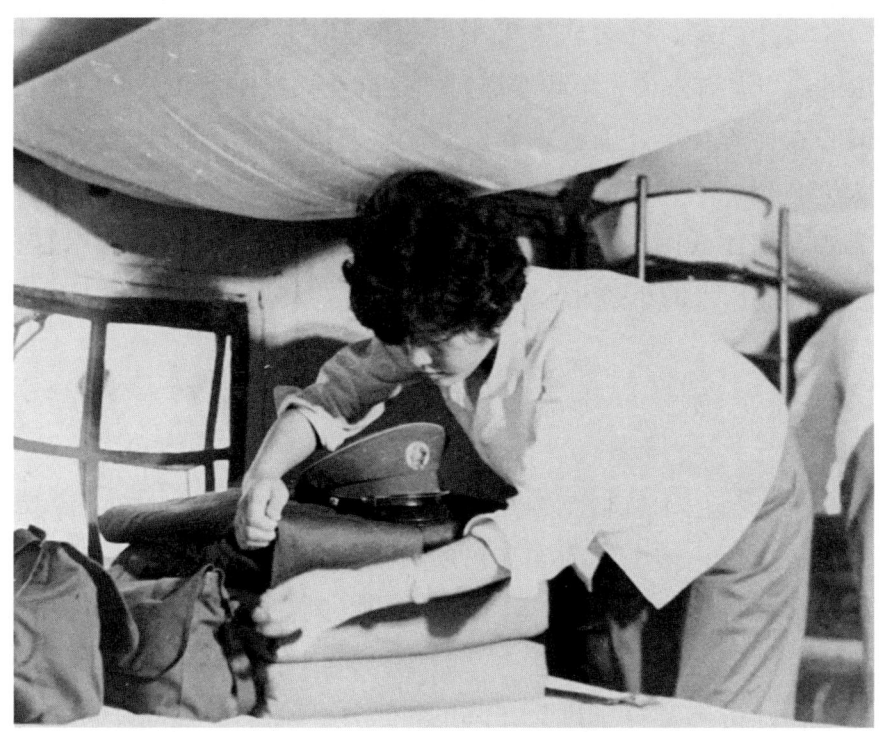

女兵整理内务(石华供图)

闻讯赶来的赵康平壮着胆子用竹竿把蛇挑出了帐篷。女兵们被吓得睡意全无,经过仔细翻找,又在好几个地方发现了蛇的行踪。高玉华自告奋勇,配合中队干部把大大小小的蛇全部挑进桶中。第九村原本是荒草丛生的迫降场,为了搭建帐篷临时进行了除草和翻整,想必是附近的蛇受到了惊动。防疫队很快对蛇进行鉴定,确认是无毒的草蛇,又在村里实施了灭蛇行动,但是时间不长,又有草蛇大量出现,防疫队只好再次出动。如此反复几次,大家便从一开始的惊恐万分演变成司空见惯,敢徒手捉蛇的女兵不在少数,有些贪玩的还把小蛇抓在手里当宠物,其他方队渐渐也有所耳闻,男兵之间更是传得神乎其神,第九村又有了新的名号——蛇岛。

女民兵方队进驻阅兵村的时间稍晚一些，栗龙池特地组织大家对她们表示热烈欢迎，主动提供各种帮助，热心肠的女兵还跑去传授"捉蛇秘籍"，两群身份不同年龄相当的女孩儿们自然而然地建立起了亲密关系。可很快地，女兵们又有了失落感。女民兵方队的物质条件实在是太好了，训练有专门的防晒帽，休息时会派发大块的巧克力，还有冰镇汽水喝，来自北京各界的团体组织隔三岔五就来慰问，带着各式各样的好东西。相比之下，女卫生兵方队就显得穷酸许多。实际上不单是女民兵方队，左邻右舍的空降兵、武警，还有海军、空军，都比女卫生兵方队的待遇好。

女民兵方队进村不久就有人反映夜里听到帐篷周围有异响，怀疑有不速之客闯入。为了防患于未然，女卫生兵方队采取了一系列安全措施，夜间熄灯后，由两名男兵在第九村的外围巡逻，栏杆内的女兵则四人一组轮流值班。

沙河机场当年没有围墙，只有一道壕沟将阅兵村与外界隔开。第九村的对面是一大片棒子地，风一吹便沙沙作响，听起来让人毛骨悚然。常文锦总觉得地里有异常动静，会走出来什么东西，而栏杆外执勤的男兵早已睡着，呼噜声打得跟熊似的。两个小时下来，巡逻的女兵自己反倒吓得瑟瑟发抖，好在总是有胆大的。高玉华就从来不害怕，总盼着轮快点儿，对她来说，巡逻跟放风没什么区别。月黑风高的晚上，四野寂静，只听得蛐蛐儿叫，再扛着木棍溜达两圈，小风一吹，多惬意啊！每次途经食堂，她都忍不住翻进厨房去偷个西红柿来吃，同行的女兵想吃又不敢吃，怕拉肚子。当年阅兵村的设施规划欠合理，厕所建在营区外，来回将近有一公里，方便起来实在不太方便。

1984年8月,方队训练进入攻坚阶段。二十五人的大排面,如果基本动作不规范,就不可能走齐,任何一个人的动作失误,最终都会影响整个方队,女兵们必须具备高度团结的凝聚力和忘我的拼搏精神。然而酷暑时节,在被烈日晒得滚烫的水泥地上每天重复着同样的动作,若是没有坚定的信念作支撑,实在很难坚持下去,思想上的鼓动在这个时候就显得尤为重要。栗龙池发现,长篇累牍的传统说服教育已经过时了,对老兵兴许还能起到些作用,可对年轻的战士们就没什么效果,思来想去,他决定把方队唯一的那台二十英寸黑白电视机派上用场。

时值中国女排争夺"三连冠"的激烈赛段,尽管训练紧张,但每逢女排比赛的实况转播,经过栗政委授意的俱乐部委员就会准时把电视机搬到帐篷外的过道上,女兵们场场必看。张蓉芳的怪球、周晓兰的拦网,还有铁榔头郎平的绝妙扣杀,都引得阵阵欢呼和掌声。

中国女排"没有你,没有我,只有我们"的誓言让女兵们产生了深深的共鸣,同样的青春年华,同样都是为了祖国的荣誉,十足的训练劲头似乎也因此得以持续。

8月的骄阳炙烤大地,肆意挥洒着它的热情,一连好几天都是接近四十摄氏度的高温天气。最热的时候到了。王惠萍专门向军医借来温度计放进帐篷里,中午收操回来一看,好家伙,五十六摄氏度!进村后,常文锦的胃口一直不太好,饭后小点心都留给了谢秋娜。每天吃过午饭,她就回帐篷门口去等,有个三五分钟的样子,小秋就过来了。

"拿去。"常文锦递过手里的小东西。

"唉,今天我也不想吃了。"

"怎么,出啥事儿了?"常文锦奇怪地问,"你不是最爱吃这种核桃酥吗？"

"太热，吃不下！午饭我都没吃两口。"

午睡也变得困难。没有风扇的帐篷里成了蒸笼，躺下去没一会儿，床单上就洇出个人形。穿着背心裤衩的女兵们只好打盆清水回来取凉，不断地浸湿毛巾去擦拭身子，转眼间盆里的水就带上了体温。

"还记得雪中静站吗？"石红突发此问。

每个人都愣住了。从3月到8月，不知不觉中，季节已经完成了从天寒地冻到焦金流石的转换。管亚新还记得，那天回了宿舍冻僵的双手也没缓过来，食堂里热腾腾的姜汤谁也不敢用手去碰，一碰就钻心地疼，个个跟小狗似的抻着脖子喝。

"要是能把那个时候的冰凉留到现在就好了。"

"夏天还会有冰吗？"

"当然有，冰棍儿不就是吗？"

"不，我说的是真正的冰，像冬天那样的冰。"

没想到，几天之后，冰真的来了。阅兵指挥部为了犒劳高温下坚持训练的女战士们，特地安排每天送几车冰块去"熊猫村"降温。

梦幻般的冰车在每日午饭之后送达，各班都派出身强力壮的选手前去"抢冰"。冰块卧在行军盆中静静融化，双脚放进去，再探过身子，让热得绯红的脸颊靠近些，丝丝凉意萦绕在空气中，王惠萍感受到一种舒心的清凉。

抢冰的过程中，冰块被砸得形态各异，又增加了玩冰的乐趣。有一天，常文锦真的分到了一块"奇冰"，大大小小的冰花中透着一团朦胧的绿，甚是好看。常文锦将它翻来覆去地欣赏了半天，待冰块融化殆尽，原来是一片碧绿的银杏树叶啊！波浪一般，蝴蝶一般，是她熟悉的样子，和学校宿舍楼前的一模一样。这片树叶被夹进日记本，一直保存着。

1984年8月8日，经过顽强的赛场厮杀，中国女排最终夺下了三连冠。电视机前，许多参阅队员都流下了激动的泪水，她们为女排骄傲，也为自己正在履行的光荣使命而骄傲。正是这份豪情万丈的使命感激励着女兵们排除万难，奋力拼搏，度过了最为艰难的时期。对女兵而言，夏日奇冰本是一种惊奇，一种不可能，转眼间却又成为看得见摸得着的现实存在。女排三连冠，创造了奇迹。实际上，女兵们才是真正的夏日奇兵，正用日复一日的坚持创造着属于她们的奇迹。

皮靴啊，裙子啊，焕然一新

训练中偶尔会出现一些意想不到的尴尬画面。在一次方队合练中，一位队员的卫生带突然掉到了地上，她又着急又难为情，本能地蹲了下去，其他队员来不及反应，整个队伍还在前进，幸好眼疾手快的赵康平冲过去把她整个人端起来，放到跑道边的草丛中，避免了一场踩踏事件。不明就里的王俊光以为队员在闹情绪，跑过去就是一顿呵斥。

还有一天奇热无比，队员们挥汗如雨，正带劲地踢着正步，踏乐准，排面稳，铿锵的气势也出来了，好几个排面都走得不错，比起前一阵可谓是大有长进，栗龙池在一边暗自激动，真正的方队合成指日可待了。

只听"呼"的一声，十排面的赵玲把皮鞋给踢了出去，可能是角度凑巧，皮鞋飞出去老高，女兵们没忍住笑，训练只得暂时中止。赵玲闹了个大红脸，站在那儿等着挨训，哪里知道自己刚刚立了个"大功"。

可以说，在鞋子的事情上，女卫生兵方队是做足了文章。自从确定了着裙装、戴大檐帽、外系宽皮带的上场方案之后，栗龙池一直在琢磨鞋子，目前穿的制式绑带皮鞋实在差些意思，试想，姑娘们要是蹬上一双帅气的皮质短靴，那才算淋漓尽致地展现出了女兵的威武。关于这个问题，始终没有合适的理由向上级请示，现在好了，赵玲的鞋子在踢腿时因为绑带脱线飞上了天，机会终于来了。擅长写文章的栗龙池以训练中的一次意外开篇，连夜起草了一份报告。很快，写着"同意"的批文下来了，众人欢呼雀跃。

尝到了甜头后，方队决定一不做二不休，又把目光瞄准了裙子。《阅兵方案》里指定受阅部队一律着新式服装，同其他方队一样，女兵的上衣和大檐帽都是用凡尔丁布料制作，下装却是的确良筒裙。两种布料质地差异很大，而且的确良容易起静电，踢正步的时候吸附在腿上十分影响观瞻。北京军区制作了几件凡尔丁裙子的样品，这回，任务派到了行事沉稳有主见的七排长李军头上。

8月下旬，方队觅得一次机会，由北京军区参谋长亲自出面，带着李军和另外两名女兵找到了庆祝中华人民共和国成立三十五周年活动领导小组组长、中央书记处书记万里同志。

分着的确良、凡尔丁筒裙的两名女兵呈军姿站立，李军细致而富有条理地向万里同志汇报着两者的差异。

"正步——走！"下达完口令，李军立即侧身转向万里同志，伸手示意，"首长，您请看，穿着凡尔丁裙子走起来更显英姿挺拔。"

面对三名训练有素的女兵，尤其是眼前这位沉着大方、说

阅兵倒计时牌（谢秋娜供图）

话带着脆响的小姑娘，万里同志心生欣慰，看来女卫生兵方队训得不错嘛。

"行！我去给你们说说好话。"万里同志高兴地答应下来。

没过几天，总后勤部更改了有关文件，重新向上级请示，事情又成了！然而，方队的烦恼并未完全消除。《阅兵方案》的"方队编组"里有一条是这样写的："女卫生兵方队，由军医学校学员组成，均挎卫生包。"为此，指挥部专门请人为女兵们赶制了一批新式的双肩挎带牛皮背包，同时，还设计了一个带有卫生兵标志的臂章，对女卫生兵方队的重视程度可见一斑。

可方队并不满意。牛皮背包虽然好看，却并非制式装备，穿上受阅服装再背上这个大皮包，显得不伦不类，而且严重影响队列动作，苦练了几个月的成果将大打折扣。再说那个刺绣标志，近看精致漂亮，可整体戴上从远处看呢，就几乎什么也看不出来了。这些东西能不能也变一变？方队上下讨论，最后拿出的意见是：不要背包，卸下臂章，戴一个印有红十字的白色袖标足矣。

中队干部召集手巧的队员用白纸和红纸做出了几个样品，试了试，效果令人满意。恰逢方队进入合练阶段，马卫华副司令员要到阅兵村检查工作，女兵们便提前做好了准备。马副司令行至女卫生兵方队，看到队员们不仅个个全副武装，还统一背着抢眼的牛皮背包，右臂上也比别的方队多出一个臂章来，训练场上显得格外与众不同。

"你们觉得怎么样？"

"不好！"二排的张媛大声回道。

副司令员停下脚步，仔细打量着眼前这个圆脸大眼睛的姑娘，又前后左右看了看，女兵们一个个神情自若，又似乎有话要说。

"你们是不是有什么准备？"

"是有些准备，还要请首长审定。"

话音刚落，张媛和几个队员麻利地卸下背包与臂章，从兜里掏出袖标戴上，恢复了立正姿势。马副司令后退两步，来回比对一番，又与同行人员交换了意见，大家纷纷

张媛（张媛供图）

点头赞同，两种造型相比，前者笨重烦琐，后者简单醒目，却更能彰显卫生兵灵活机动的战场形象，高下立现。

现在，烦恼还剩一个，那就是皮靴迟迟做不出来。天安门第一次预演都过去了，整个方队只有孟伟和白俊萍两名领队穿上了新靴子。栗龙池更是心急如焚，在他看来，靴子再不来，训练就没法继续开展了。

原来，这批靴子另有玄机。方队组建时，队员选拔几经波折，最棘手的问题就出在队员的身高上，一是高度差比较大，再者，高的高矮的矮，一米六五左右的队员少，身高分布不均匀。因此，整个方队合成之后，从视觉效果上看，中后部呈较为明显的塌陷，这多少算作一个遗憾。没想到，赵玲的皮鞋飞上了天，靴子来了，方队便在靴子上打起了另一个主意。考虑到脚的长短不一，肥瘦不同，为了让每名队员穿上合脚的靴子，厂家专门派人到阅兵村量尺寸，四百多双靴子要按每个人的尺寸逐个下料。有人提议，既然靴子是量身定做的，那么鞋跟的高度是不是也可以根据情况来调整？比如个子太高的鞋跟做低一些，个子偏矮的鞋跟就做高一些，塌陷的问题不就得以解决了吗？届时，方队前高后低，右高左低，整体将呈现出令人赏心悦目的坡面。大家一听，真是个绝妙点子，厂家也欣然同意。

这样一来，靴子承载的就不仅仅是单兵形象的美观，还有整体视觉上的提升。栗龙池担心，靴子来得太晚，队员没有足够时间进行适应，即便不影响最后上场，也势必令动作效果大打折扣。

可以说，女卫生兵方队整个训练过程，也是女兵们审美意识逐渐提升的过程。女孩儿哪有不爱美的，社会上的女青年已经穿上大红色的连衣裙，梳大波浪的披肩发了。女兵们私底下

阅兵村联欢（石红供图）

凑在一起，唇膏粉饼什么的也聊得起劲，只是还不敢大张旗鼓。每个班都有那么一两个爱赶时髦的，刘珏珏每天都搽雪花膏，太阳底下一晒，香气四溢，周燕玲有时间就要偷偷描个眉，诸如此类，免不了被老班长批评。尽管如此，大家也天天盼着货郎的小推车。阅兵村里有货郎定期到各个方队上门服务，卖些日用零碎，别看那小推车不起眼，却装了不少新奇东西。

常文锦记得很清楚，"卫生巾"就是那个时候知道的，淡蓝色的长条棉垫，用完扔了再换一片新的，既卫生又方便。还有从未见过的绿色洗发水，打开盖子便闻到一股沁人心脾的馨

女兵跳舞（石红供图）

女兵唱歌（石红供图）

香，粉色瓶子装的叫沐浴露，洗澡的时候用，那个天鹅造型的瓶口太棒了，优雅的弧度，既好看又方便洗澡时挂在绳子上。女孩儿们看得眼花缭乱，津贴涨到十六块了，买一瓶试试吧！你推我我推你，互相怂恿着。

学校的军人服务社有两种洗头膏，上海的海鸥牌和天津的冷香牌，常文锦和谢秋娜向来是一人买一种，相互换着用。用过了绿色洗发水，队员们觉得以前的头发都白洗了，现在的头发摸起来又顺又滑，整个帐篷都香喷喷的。年龄稍大一些的老班长又看不惯了，提出批评。

"部队里讲的是勤俭节约，谁没有一两件带补丁的衣服都不好意思，要不是参加阅兵，皮鞋都不允许穿，看看你们现在，一个个臭美得，就差涂脂抹粉了。"

有个年轻的小兵不服气，站出来顶嘴，涂脂抹粉怎么了，没准儿上场那天你也要抹上红脸蛋儿呢！这话还真让她说准了。

没几天，八一电影制片厂的化妆师应邀前来授课，一边示范一边讲解。化妆并不只是所谓的"臭美"，还能彰显气质，考虑到受阅场上的露天环境，强烈的阳光会让脸色显得苍白，这个时候口红和腮红能起到很好的修饰作用。另一个重要原因是，经过近八个月的风吹日晒，女兵们成了皮肤粗糙的"黑美人"，不抹点儿润肤霜怎么行？不抹粉底调颜色怎么行？而对于那几个怎么晒也晒不黑的"大白脸"，化妆师还得作特殊的"抹黑"处理，把色度调整到和其他队员一致。大家明白了，为了方队的整体形象，化妆也是一项重要工作，这妆还非化不可。爱美的队员个个扬眉吐气，也不用藏着掖着了，老班长经过激烈的思想斗争之后买了一瓶名叫万紫千红的润肤霜。

你好，斜线

进村之后，阅兵指挥部给每个方队提供了一辆高架车，便于教练员从高处观察队列情况，田总终于不用再踩那只破铁桶啦。笨重的铁架下面安着轱辘，要在哪里用，就得靠人力推到哪里去。方队把这个任务交给了孟伟和白俊萍，让两名领队多干干活儿，多出出力，防止她们产生优越感。

和其他方队一样，为了正式上场的这一天，女兵们经历了包括入驻阅兵村之前的基础训练在内的七个月之久的严格训练，从最初的队员选拔到基础训练，从排面合成到方队合成，每一步都写满了艰辛。

领队孟伟（左）与白俊萍（右）（石红供图）

与别的方队相比,女卫生兵方队组建初期人员调整频繁,进入正式训练的时间更晚。7月份,按照阅兵指挥部的要求,方队进入由排面训练到方队合成的关键阶段,为了保证动作质量,防止盲目追赶进度,女卫生兵方队根据实际情况制定了自己专属的训练方案。八一建军节,北京军区首长到阅兵村看望军区参加受阅的部队,好几个方队都展示了完整的分列式,而女卫生兵方队只拿出了五个排面。

"咱们方队还没训到那个程度,不能强走。"陈守信向军区政委如实汇报。这种不逞强、稳扎稳打的作风为方队日后在徒步方队中创造出最佳成绩奠定了基础。

有女兵无意中听到了首长秘书与陈副校长的对话,大意是谢绝了方队的安排,谢副司令员在操场边上已经看到了女儿,就不打搅方队的正常训练了。原来,北京卫戍区副司令员是谢秋娜的父亲,也就是说小秋是名副其实的高干子弟。常文锦听闻惊讶不已,相识一年之久的好姐妹身上看不出丝毫优越感,谦逊踏实、做事认真是她留给大家的普遍印象。之前队里有个学员仗着父亲是某部队军长,隔三岔五地炫耀,方队选拔时因为怕吃苦还故意找借口不参加。同为高干子弟,却有天壤之别,想到这里,常文锦对谢秋娜又添了几分钦佩。

1984年9月7日上午,陈守信爬

谢秋娜(石红供图)

方队合成

上高架车去看方队合练。整支队伍已经有了豪迈沉稳的气势,陈副校长有些恍惚,开训之初那手忙脚乱的情形还历历在目,再看时,队员们一个个面色从容步伐整齐,好似变魔术一般,喜悦与欣慰在他心间同时升起。队伍来回走了几遍后,陈守信突然脸色大变,急匆匆地把田利民叫了上去。

教练员们在底下不明就里,以为出了什么事,频频抬头观望,只见两位年过半百的老兵激动地握着手,目光始终盯着行进中的女卫生兵方队。

方队合成的检验标准,是要以标准的齐步与正步走出整齐而又稳定的横线、竖线和斜线。横线靠标齐,竖线靠对正,而斜线,必须在走出横线和竖线的基础上,队员之间左右间隔、前后距离完全一致才能出现。换句话说,就是整个方队三百五十名队员都要做到等步幅、等速度、等间隔、等距离,任何人有任何一点儿偏差都不行。因此,在行进中保持稳定的斜线成了所有徒步方队训练的终极目标。

这天下午,高架车上的陈守信和田利民看到了斜线。

队伍中,与基准兵石华距离最远的是位于第十四排面第二十五名的张素炎,两人正好处在对角线的两端,仿佛隔海相望。一股稳定而又强大的力量拽着这根无形的绳子,让它绷得又正又直。

二十五乘十四,如此庞大的队伍要在行进中保持高度的稳定性和整齐性,难度堪称巨大,除了刻苦训练之外,还需要动用战术思想,从更高的层面去加以把控。如果将方队看作一张平面图,第一排面与第十四排面,再加上每个排面的第一名和第二十五名,总共七十四名队员组成了这个长方形的四条边线,称之为框子兵,而每个排面"关节部位"的第五名、第十三名、第二十名称作钉子兵。前文已提及,方队训练是从单兵动作开

排面考核（石红供图）

始的，接下来再由四五个人为单位练起，之后两两合成，组成稳定又整齐的排面之后，再进行排面与排面的联结，最终形成完整的方队。而框子兵和钉子兵的确定，正是为了从框架和骨骼处钉牢这支庞大的队伍，起到良好的定位、定向和带动作用。显然，方队中的框子兵和钉子兵一定要由队列素质更为优秀和稳定性更强的队员来担任。

进村后指挥部统一明确了徒步方队的动作标准与细则，没过多久就组织了第一次单兵考核。成绩普遍不理想，最突出的问题是步幅不达标。讨论会上，许多方队纷纷反映七十五厘米的步幅实在太大，一步一动的分解练习还好，可一旦连续动作，缩步子的情况就在所难免，大家认为只有身高腿长的仪仗兵才能驾驭，这是由不可更改的身高现状导致的客观问题，无法以主观意志为转移。

"七十五厘米的步幅大不大，你们去问问女卫生兵方队就知道了，这次考核是她们最矮的队员拿了第一。最矮的队员都能迈够七十五厘米，你们迈不够，这是客观问题还是主观问题？"

张素炎（左四）（张素炎供图）

指挥部的首长用女兵的优异表现驳回了一众抱怨，大家听罢面面相觑。

"对了，那个队员叫什么名字来着？"

"张素炎。"陈守信大大方方站起身来，一脸得意又不失礼貌地补充道，"身高刚好一米六。"

所谓单兵考核，自然会在各方队派出的最佳选手当中进行比拼，想必是大家列队站好，由指挥员统一下达口令。而现场实际的气氛要凝重得多，队员们根据抽签顺序挨个上，周围站着一圈儿神色威严的考官，有的专门盯手臂动作，有的负责头颈打分，前后上下左右无死角地进行评测，待考者光看这架势就慌了三分，心理素质差的更是吓得瑟瑟发抖。

大名鼎鼎的张素炎是军医学校一九八一级护理专业的全优生，组织能力强，对人热忱又不失沉稳，加之行事果断泼辣，在校期间就有颇高的知名度,是学校公认的"红人"。方队自然想留下她,又怕她的身高被质疑,据说在队员选拔之初,栗龙池好几次把张素炎叫去队部,反复测量身高,就是为了看究竟够不够一米六。女卫生兵方队准入身高在一米六到一米七之间,严格说来,石华一米七三的身高已经超标了。可出于方方面面的考量,最终方队不仅把两人留下,而且都委以重任,一个放到了基准兵的位置,一个放在最后一个排面任排长。

实际上,对于条件好能力强的学员,方队总是要想方设法保留下来,一是三百多人的队伍需要得力的骨干协助管理,再者从长远打算来看,这次阅兵培养出的精英完全可以再为下次所用。陈守信有一种预感,中华人民共和国成立四十周年还会有大阅兵,届时组建女兵方队的任务极有可能再次落到白校。

六五式冬装的涤卡军裤设计得相当肥大,为了方便套穿棉裤,裤腿做了收小处理,保暖效果是有了,可穿起来臃肿不堪,那些年军校里的女学员流行偷偷改裤子,届届相传,完善出一套简单快捷的修改方案:裤子铺平,裤腿拆开,从大裤裆处剪下一个三角形,一分为二,补到两边裤腿上,再将各处缝合好,就得到了一条美观合身的新裤子。在训练过程中,方队专门给一排面的队员量身定做了一批直筒裤,穿上显得格外英姿挺拔。对于这种特殊优待,其他排面都表示理解,在方队经费极其有限的情况下,钱理应用在最关键的位置。一排面是门面,是核心,是方队中最重要的排面,恐怕包括教练员在内的方队人员都普遍抱有此种看法。

入驻阅兵村不久,方队就进入了疲惫期,虽然队员们每天都在咬牙坚持,但是情绪低落,训练效果也持续走低,几乎每个排面都被点名批评过,唯独一排面没有,女兵们私底下也难免生出些抱怨。得想个办法重振士气，栗龙池走到了队伍前面。

"一直以来，一排面都是走得最好的，为什么？就因为她们个子高？因为她们天资卓越？我倒想看看，其他排面有没有胆量向她们发出挑战！"

队伍里沉寂了片刻，十四排长张素炎突然风风火火从队伍末端跑了出来，倒豆子般地发表了挑战宣言。颇具戏剧效果的是，一排面的应战却完全没有期待中轰轰烈烈的气势，一排长张颖与张素炎性格迥异，是个典型的慢性子，说起话来面不改色慢条斯理，两人一高一低，语速一快一慢，形成鲜明对比。

个头最矮的十四排面居然敢如此高调又无畏地向一排面发出挑战，这件事在方队里引发了轩然大波，通过比拼和观察，大家渐渐发现，一排面并非无懈可击。诚然，腿长在步幅方面有着绝对优势，可论及出腿速度还真比不过十四排面的矮个子，而且从连贯动作的灵活度和流畅性来看，似乎十四排面也更胜一筹。一时间，一排面的标杆形象似乎跌下了神坛。队员们理性地认识到，动作的好坏跟个头高低没有直接关系，尤其张素炎作为方队最矮的队员首次考核就勇夺第一，更是令女兵姑娘们又骄傲又振奋。对于方队内部产生的这种思想激荡，陈守信和栗龙池甚感欣慰。

肢体不协调作为一种与生俱来的生理特性，后天很难克服。十四排面有一名叫李华的队员就属于这种情况，张素炎觉得她是整个方队练得最为刻苦的一个人，或许是出于某种心态，华华的加练选在了一个空帐篷里。十四排的帐篷位列末端，为了让帐篷屯看上去更为齐整，就在多余的空白地上也搭了一个帐篷，里面什么都没有，风一吹，卷帘布门被来回翻扯，尤其是晚上，大家都有点儿不敢靠近。张素炎观察了很长时间，几乎所有休息的时间，华华都钻到那个空帐篷里绑上沙袋加练。

显然，无论训练场内外，张素炎向来偏爱聪明有灵气的战友，一点就通，一说就明白，也乐于将自己的小诀窍与之分享，而对于那种略显笨拙的队员，心里多少有些喜欢不起来，这也是人之常情。7月初，三中队得到了一个火线入党的名额，支委会上，中队长张国忠让五位排长分别推荐人选，张素炎首先想到的是杨乃虹，她的队列表现十分优秀，要论及私人感情，两人也是无话不谈的好姐妹，于情于理都应该推荐她，可真轮到张素炎发言时，嘴里却道出了李华的名字，她给大家讲了空帐篷，讲了一名肢体协调性比较差的女兵如何跟自己较劲，本来以为五个排会因为唯一的名额针锋相对，结果听完张素炎的故事，大家都被深深感动了，几乎是毫无争议地把票投给了李华。

张素炎觉得仿佛自己给自己上了一课，也许李华这种不放弃的精神早就令她有所触动，先天带来的不足并没什么丢人的，而敢于直面，敢于挑战，尤其是以一名预备队员的身份继续坚持，才是所有队员应该学习的。

银杏树的果子

1984年10月1日，从凌晨开始，来自四面八方的人流一齐拥向天安门。在世界上最长的十里长街和最大的城市广场上，几十万人整齐列队，举行最为盛大的国家庆典。在鲜花簇拥着的观礼台上，闪现着一张张欢笑、激动的面容，洋溢着浓郁的节日气氛。

规定到达的时间是8点，实际上，各方队到达集结点时还不到7点，天边正泛起鱼肚白。为了避免在正式上场时发生意外，出现手足无措的情形，在长达七个月的训练中，陈守信始终事无巨细地密切关注着整个方队。尤其是天安门预演期间，陈守信与栗龙池、杨生文时常凑在一起讨论预案，内容可谓五花八门，裙扣掉了怎么办，袜子滑落怎么办，都制定了相应措施，队员们把它们当作小秘密、小约定，时刻牢记在心。

本以为已经把各种可能都考虑其中了，可正式上场那天还是出现了意想不到的状况。

天光大亮之后，陈守信走到队伍面前一看，坏了。一排面那个爱冒泡的小姑娘石红又出问题了，脸色发黄，出发前涂的腮红怎么全蹭没了？仔细一看，还有好几个也这样，再一个挨一个地打量过去，女兵们脸上有的红有的黄有的黑。

头天晚上，八一电影制片厂的化妆师专程赶到沙河机场为队员们化妆，考虑到上镜的需要，还适当加重了前几排的妆容，一夜之后，绝大多数的妆容都还好，可皮肤爱出油的姑娘脸上的妆已经脱得一干二净，站在队伍中十分显眼。

油性皮肤会脱妆！预案中怎么就没有写上这一条？

陈守信赶紧翻口袋，这位身材魁梧的大男人兜里丁零当啷塞满了女孩儿的小东西：小镜子、小梳子、擦鞋布、清凉油、手纸、小别针，唯独没有带化妆品。眼下怎么办？陈守信左看看右看看，急中生智，跑到了后面几排的中间位置，谁脸上腮红多就拿手去蹭几下，再跑回来给石红抹上，随行保障的政工干事王志玲也跟着行动起来，队员们开始互相观察，谁的腮红多就赶紧举手示意，一阵忙乱过后，总算将一排面二十五名队员的颜色调整统一了。

当然，大家更无法预料另一个惊险意外的到来。预案固然重要，但基准兵的沉着冷静、在重大活动的现场面对突发状况依然保持镇定的心理素质，更能在关键时刻力挽狂澜，还有主动呼喊口令的王惠萍，虽处在四排中间位置，却能敏锐地觉察到来自队伍前部的异样，从充斥在双耳间繁杂的声音中仔细辨认出那个新的正确的节奏，再奋力喊出"一——二——一——左——右——左"。当然，还包括每一名队员，她们都默契十足地接受了王惠萍的调整口令，不慌不乱地将脚下的步伐进行了修正。短短十秒之内发生的一切，绝非一日之功。在日复一日的训练中，队员们由一个个独立的个体渐渐凝结成一个彼此联结、相互感应的有机整体，这不能不说是一个奇迹。

那天，当女卫生兵方队行至东观礼台，石华提到嗓子眼儿的心终于落回原地。在军鼓铿锵有力的节奏中，孟伟的步伐、白俊萍的步伐、石华的步伐，石红的步伐、高玉华的步伐、毛燕玲的步伐、王惠萍的步伐、刘珏珏的步伐、常文锦的步伐、李军的步伐、张素炎的步伐、周燕玲的步伐、董旭的步伐、谢秋娜的步伐、张嫒的步伐、李淑君的步伐、翟桂玲的步伐、李静的步伐，每位女兵的步伐，又恢复了一致——皮靴踏地的噗噗声，手臂摆动的簌簌声，再次回到了那个整齐而清晰的、熟悉又亲爱的频率当中。这一段前后不到十秒钟的近乎隐秘的短暂插曲，是很长时间以来不愿被大家提起的往事，也是出现在所有人意料之外的，冥冥之中女卫生兵方队注定要直面的一场终极考验。

而对于石华而言，也只有等到最后一天，等到正式上场的那一天，以"沉着、冷静、稳定"的心理素质与队友们合力化解了那场"东观礼台危机"之后，她才真正意义上实现了一名基准兵的使命。

1984年10月2日《解放军报》刊登了一篇题为《雄姿英发，

阔步向前》的"阅兵特写",里面对女卫生兵方队的行头进行了细致描述——头戴大檐帽,身穿棕绿、藏青小翻领裙服,佩戴红十字袖章,脚穿黑色光面皮靴,英姿飒爽,健美豪放。

"当一个普通的女战士把自己和祖国的形象联系在一起的时候,就会出现许多想象不到的奇迹。"1984年10月3日,接受《北京晚报》记者采访时陈守信如是说。

阅兵结束后,回到学员大队继续当政委的栗龙池第一件事就是整顿纪律。这一年,受阅兵影响,不少工作暂时脱离了正轨,全校上下的关注点也都放在女卫生兵方队上,跟此事毫不相关的那些男学员们难免疏于管理,而女学员因为组建方队完全打乱了队别和班次,刚参加完阅兵的队员们还沉浸在兴奋当中,人心浮躁不堪。

栗龙池第一个盯上的是八三级军医班的王滨。部队子弟王滨有着一米八五的大高个,头发天生自来卷,不愿剃短发,一检查军容风纪就请病假躲避纠察,更要命的是违反校规,公然在校园里穿皮鞋,那些朴实纯良的农村兵学员都快被他带坏了。

方队中所有八三级学员组成了新的十一队,高玉华、毛燕玲、石华、刘珏珏分到了一个班,谢秋娜任班长。一个星期六的傍晚,常子跑过来串门。

"听说五队那个王滨又来教弹吉他了!"

"在哪儿?"谢秋娜腾地站了起来,颇有些翩翩起舞的样子,"还有谁想学,一起去呀!"

一屋子姐妹都愣住了,印象中谢班长并不是一名音乐爱好者啊!大家也从未见过她如此活泼俏皮的样子。除了私底下和常文锦一起有时会嘻哈打闹,身为班长的谢秋娜一贯严厉。有一次开班会讨论中秋联欢会的节目,有个学员边听边啃苹果,只见谢班长胳膊一挥,夺下苹果就扔进了簸箕里。大家都觉得相互关系这么好,没必要这么较真吧,有点儿"左"。直到多年之后成立"受阅女兵合唱团",秋团长依然保持着行事严谨的作风,不讲私情。

后来大家都明白了,王滨去十一队教吉他,醉翁之意不在酒,就是为了看谢秋娜,而种种迹象表明,谢班长也并非毫不动心。临近放假,家在北京的学员邀约着结伴一起走,相互之间有个照应,王谢二人又有了合情合理的同行机会。栗龙池得知此事

1986年谢秋娜在前线(谢秋娜供图)

后极力反对，不仅让教导员找谢秋娜单独谈话，还在军人大会上公开批评："有些男学员不务正业，还癞蛤蟆想吃天鹅肉！"台下传来阵阵哄笑，大伙儿心知肚明，这是在说王滨追谢秋娜。

直到1986年谢秋娜去北京卫戍区医院实习，栗龙池仍然十分关注两人的动向。有一天谢秋娜收到了两封信，一封是王滨的，天马行空的想象啊、青春理想啊……潇洒苍劲的字迹令读信人倾心不已；而另一封是教导员写来的，通篇没有提王滨，但是字里行间似乎又都有所指：个人问题千万要慎重。谢秋娜读罢哭笑不得。要把心上人追到手，可不是写信那么简单，实习期间，王滨想方设法去过三回卫戍区医院，这些情况栗政委自然不在掌握之中。7月初返校不久，谢秋娜收到了赴老山前线参战的通知，彼时大四的王滨已经下到实习点，又特地请假回来送别。

1986年代职见习分队候选人基本从受阅队员里进行挑选，除了意志坚忍、护理专业素质优秀，还要兼顾各种特长：能写会画的，会唱歌跳舞组织节目慰问的。谢秋娜属高干子弟，工作能力强，卫戍区副司令也大力支持子女走上前线。

谢秋娜同战友们一同踏上了开往昆明的火车。抵达昆明后，火车转汽车，在山路上颠簸了一天一夜，好不容易到了文山，司机小刘告诉她们，从文山到战地还有很远的路程。王惠萍把十个人分成两拨，一拨跟她在落水洞后方军医院，谢秋娜带着另外四位姐妹继续赶路，其间两人留在了团卫生队，谢秋娜一行三人则继续赶往一线，跟随四十七集团军一三九师炮团二营开展战地见习工作，成为当时最前沿处境也最为危险的女兵。

又值盛夏，一九八三级护理十队的学员们即将毕业。刘珏珏留在了石家庄，常文锦和周燕玲分到了天津二五四医院，毛燕玲和高玉华去了北京三〇一解放军总医院。1978年恢复高考，许多青年高考失利后选择了当兵，由于录取率很低，没有考上大学并不意味着文化基础差，尤其是以微弱分差落榜的。1982年，高玉华仅以几分之差与大学失之交臂，年底入伍分到了三〇一医院通信班，不久后又打起背包前往昌平基地参加培训。说来也是机缘巧合，部队里原本当兵第二年才可以考学，唯独1983年有些特殊，新兵也让考，新兵连战友小萍从二五二医院打来电话，怂恿她也报考军医学校，说学校如何如何好，机会多么难得，天花乱坠地游说了一番。

"考场就设在我们医院，你来，咱们可以玩儿一个星期。"

银杏树的果子（周蕾供图）

正是最后那句话打动了高玉华，参加考试完全是奔着会战友去的。果然，一天只考一门，连续考了五天，半年不见的两个小战友玩得不亦乐乎。8月中旬接到调令，高玉华一时半会儿还没反应过来，她早把考学这事给忘了，家里人也毫无思想准备，就这么糊里糊涂地成了白校一九八三级护理专业的新生。学了半年护理，就赶上了学校抽组女兵方队，高玉华又顺顺利利地成为一名受阅队员。回想起一桩桩戏剧化的往事，她有些感慨，转眼间，军校时光匆匆掠过，又到了分别时刻。

一堆又一堆的行李从宿舍楼搬出来，放在楼前的银杏树下，再被一辆又一辆军卡拉走。午后清风轻摇着树枝不时发出哗啦哗啦的声响，高玉华抬起头来，看见一串串桂圆似的小果子，突然想起了参加天安门第一次预演的路上发生的事——预演前，每个队员都领到了一大包干粮，大家把好带的面包和肉罐头放进了背包，唯独高玉华把黄桃罐头也带上了，卡车一路摇晃，怀里抱着的黄桃罐头怎么也打不开，好巧不巧，终于拧开的那一刹那，卡车突然来了个急刹车，哗啦哗啦，就是这个声音，黄桃罐头连汤带水全洒了出来。

"我记得，你到处找人要纸，衣服裙子湿了一大片。"毛燕玲说。

1984
1999　女兵方队
2009
2015
2019

长号在前

1998年6月底，下到军区各医院实习的学员陆续归队，张瑛也结束了她特殊的实习生涯。作为一九九五级女子军乐队骨干，张瑛牺牲了宝贵的临床实践机会，留在礼堂带教新一批乐队成员。

长号乐手需要具备体格高大、胳膊长、嘴唇厚的身型条件，而几乎所有曲谱中，长号都属于伴奏声部，低调沉稳地蛰伏一隅。唯有演奏《长号在前》的时候，四位长号乐手会从乐队右后角那个偏僻位置走出来，走到指挥员侧边一字排开，这支曲子里，长号自始至终担当主奏。张瑛喜欢这种悉数亮相的仪式感，尽管每次排练，乐队王若中老师都会来句题外话："四个丫头往那儿一站跟堵墙似的！"

马上就要毕业了，最近，张瑛总爱扭过脖子去看肩膀，从士兵的绿底一条杠到戴了三年的红肩章，她的军营生涯已近五年，很快，这副洗得有些褪色的红肩章就要换成金黄灿烂的一杠一星，自己也将面临从军校学员到女军官的转变。虽然抱着心爱的长号恋恋不舍，张瑛还是对踏上工作岗位更为憧憬。

关于阅兵的事，从6月初开始，校园里就盛传着各种版本的小道消息。在校学员已经选了一轮，但是人数远远不够，学校近几年招生量小，护理专业一个队只有七八十人，方队缺编情况比 1984 年更为严重。

"听说毕业生也要接受挑选。"

"太好啦！"王丽兴高采烈地放下长号，站起来整了整着装，"看我这军姿还行吧？"

"行是行，可你……不想回家啦？"当晚是一九九五级女子军乐队离校前的汇报演出，心事重重的张瑛满脑子都是回家的事情，既期待又担心：回医院上班会不会又丢人？

张瑛丢过一次人。当年考学，第一回她没考上。二五三医院与后勤部大院就隔一条马路，从小在院里长大的瑛子走到哪里都有熟人，谁见了她都拿出一副意味深长的眼神看她。那种关切又质疑的目光始终在张瑛脑子里挥之不去。实习这一年虽然有特殊任务在身，张瑛也不敢中断学习，她报了护理专升本的自考，努力啃完了厚厚的专业书。本以为做好了充分准备，结果从医院实习回来的同学聊起临床的事情，送病号啊抢救啊，张瑛在旁边听得跟傻子似的，脑子里一片空白。作为医务人员，缺乏临床实践已经很要命了，要是参加这个阅兵，再耽误一年，专业知识估计都得忘光。张瑛只有一个念头，回去好好上班，证明自己。

早在 1998 年 2 月，白校就接到了中华人民共和国成立五十周年国庆阅兵领导小组下达的指示：组建女兵受阅方队，代表全军女兵参加中华人民共和国成立五十周年国庆首都阅兵。此次阅兵，提前一年半就开始筹划，足见其受重视程度。栗龙池第一个电话就打给了陈守信。

"当年我留下了十五名骨干队员的联系方式，本以为中华人民共和国成立四十周年就能用上。"早已调离白校的陈守信在电话那头感触良多，"没想到这一等就是十五年。"

尽管 1984 年阅兵的情形还历历在目，但已是白校政委的栗龙池心中清楚，时隔十五年，人和事都发生了巨大变化。对于新就任的方队长彭尚德和方队政委贾东信来说，一切几乎又是从头开始。当年队员毕业后大多分配到了各个部队医院，奔忙于医疗一线，留校的骨干并不多。眼下张媛在河北医科大学上研究生，王惠萍已是计算机教研室的教员，教学任务繁重。唯一能抽调的只有张国英，栗政委又从学员队精心挑选了陈彤和孙丽莉两位泼辣能干的年轻女干部，任命三人为中队长。

1999 年女兵方队沿用了 1984 年女卫生兵方队的管理模式，按排面顺序划分为三个中队。至于教导员，一律用男干部。方队这个举措虽算不上标新立异，但也引发了争议，男教导员给女队员做思想工作合适吗？毕竟男女有别诸多不方便。对此持赞同态度的大多为学员队干部，他们长期从事学员管理工作，深谙其中微妙的平衡关系。因为队伍庞大，管理难度也大，还需要从队员中挑选优秀骨干协助方队工作。这些做法，都是借鉴了 1984 年的宝贵经验。

5 月，彭尚德和孙丽莉带队赴京参加受阅骨干集中训练。进驻大兴教导队集训的是十七个徒步方队的代表，每个方队六名队员，由三军仪仗队组织训练，目的是统一动作标准。出发头一天，六名即将毕业的学员骨干按要求去理发。实习期间，不少女学员偷偷留长了头发，尤其像孙玺这样头发长得快的，已经可以扎个俏皮的马尾了。孙玺长得眉清目秀，是个爱美的女孩儿。一走进理发室，孙玺就蒙了，短发短到了她意想不到的程度，理发师傅大手一挥，鬓角剃了，两只耳朵露出来，紧接着后脑勺也剃了，后脖子呼呼直灌风，妥妥男兵头。摩挲着扎手的脑袋,镜中的自己完全是一副陌生面孔。

"阅兵有什么了不起啊,非要破坏我们的淑女形象!"走出理发室,孙玺再也忍不住了,豆大的泪珠子一个劲儿往外蹦。

"别不服气,剃这么短自有它的道理。"刘傲然倒是想得开,乐呵呵地边走边晃脑袋,头发短了,感觉整个人都轻松了不少。

为期一个月的"魔鬼式"训练拉开帷幕。很快地,淑女孙玺就服气了。5月下旬,京郊已是酷热难当,每天都是高标准的严格训练,日晒雨淋,没有休息日。下了训练场,打仗似的吃饭洗漱,多争取一分钟就能多休息一分钟,孙玺终于明白了,还是短发好,利利索索洗完拿毛巾一擦,不用抹护发素也不用吹,甚至连梳子都不需要,下楼集合的路上,用手抓一抓就成。哪还有工夫怀念长发飘飘?

待骨干集训结束,在校学员的队员选拔也接近尾声,选入方队的一九九五级学员喜忧参半。好不容易毕业了,可以跻身军官行列,却又要回到比新兵连还要苦的日子,1984年女卫生兵方队训练之艰辛众所周知,这是历届新生入学教育的必修课。队伍中张瑛有些不适应,一米七三的她向来都是站排头,眼下却成了第一排的排尾。

20世纪90年代后期,我军正经历第八次裁军,白校招收的新学员也呈逐年减少之势,加之此次阅兵无论规模还是标准都站上了新台阶,队员选拔的门槛自然也高了许多,经过层层淘汰,在校学员中只有九十二名符合要求,剩余的只能向军区各单位要人。因此,按照编制完成整个女兵方队的集结,还需要一段时间。

必须抓紧培养骨干。张国英扫视着这支还不到一百人的队伍,最后将目光落在了张瑛身上。张国英对张瑛印象深刻,一九九五级护理九队一区队区队长，女子军乐队表演的《长号在前》，四名长号乐手中数张瑛最为飒爽利落。不料，队员选拔那天，这个家伙居然戴了一副夸张的黑框眼镜，还老眯缝着眼睛看东西，问她多少度，旁边的学员抢答道："报告，她平时不戴眼镜。"明显是不想参加。可要论身型条件和综合素质都是够挑大梁的，至于主观意愿嘛可以通过教育来转化，问题应该不大。总之，张国英看好她。

岂料第一天训练，确切地说，应该是开训不到五分钟，张瑛就被叫出来站墙根了，身上所有需要贴紧用力的地方都夹上了扑克牌，稍有松懈就会掉落。

军姿站立需要全身用力，从足底到腿部到小腹，从后腰到背部到颈项，从指尖到手臂到双肩，所有"江河湖海"最后汇聚成一股整体向上的合力，直至贯通头顶，方可体现拔军姿"拔"之真义。而张瑛只是潦草地往那儿一站而已，火眼金睛的仪仗兵王建云一眼就判断出张瑛在偷懒。罚站的位置有阴凉，正好在礼堂小门旁边，那是通往舞台的必经之路，乐队排练时张瑛天天从那儿进出，工作人员一般也走这个通道，除了有点儿担心碰到熟人之外，她心里倒也没其他负担。

到了下午，张国英见张瑛还靠墙根站着，不禁眉头紧锁，莫非是自己判断有误？实践证明，主观意愿的问题很大。集合时一脸不服的表情令张瑛得以继续守小门，脚下散落的扑克牌有增无减，王建云倒也不嫌麻烦，一趟趟跑过去给她夹上新的，训斥的声音最后渐渐演变为嘶吼。张瑛有点儿绷不住了。收操前，王建云要张瑛当着全排面检讨自己的站姿问题。

"脸朝右后偏需要向左后转。左耳高右耳低。两肩不平需要继续往后撑。小腹收得不够。两膝关节向内向后用力不够……"

张瑛憋了一肚子气，总算一吐为快，放开嗓门把自己从头到脚数落了一番，管它有的没的通通往里加。

"身上这么多问题你很骄傲吗？你不就是怕吃苦吗？耍小聪明有用吗？"王建云狠狠盯住这个令人棘手的刺儿头兵，继而向排面宣布，"明天上午集合之前，每人至少要纠正一个毛病。"

队伍带回了，篮球场转眼冷清下来，几个从家属院跑来的小孩儿坐在篮球架下开始穿旱冰鞋。张瑛清楚地记得，那天是1998年8月9日，她的二十三岁生日。没有蛋糕也没有祝福，只有扑克牌稀里哗啦掉落一地，多么失败的一天！张瑛心中充满了失落，她自己也说不清楚，究竟是因为没能如愿回家还是自己的表现头一次遭到如此质疑。而接下来的第二天、第三天、第四天，不管张瑛练不练，认真不认真，王建云都天天点她。

张瑛原本盘算着，练不好自然会被淘汰，淘汰了不就可以回家了吗？哪里料到碰上个死对头，满口难听的陕西话，成天只会训人，根本不懂语言艺术，简直野蛮！张瑛心想，你不是瞧不起我吗？你不是想看我丢脸吗？那我偏要好好练，让你闭嘴。就这样，张瑛跟王建云杠上了，白天继续伪装"不羁"，晚上却不休息，约着王丽一起出小操加练，王丽欣然前往。一心想参加阅兵的王丽虽比张瑛高壮，却没当过兵，是参加地方高考直接考入白校的，军事素质自然差一大截，与其说互帮互助，倒不如说张瑛在单方面充当教练角色。

"前倾只是稍微前倾，幅度太大了当然会倒。"张瑛边讲边示范，"你记住，再难的动作它也要符合身体的协调性，拧巴着肯定不对。"

"你这不是挺明白的吗？"不知什么时候王建云站到了两人身后，看来聊天内容也被他听到了，"你的基础很扎实，动作做不好是故意的吧？"

"我不想参加。"张瑛转过头瞥了他一眼，小心思被识破了，长号乐手只好又端出油盐不进的架势来。

令张瑛意外的是，这次王建云没有再训她，倒是聊起了自己的经历。1994 年，刚入伍的王建云被选入卫戍区三军仪仗大队，接受了极为严苛的训练，三年后，他成为香港回归交接仪式的护旗手。即使是身经百战、优中选优的仪仗队员，面对如此重大任务，仍须投入十二分努力。为了模拟深夜 0 点政权交接的场景，王建云和战友们"倒了时差"，训练从每天下午开始，持续至次日凌晨。1997 年 7 月 1 日，担当护旗手的王建云和战友们亲眼见证了香港回归祖国的历史时刻，那肃穆又庄严的场景令王建云深深震撼。那个时候他就发誓，作为一名军人，作为一名仪仗兵，决不能辜负肩上的重任与使命。

"担任国庆五十周年阅兵女兵方队第一排面教练员，对我来说，是又一项艰巨任务。"晚风习习，王建云那副"臭脸"似乎也柔和了许多，"压力大啊！别怪我成天挑刺儿，一排面最难也最光荣！"

"说这些干吗？！挑刺儿就光荣了？"张瑛还嘴硬，却没能憋住笑。

大　场　面

1998 年 5 月，栗龙池找到了王俊光。他有一个大胆的构想，不仅要把已调至北京军区八分部的王俊光"借"回来当总教练，还要给这位尚未正式上任的王总教练出个大难题——女兵方队必须实现全仪仗兵教练员。根据阅兵指挥部的部署，仪仗大队身兼抽组三军仪仗队方队和标兵两项重大任务，因此，每个徒步方队能"借"到两三个仪仗兵就不错了，要想每个排面都由仪仗兵担当教练员简直是异想天开。

王俊光自然知晓方队领导的压力。1984年10月1日，三百五十二名女兵盛装亮相天安门，首次向世界展现了中国女兵的非凡素质，阅兵指挥部对女卫生兵方队的考核结果是："横、竖、斜线整齐，踢腿、摆臂、步幅、步速合乎标准，规定通过时间为3分22秒75，实走时间3分22秒整，误差仅0.75秒，创造了徒步方队最佳成绩。"

当年，女卫生兵方队创造了徒步方队的最佳成绩，换言之，是十八支徒步方队中走得最好的。如今白校再次抽组女兵方队，顶着如此巨大的光环，要想实现自我超越谈何容易！方队只能竭尽全力从各方面提高标准。

"政委啊，我尽量试试吧。"胶东口音丝毫不减当年的王俊光硬着头皮去了北京。

抽调十四名仪仗兵的确希望不大，栗龙池寻思能争取到十个就算成功，不，八个也行。岂料半个月之后，王俊光带着十六名仪仗兵浩浩荡荡地回到白校，不仅完成了教练员指标，还请来了两位得力干将任副总教练。方队大喜过望，人多力量大，王总教练竟然超额完成了任务。没人知道王俊光究竟用什么办法搞定了仪仗大队的大队长程志强——他当年的老排长，反正那群人高马大的年轻小伙往队伍前甫一站定，队员们的眼神都变了，瞬间就被那训练有素的身姿体态所折服，一个个流露出羡慕的神情。仪仗兵教练员果然非同凡响，还没开始训练就产生了榜样作用，彭尚德和贾东信相视一笑，暗暗佩服栗政委的大手笔。方队的一切工作都是围绕训练展开的，既然负责训练

王俊光（左）与刘宝权（右）（王俊光供图）

王俊光（左五）与仪仗兵教练员们（王俊光供图）

的教练员到位了，各类方案也都陆续敲定。

常峥第一次晕倒的时候所有人都吓坏了。王俊光也没见过那样的倒法，像根木头似的直接往前栽，不带一丁点儿弯曲，要不是旁边的队员反应快及时将她拽住了，后果不堪设想。经军医周爱玲仔细检查并无大碍，张瑛便独自把常峥扛回宿舍，安抚她休息。本以为是偶发事件，结果第二天、第三天她接连晕倒，每次都是直挺挺的，左邻右舍两个战友只得随时绷紧神经，大块头一有风吹草动就赶紧拽，晕倒成了家常便饭，大伙儿也渐渐习惯了，张瑛驾轻就熟，扛起来就走。

"老这样晕倒，肯定会把我退回去的。"小土坡是回宿舍的必经之路，通常在张瑛越过坡顶开始往下走时，常峥就醒了，一边哭一边有气无力地发表几句感言，"你们都是怎么站的？你们为什么不晕倒？"

"训练过程中每个动作都有技巧。"张瑛架着一百四十多斤的大个儿，气喘吁吁地说，"稍微放松一点儿，别那么使劲。"

"我哪敢不使劲啊！不使劲倒得更快！"常峥越哭越伤心，"越不想晕倒越晕倒，自己的身体怎么就不听自己使唤了呢？"

听完这话，张瑛似乎明白了原因。那天下午，井陉七分部教导队二一三宿舍里，排长张瑛把"屹立不倒"的军姿秘诀传授给了老兵常峥。实际上，另一位叫李静的老兵也有秘诀，她从未晕倒过，两人共同之处在于都为参加阅兵申请了超期服役。早在10月初，军区选拔的战士队员统一集结到了井陉教导大队，张瑛被任命为一排排长，协助教练员展开训练工作。

转眼已是隆冬，距离考核只剩一个星期，这是正式编队前最后一次考核。

"看来我走定了。"常峥不知从哪儿听到的消息，队员每次晕倒都会被方队记录在案，累积三次直接淘汰，对她而言，参不参加考核都没有意义了。

　　常峥的问题出在过度紧绷，全身肌肉高度紧张，死撑，这样一来，体力很快就会耗尽，再加上主观意识强烈，再难受也咬牙坚持，丝毫不肯放松，直至失去意识那一刻如木头般倾倒。她太拼了。张瑛虽无法理解这种非上不可的执着，但常峥轰然倒地的场景带着某种壮烈色彩时常扰得她的内心无法平静。

　　前两天，常峥又晕倒了，旁边的战友差点儿没抓住。那天零下十三摄氏度，四十分钟的军姿照旧，也怪，端立在训练场上的女兵仿佛冻成了冰人，不会说话不会动，一个喊报告的都没有。纠正动作的时候，张瑛注意到了焦恒，她的头顶氤氲着一团白气，发梢的汗珠已经凝固了，再仔细看，耳边竟冻出了一根根晶莹剔透的小冰柱。张瑛不由得想起了坚守北国边防的哨兵，真真勇士！

　　在方队中，难以否认的是，学员队员更具备主人翁的优越感，毕竟是白校人，与方队干部也早已熟识，知己知彼，无论训练还是日常生活中都显得灵活自如，实在头晕站不住了就喊声报告，下去稍事休息待缓过劲来再继续练。而来自军区基层的战士队员就很难拥有这份从容，首先心理上尚未完全融入这个庞大集体，面对那么多陌生面孔，不得不如履薄冰，再者，战士队员都经过了层层选拔，参加意愿强烈，对淘汰二字十分敏感。

　　必须坚持到最后，决不能被退回去。

　　除了常峥，还有不少战士队员都怀着如此执念。四排的赵岚有个更为可怕的想法：要是被退回去了，我就跳楼！

　　11月中旬，陆军学院门诊部口腔科的卫生兵赵岚被主任风风火火地叫去了办公室。

"刚接到军务参谋的电话，女兵方队来了个面试通知，学校推荐你去参加阅兵。"

"主任，什么阅兵？"对赵岚而言，阅兵是个陌生词语。

"就是共和国成立五十周年大阅兵啊！选上了就能参加训练，然后上北京，正步走过天安门。"门诊部主任一脸兴奋，"特别威武！"

"得去多久？"赵岚可不想耽误考试。当兵第二年可以参加部队统考，考上了军校就可以提干，赵岚已经复习五个多月了。

"具体时间我也不清楚，正式上场肯定是明年10月1日，女兵方队代表的是全军女兵！特光荣！"主任翻了翻值班表，"明天就要面试，这样，我给你调休，赶紧去做准备——你还愣着干吗？"

从主任办公室出来，赵岚还没拿定主意。"代表全军女兵"这句话让她感到了事情的严重性，考学还是阅兵，也许这份选择将决定自己今后的人生方向。

懵头懵脑就到了第二天。1路公交车一路摇晃从上庄开到了七分部，赵岚站在了汽训大队门口。门岗登记的时候听到院里口号吼得震天响，这个并不稀奇，在陆院待了两年的赵岚早就听惯了男兵的咆哮。面试点设在营区东北角的卫生队，需要穿过宽阔的汽车训练场，那群"男兵"八成是在整顿纪律，光一个稍息立正就练了十几二十遍。

待走近了赵岚才看明白，哪有什么挨罚的男兵，三四百号人的队伍里全是女兵！在陆军学院，女兵是熊猫，是稀有物种，赵岚从没见过这么多女兵站在一起的样子，她们和自己一样，都穿着翻领双排扣的冬装，肥大的裤子被风吹得哗啦直响。再挨个看过去，她们和自己年龄相仿，一个个身姿挺拔，年轻的面庞在大檐帽的衬托下显得俊俏又威武。

这就是主任说的女兵方队吧，果然是大场面！相比之下，自己的军姿啊步伐啊简直差太多了，怎么办？马上就要面试了！赵岚越想越忐忑，不知不觉已走进了卫生队。

"这个个儿行。"

"身条儿行！"

"这腿儿真直！不用夹扑克。"

"眼睛也有神！"

刚被领进房间，赵岚就听到阵阵夸赞，一屋子人，有穿军装的也有穿白大褂的，都跟看猴似的围着她。赵岚也不敢笑，也不敢害怕，竖起耳朵全神贯注地听口令。

"稍息——立正——"

"半面向右——转！"

"敬礼！"

"礼毕！"

后来她才知道，让她展示单兵动作的是副方队长张世安，而那位穿白大褂的漂亮阿姨叫周爱玲，是学校附属医院的军医。

"上秤！"漂亮阿姨大声宣布，"六十七点五千克！"

怎么又胖了？赵岚的心咚咚直跳，她最担心的就是胖，在她看来，受阅女兵肯定得挑苗条的。实际上，队员选拔可没那么简单，要根据实际情况综合考量，第一排面必须身高相貌俱佳，整体胖瘦要一致，也并非越瘦越好。而第二排面就需要相对体格健壮一些的、肩宽的，能很好地把控左右间隔便于后排对正，另一方面，也能不留缝隙，以呈现出更为整齐划一的视觉效果。

"赵岚！"

"到！"

"你可以走了,回去准备准备。"说完,张国英转身拍了拍孙丽莉,"选了一上午,数这个条件最好!"

6月份开始,从在校学员和毕业学员中进行选拔,待9月开学,又从刚报到的一九九八级新生中筛选了一批,其间北京军区陆续送来一百多名优秀女兵,时至1998年11月,方队还在军区范围内继续搜罗着符合要求的人选。为了达到最佳效果,实现1984年阅兵之后的自我超越,方队始终坚持高标准选拔,已经数不清批次了,不断有女兵补充进来,方队的训练进度全乱了,管理工作也难度倍增。本以为坐拥1984年的宝贵经验这

四排面(刘欣供图)

次能轻车熟路，实际上，方队工作千头万绪，方队长彭尚德和方队政委贾东信每天都在各种棘手的问题中苦苦探索，两人商量着，年底入伍的新兵也不能放过。

走出那间屋子，赵岚的腰板挺得笔直，边走边回忆着《队列条令》，之前夹在胳膊下的军帽也端端正正地戴到头上了，来去判若两人。大场面带来的震撼，让赵岚对参加阅兵产生了一种强烈向往，加之陆院敲锣打鼓大红花给她送行，领导反复强调，整个陆军学院就她一个女兵，殷切的目光中满溢着期许。当背起背包离开陆院的那一刻，赵岚感觉自己已没有退路了，必须上！抱着这份决心，年轻的女兵给自己下了死命令：我，是带着任务来的，困难再大也得坚持，要是完不成这个任务，给领导丢了脸，给陆院丢了人，回去我就跳楼！

至于去哪儿跳都想好了——陆军学院首长一号楼。

搬进汽训大队，小卫生兵赵岚的优越感瞬间化为乌有。不断有新队员加入方队，大家都明白，有来的就有走的，尤其是看到昨天还在一起练摆臂的战友眼下正默不作声地打着临行的背包，心里就更不是滋味了。初来乍到，适应新环境并不简单，赵岚深有体会。之前在门诊部两个女兵住一个屋，汽训大队一个宿舍满满当当十二个女兵，完全是两个概念；在一日生活制度上，各单位具体的要求和标准也不尽相同：赵岚在警通连当新兵不让坐床，到门诊部之后又可以坐了；警通连不允许熨裤子，门诊部则要求必须熨，因为卫生岗位要讲究形象。背包的打法也五花八门，有的是一条龙，有的是三横两竖。如此种种，令她成天提心吊胆，生怕哪里做错了，训练上更是打起十二分精神，怕被训，怕被发现毛病。12月的华北已是天寒地冻，可训练时长并没有随着气温降低而减少，每天高度紧张的神经加之高强度的训练，不少队员患了感冒。赵岚也不例外，但不敢请假，硬撑了几天，咳嗽越发严重。

训练中途只有十分钟休息时间，又要喝水，又要去一公里外排队上厕所，还要去医务室打针，听起来是不可能完成的任务，赵岚竟然做到了。护士小张对她印象深刻，有一回随队去训练场保障，还专门指给周爱玲看："您瞧，就是这个丫头，特坚强，要我给她青霉素加倍，还一个劲儿催打快点儿，我瞅着都疼。"

"严格遵医嘱，绝不许擅自增减剂量。"周爱玲正色道。

"明白。"小张眨了眨眼睛，"您放心吧，我有招儿！"

四排教练员卢永峰也注意到了赵岚，这名战士队员虽然来得晚，但是军事基础很好，训练没几天，已经赶超了许多队员。他哪知道，赵岚是跟男兵一起参加新训的。

1996年年底，新兵赵岚到陆军学院警通连报到，在这个由警备纠察兵和通信兵混编的连队中，她度过了军旅生涯最初的三个月。男兵多，女兵少，各项训练执行的都是男兵标准。很快，柔嫩的脚趾就被硬邦邦的制式皮鞋磨伤化脓，赵岚不想别人说自己娇气，一直忍着不请假。有天练射击，雪地里趴了一上午，回到宿舍脱袜子竟把右脚中趾的指甲盖揭掉了，疼得她直哼哼。二十多个新兵里赵岚的背包打得最快，半夜搞紧急集合，都知道衣服叠起来当枕头，赵岚自己又琢磨出另一个小技巧，衣服袖子冲外叠，哨声一响，翻过身来伸胳膊就能穿上。有一回，她太着急，楼梯拐角处脚下一滑，雨衣脸盆胶鞋丁零当啷全散了。年轻女兵的倔强与可爱在她身上体现得淋漓尽致。

和其他队员一样，赵岚每晚都坚持出小操。一米六九的赵岚分到了四排面，据说整个一中队，四排面的踢腿动作最为出众。晚间气温骤减，训练场上仍然练得热火朝天，这个阶段主要是拔慢步，队员们三三两两聚在一起轮换着喊口令。

"一！"

左腿站直立稳，右腿快速踢出，同时保持脚尖绷直，停留在距地面二十五厘米的高度，等待下一个口令。

"二！"

右脚落地，迅速转移重心，左腿出。

没人统计过这套不知疲倦的踢腿动作究竟被重复了多少遍，充斥着疼痛与困惑的无数次最终都被那个最为简单的循环所消解——

"一、二、一、二……"

赵岚没有同伴，因为来得晚，仿佛闯进了一个陌生家庭，别人都有说有笑，只有自己和周围的一切都显得格格不入。因为不好意思，她一直都是独自练习。

"踢得漂亮！"卢永峰走了过来，"还想再快些吗？"

"想！"赵岚赶紧立正，能得到教练员一对一的指导，她有些受宠若惊。

"别紧张，就是个小游戏。"

游戏规则是这样的，卢永峰站在赵岚身后，下口令的同时会用脚尖踢向她即将出腿的脚后跟。如果踢到了，就说明她出腿慢了，反之，则获胜。第一天，赵岚一把也没赢，脚后跟倒是被踢得生疼。第二天，照旧。眼下到了第三天，口令下了十几动，挨踢的次数仍然一个不落。

赵岚双颊憋得通红，感觉自己已无可救药，周围的队员肯定也都看到了，真丢人！

"注意力集中！"卢永峰厉声提醒。

赵岚长呼一口气，努力按下杂乱的情绪。为什么他总是能踢到我？明明我已经很快了啊！赵岚百思不得其解。殊不知身后的卢永峰正露出赞许的微笑，一心专注踢腿的女兵忽略了一个细节，不知从什么时候开始，卢永峰的脚尖跑到了口令前面，也就是说，口令尚未下达，赵岚的后脚跟已经挨踢了。在这场游戏中，恰恰因为教练员的作弊，被训者的出腿速度和腿部力量才得以迅速提高。在仪仗队新兵连，卢永峰就是这样练出了刀光剑影般的腿功。

"十七名出列！"第二天训练中途，卢永峰突然把她叫了出来，"到队伍前面做示范！"

那是赵岚第一次站在全排面前，踢腿的时候风似乎很大，

政治学习（王晓红供图）

哗哗作响，赵岚再听，原来是队友们的掌声啊。那晚，她在日记中写道："我的心情啊，又紧张又开花，感觉有点儿班门弄斧，毕竟四排的队员都很厉害，我一个小新兵……可话又说回来，教练员足足表扬了我五分钟！真是太开心了！"

从此，赵岚心中那道难以言状的壁垒开始消融。一次完美的动作展示令众人刮目相看，一个起先不被认知的"小透明"瞬间成了被热捧的标兵，周围的世界仿佛都升温了，笑脸、友谊接踵而至。又或者这一切都只是一种心理错觉？实际情况是，很多老班长开始主动找她交流，训练场上的沟通也日益轻松、自然。赵岚有了一种豁然开朗的全新体验，也许队员间的关系的确有些错综复杂，可不管怎么复杂，最后还是要靠实力说话。没错，只有动作过硬才能无所畏惧。

想到这里，小卫生兵美滋滋地笑了，那个恐怖的"跳楼计划"早已忘到九霄云外。

一起减肥吧

身高一米七的通信兵李静被选入方队纯属意外，当兵三年，李静的军营生活从没离开过话务。20世纪90年代中期，我军通信建设开始由模拟转为数字，1995年入伍的李静亲眼见证了从插拔塞绳到拨号键盘的进阶，最近连队又开启了一项新业务——BP机寻呼台。女兵方队到第三通信总站来选人的那天下午，李静恰好轮休，冬日和煦的阳光照进二楼宿舍，她惬意地趴在窗台上看热闹。选来选去一个也不达标，总站的领导急了。连长冲李静招了招手，要她也下来试试，临近复员的老兵本不在选拔范围，李静抱着友谊赛的心态走了两动，结果居然选上了。

总站领导怕李静有顾虑，亲自来做思想工作，慷慨激昂地演讲着超期服役何等光荣。话务员李静面带职业微笑，边听边点头，要是让战友们看到，准以为她正上机工作呢。其实，根本不用劝，李静心里一百个乐意。

李静的队列基础很好，加之她才思敏捷向来注重技巧，当初连里设备升级，需要重新背号码，几千个新号码都没难倒她，对于训练中的难题她也自有化解的妙招，困扰她的更多是作为老兵的优越感和话语权被剥夺的心态问题。参加井陉驻训（历次阅兵中，各方队在入驻阅兵集训点之前会进行预备训练，为正式训练做准备、打基础）的是军区各单位选来的战士，她们兵龄不同，专业不同，军事素质也参差不齐，所以无论是懵懂新兵还是资深老兵，都严格执行统一标准，这样才能在短时间内剔除各种疙瘩瑕疵，融为一个团结集体，朝着阅兵这一共同目标前进。北方冬季气候恶劣，风也大，无形中增加了训练难度，加之排长张瑛作风严厉，李静经常感觉吃不消，常在心里自嘲，临近退伍的老兵被重新扔进了新兵营。

井陉驻训期间几乎天天考核，大家印象最深刻的是一个黑色皮面的考核记录本，每人每天的动作表现都会被详细记录并且量化。从军姿站立到齐步正步，每个动作都抠到极致，单单一个正步摆臂定位就有十一项细则。那段时间，李静随时随地都在练摆臂，前摆臂需肘部弯曲，小臂略呈水平，手心向内稍向下，手腕下沿与第四衣扣同高，后摆臂手腕前侧距裤缝线约三十厘米。

注意！避免勾手腕！

事过多年李静仍不愿回忆那段时光，除了训练之苦，还因为一名队友的离队。大家都叫她小彤，一个清瘦的、面容白净的新兵。小彤有胃病，一犯胃疼就吃不下饭，却从来不肯请假，在李静的印象中，小彤像是舞台剧中没有台词的道具树，永远不说话，永远在重复某个动作。一个午后，小彤请李静陪她去操场散步。

"静姐，我明天就要走了，实在坚持不下去了。"午间的训练场空荡荡的，小彤的声音若有若无。1999年阅兵队伍里有不少1978年之后出生的战士，作为我国实施计划生育后的第一批独生子女，他们被贴上了"娇生惯养""自私""懒惰"的标签，

女兵（王晓红供图）

似乎很难摆脱种种偏见。如果把小彤的离开简单视作娇气，吃不了苦，李静一百个不同意。小彤并非经受不了意志力的磨炼，而是面对高标准的训练，现实的身体条件难以承受。

1999年春节前夕，一度分三地驻训的女兵方队终于会师汽训大队。全员集结，密林般的庞大队伍加上震耳欲聋的口号声又让赵岚暗自激动了一把，她太喜欢这样的大场面了。天寒地冻间，四百多名年轻的女兵聚在一起，何其壮观！在这里，她们将迎接风雪考验，完成各项基础动作的训练，频繁的考核会一直持续到4月初，届时方队将敲定进村人员的最后名单。

这一天激动不已的大有人在，为了统一着装，方队为所有女兵发放了红肩章。全军院校的学员都戴红肩章，这对于学员队员来说不稀奇，甚至还有些惆怅，毕竟像张瑛这样的毕业生，发到手里的本该是带着银色星星的军官肩章才对。可来自部队的二百多名战士队员的心情就全然不同了，不想当将军的士兵不是好士兵，这是拿破仑说的，不想提干的士兵不是好士兵，这恐怕是每一名战士的心声。

想要通过考学来提干也并非易事。赵岚的班长考过一次，没考上，赵岚准备考，还没来得及考就来方队了，而常峥和李静这样申请超期服役的老兵，连考学的机会都没有了，她们各自怀着不同的心情，戴上了预示着提干的红肩章。队员中流传着1984年战士队员保送入学的故事，心中的期待就变得更为具体。

春节休息了三天，大家围坐在一起剪窗花、包饺子、看春晚，泪眼婆娑地想家，思念远方的妈妈。正月初三，训练继续。三个中队各归其位，排面人员的调整和骨干任命也由此发生了变化。入驻汽训大队后，张瑛又升职了，她的新身份是一中队副队长，协助张国英全面管理一中队，由于工作需要，她从第一排面调到了第二排面,孙玺则接任一排排长并兼任一中队副教导员。

重新分班可不只是调换宿舍那么简单。每个班的人员搭配必须兼顾新老学员和军区战士,之前分批次主要出于进度的考虑,眼下不仅要实现训练统一,更要加快队员间的熟识,完成她们心理和情感上的融合。再艰苦再繁复的训练,归根到底练的是配合与默契,张国英早在十五年前就深有体会,融洽和谐的班排氛围和互通互助的队员关系至关重要。至于完善队员档案信息、统计各项数据资料只能留到晚上加班,张国英的原则是绝不能影响队员的训练和休息,因此,工作量再大也不允许队员帮忙,队部常常到了半夜三更还灯火通明。

一米七六的赵欣曾为自己的个头烦恼不已。队员选拔时不少学员为身高发愁,愁的是身高不够,她们踮着脚、往袜子里垫东西,费尽心思想要"长长个儿",而赵欣愁的是身高太高。

二次选拔时赵欣被刷下去了。北京军区专门来人传达上级精神,1999年中华人民共和国成立五十周年大阅兵将是一场迎接新世纪的盛典,阅兵工作要实现"阵容强大,标准一流,工作精细,效果最好"的目标。具体到方队实际工作中,需按照"严格队员体型标准"的要求,对现有队员进行二次选拔。当天下午赵欣就接到了离队通知,虽有不舍却又在意料当中。临走前,她拨通了井陉集训大队的军线,想与一直关心自己的张国英队长道别。张国英一听急了。

"赵欣你先别走,等我消息。"这边刚挂断,张国英马上又抓起话筒把电话打到了方队,"我的兵我了解,无论腰腿比例还是腿型肯定都没问题,不不不,你们不能放她走!我现在就回去!"

张国英立即动身赶回白校。

"嘿——"工作组的同志皱起眉头，十分不解，"怪了！这张队长一回来怎么腿型就改了？"

"莫非有特异功能？"一旁的年轻干事也哭笑不得，上午他亲眼看到赵欣腿不直，还有明显的驼背，现在却跟换了个人似的。

"她就没好好站！"说罢，张国英严厉地瞪了赵欣一眼。

原来，赵欣从小到大都鹤立鸡群，站在队伍里总比别人高出一大截儿，特别显眼。在校三年，校庆阅兵各种活动都没她的份儿，就因为她个头太高。这次阅兵，张国英向方队力荐赵欣。

"沉稳踏实，绝佳的大排头人选！"

对赵欣来说，能进入女兵方队无异于天上掉下了馅儿饼，但身高"超标"的问题始终让她担忧。为此，苦练之外的赵欣做了不少"傻事"，她悄悄把鞋跟削低，屈膝，撇着腿儿站，总之怎么能显得矮点儿就怎么来，久而久之便养成了站不直的坏毛病。张国英再三表示，通过训练这些问题都能得以纠正，孩子素质全面，绝对没问题。好说歹说，总算给保住了。

"以赵欣的身高，要上就是大排头，否则就只能下。方队里可没有第二个位置给她。"王俊光总教练快人快语，却又恰如其分地点出了方队基准兵的死穴。

队员们大都对基准兵充满羡慕，傲人的身高条件啦，备受瞩目的位置啦，令众人可望而不可即，实际上，这是一种盲目认识。在赵欣眼里，中等身高的队员才拥有真正优势，排头站不了可以去排尾，框子兵当不了就当钉子兵，实在不行，做个普通队员也不错。个头儿最高有什么好？只有一条道走到黑，要么基准兵要么下！

张国英用人向来很准，即便张瑛一开始抵触情绪严重，状况连连，甚至显出些冥顽不灵的势头，她仍然坚持自己的看法，从排长到副中队长，一次次委以重任。实践证明了她是对的，张瑛天生就是做骨干的料。当然，那个时候谁也无法预知，因为张国英的坚持，一心想回家的张瑛踏踏实实地留在了方队，从此与阅兵结下了不解之缘。同样，对于赵欣，张国英也没有看走眼，体格健壮的大高个儿扛住了各种压力与困难，始终犹如定海神针一般稳稳扎在基准兵的位置上。

其实，除了身高，赵欣还有一个困扰——体重。

"大排头显壮，有点儿影响整体效果。"

"没错，一排面是门面，胖瘦不均匀可不行。"

训练间隙，听到王总教练和方队长的对话后，赵欣铁下心来，一周内减重十斤！主食肯定不吃了，肉也得戒，赵欣的具体计划是：每顿只喝汤，外加五口青菜，吃完立即去后厨找活儿干，总之，尽快远离餐桌。该计划卒于两个星期后的一个中午。

"不吃饭哪来力气训练？"正在卖力刷锅的赵欣被张国英当场抓获，"我说你这个赵欣怎么尽干傻事啊？"

赵欣说到做到，半个月下来，果真减掉了将近二十斤，虽然被队长抓了挨了训，但被队员们私底下羡慕不已，纷纷效仿。20世纪90年代末，人们开始关注饮食健康，追求苗条身材，以瘦为美，减肥蔚然成风。电视上、收音机里、公交车站牌、大街小巷都充斥着减肥广告，推荐各种减肥茶、瘦身机。减肥之风也吹进了军营，时尚杂志里有一种"七日瘦身汤"的广告，按地址汇钱过去就能收到一个蔬菜汤的配方，连喝七天就可以瘦成理想身材，不少女兵都偷偷试过。赵岚也想减，可又禁不住饿，尝试了好几次都放弃了。稍作调查，张国英发现刻意节食的队员不在少数。

与此同时，孙玺却在为增肥发愁。早在北京参加骨干集训的时候，彭尚德就留意到，相比另外五名队员，孙玺的腰太细，尽管六人的动作齐整，视觉效果却并不完美，初次接触阅兵工作的彭尚德对排面的整齐划一有了直观而具体的理解。他想办法买了一条护腰，让孙玺戴上以增粗腰围。可由于训练强度太大，天气又异常炎热，反而越练越瘦，后来护腰得折叠成两层才能出效果。为了排面，爱美的孙玺每餐都给自己定目标，努力多吃，经常撑得胃疼，还吃吐了好几次。

"都别给我瞎折腾了！把精力放到训练上！相信我，进村之后，胖人能练瘦，瘦人能练胖。"张国英拿出1984年老队员的权威，以过来人的身份给大家上了一课，把这股"不正之风"

进村前考核（王俊光供图）

出战宣誓(王俊光供图)

学校欢送方队成员赴阅兵村训练(王俊光供图)

给压下去了。

进村之前最后一次淘汰如期而至，汽训大队上空笼罩着一种特殊的离愁别绪，尤其是有些参加意愿很强烈的队员，因为训练伤无法继续，离开时格外伤感。张瑛奉命护送天津方向的女兵返回原单位，一路上女兵们哭得稀里哗啦。

"副队，我真的很努力，从不叫苦喊累。我一直觉得只有坚持到最后，真正走过了天安门，才有诉苦的资格。现在我中途退出了，也就永远失去了这个资格。"火车上，被退回的女兵泪流满面地道出心声。

张瑛大为震动。在张瑛二十三年的人生旅途中，并没有经历过什么像样的离别，这次送别在她心灵深处留下了难以磨灭的印记。难道大多数时间都是命运选择了我们，我们就不能做命运的主人吗？漫漫人生需要作选择的时候很多，但某些特殊的情形下，一个选择就会影响一生。更为无奈的是当你下定决心作出一个重要抉择，命运却要让你中途离场。

张瑛突然意识到，也许《长号在前》要表达的正是上场和退场的关系。该上场时自应当仁不让，拼尽全力去闯；到了退场的时候，也无须太过留恋，挥一挥手，洒脱地离开吧。

又见沙河机场

"10月1日上午，将在天安门广场举行首都各界群众庆祝中华人民共和国成立五十周年大会，中共中央总书记、国家主席、中央军委主席江泽民发表讲话，随后举行盛大的阅兵式和群众游行，庆祝大会、阅兵和群众游行的规模约50万人。"

1999年4月12日，新华社发布了一条消息，引起了世人的

受阅女兵登上进京专列（石红供图）　　　受阅女兵在北京站换乘军卡（石红供图）

极大关注。两天之后，女兵方队踏上了石家庄开往北京的专列，和另外十六支徒步方队统一入驻昌平沙河阅兵村。重返故地，回忆如潮水般向张国英涌来。

当年进京，徒步方队陆续抵达机场附近的沙河站，指挥部却特别安排女卫生兵方队在北京站下车。北京站距离沙河机场四十公里，四百多名队员按顺序下车、集合、列队、报告，再背着背包走出站台，步行至车站东侧换乘敞篷军卡。从下火车出站到女兵们训练有素地登上卡车,一路上挤满了围观的旅客与行人,频频投来的目光中有新奇也有赞叹。车队缓缓开动,围观的人群也跟着车队跑起来,有的一直跟到了长安街。

张国英后来才明白,如此大费周章并非多此一举,安排女兵在北京站下车,意在考验大家在外界环境中亮相的胆量。那个年代大多数女孩儿都比较腼腆,人前露面容易显得羞涩,而受阅部队就是专门让人看的,作为全军第一支女兵方队,必须"敢于表现""敢出风头"。

"真棒嘿!"首都市民发出了由衷的赞叹。

张国英对此印象颇深,那句纯正京腔很快成了队员之间的调侃,谁要有个什么新鲜举动,旁边就会有人喊:"嘿!真棒嘿!"

拔慢步(王俊光供图)

到达驻地了，张国英环顾四周，与记忆里的场景反复比对着，没错，就是这里——沙河机场的迫降场。在这片荒草地上，曾搭起无数顶绿色帐篷，张国英视之为绿色海洋，一眼望去，起伏错落，甚为壮观，年轻的心无数次被此番盛景所激荡。如今，取而代之的是一排排红漆屋顶的活动板房，整齐，严谨，也牢固，再也不用担心帐篷被大风刮跑了。板房四周植有草皮，万年青和棕榈树点缀其中，张国英不由得感叹今非昔比。

进村当天本无训练计划，女兵方队却没有休息，卸下背包迅速整理内务，二十分钟后，阅兵村最东头的十七区响起了集合哨，女兵方队全员集结投入训练中。作为现役部队中唯一的女兵代表团，这种一刻不休的战斗精神极具感召力，指挥部的领导也留意到了此事，对女兵方队充满了期待。不久之后，徒步方队指挥部就组织了一次合练考核，女兵方队的表现却令众人大跌眼镜。进村之前，女兵方队始终在苦练基本功，尚未正式进入连续动作的合成训练，因此赶鸭子上架式的整体展示效果就可想而知了。

第二次考核，方队特别重视，这次要是再垫底恐怕就很难打翻身仗了，为了拿出当前的最佳效果，王俊光对排面进行了一些机巧的临时调整。一排面有个队员因为训练伤没法上场，赵岚就被借调了过来。整个考核过程都很顺利，站进一排面的赵岚也踢得足下生风，算是露了一手。

作为总教练，王俊光始终密切关注着每个队员的情况，编队是一项技术含量极高的工作，三百五十二名队员组成的庞大阵容，既需要从整体宏观把控，又必须落实在具体的体型差异和相貌特点上，右高左低、前高后低是基本原则，但是要最终形成整齐划一的视觉效果，让人看不出太大的身高差，个中就大有学问了。1999年女兵方队全员身高差高达十五厘米,在王俊光精妙的排兵布阵下,整支队伍光洁平整,观瞻效果堪称绝佳。

"赵岚这丫头动作不错,完全够上一排面,就是太壮了些,和赵欣的问题一样。"王俊光对一排教练员王建云说,言语中充满了惋惜。

赵岚听在耳里,记在心里,又开始琢磨起减肥的事情来。周末打电话,排了将近一个小时才轮到赵岚,她咬了咬牙,没往家里打,而是打给了陆院的战友。一个星期后,她收到了"宝贝"——战友给她寄来了三盒减肥茶。苗条的明星印在亮黄色的包装盒上,旁边还有一行小字:减至标准体重后请适量食用。赵岚一看信心倍增。

"哟,还惦记着一排面呢?"刘欣凑过去拿起一盒仔细打量着。

"减肥茶肯定不能喝,那玩意儿就是拉肚子,拉脱水了你还怎么练?"班长边整理床单边说。

"能进一排多好啊,肯定能上电视,没准还有特写呢!"

"要我说,绝不可当叛徒!一排再好又如何?咱生是四排的人,死是四排的鬼!"

玩笑归玩笑,赵岚犹豫再三,最终还是把减肥茶收了起来。五个月的训练令赵岚理性了许多,她想通了,王总教练那句话是对自己最大的肯定和鼓励,能进一排面,知道自己有这个实力就够了。四排需要我,赵岚在心里默默地说。

1999年5月,北京军区军医学校转隶总后勤部更名为白求恩军医学院,顺应军改是大势所趋,更何况在近六十年的风雨历程中白校多次经历迁址改制。有趣的是,因为这次转隶,女兵方队成了总后勤部的队伍,也是总后勤部在阅兵场上的一枝独秀，部领导自然高度重视，时常到村里视察、慰问。女兵们终于也尝到了"受宠"的滋味。

而5月中旬的气温也是热情高涨，一路攀升，屋里渐渐成了蒸笼。进村那天分宿舍，一走进房间，几乎所有人都是欣喜的，屋内宽敞明亮，可以开窗户通风，地面铺上了整齐的方砖，再不会有蛇的侵袭。然而，舒适的住宿体验并没有持续太久，毕竟板房的隔热能力有限，降温全靠一台电风扇。风扇每天在高热中不知疲倦地来回摇摆，把裹着热风的气流吹向四周，其实起不了什么降温效果，聊胜于无。后来风扇累得无法摇头了，床位离风扇最近的刘欣负责给它手动转向，左中右，一个方向十五分钟。

夜间熄灯后，实在热得睡不着的女兵就会搬个小马扎坐到宿舍门外乘凉。

"以前听她们讲1984年的故事，我总觉得夸张，白天训练已经很辛苦了，怎么可能睡不着？再热能有多热？"刘欣说，"现在算是知道了。"

在刘欣看来，热还是其次，真正要命的是蚊子和草。不知从什么时候开始，周末的主要任务变成了拔草。4月下旬的一个清晨，刘傲然醒来第一眼看到的居然是一棵草，新鲜碧绿，从床边的砖缝里直直地探出来，再仔细瞧，可不止一棵，但凡砖缝大的地方都冒出了些许青绿。刚开始，大家兴致盎然，红砖绿草，颇有几分赏心悦目的情调，拔草成了紧张的训练生活中浪漫悠闲的乐趣。没想到屋里的草越长越热闹，狗尾巴草、牛筋草、马齿苋，叫得上名的叫不上名的，越拔越长，草虫共生，蚊子的数量便呈几何级增长，挂蚊帐成了每晚必修课。有一回，刘傲然睡着之后胳膊腿挨着了蚊帐，第二天起来密密麻麻全是包。

进入雨季，屋子里的草更为猖獗了，有几天大家训练加班很晚，实在没顾上拔草，赵岚朝班长借拖鞋，趴下去一看，好家伙，床底下的狗尾巴草已经长满了。

"班长，你这床底下的麦子该收了！"赵岚哭笑不得地说。

数以吨计的汗水啊

上午 10 时，机场跑道上热气蒸腾，四周晃动的景物令人仿佛置身海市蜃楼，刘欣突然发现，在排面间巡视的孙副总教练已经双脚离地了。幻觉，都是幻觉。因此，当火球般的太阳炙烤着训练场上的官兵，所有人都应该汗流浃背。

"看看人家五排长。"卢永峰说。

五排面踢着正步迎面走来。在分排面训练的时候，大家最喜欢这样的短兵相接了，既能充当临时评委挑挑对方的毛病，让枯燥的视觉有所调整，紧张的神经稍作放松，同时又能关注到自己前后位置的动作特点，毕竟相邻排面在方队合成中需要密切协同。五排面最近势头很壮，王总教练和两位副总教练轮番表扬她们，摆臂有力，砸地有声。三十名队员中王嫦婵是最显眼的那一个，她已浑身汗透，就像刚从水里拎上来一般。排面之间搞竞争，比干劲，最直观的就是比出汗，汗水多自然说明训练卖力，出汗少的可就有了偷懒的嫌疑。刘欣和王嫦婵，一个是四排排长，一个是五排排长，免不了被拿出来作对比。

关于出汗的问题，不爱出汗的刘欣研究得很透彻。出汗作为一种生理现象，受交感神经调控，当外界温度升高，人体除少数部位外，全身其他皮肤都可出汗，由此散发热量调节体温。

她仔细观察过，赵岚爱脸上出汗，王晓红爱胳膊出汗，王嫦婵的后背没五分钟就跟浸透了水似的，而刘傲然的衬衣还只是"星光点点"，有人干脆就不怎么出汗。比如说自己，太阳底下站一个小时也比不过王嫦婵五分钟。大冬天多冷啊，军姿站立刚开始时谁都有些瑟瑟发抖，十几分钟过后能站暖和此话不假，可要把套在冬常服里的绒衣都汗湿就不可能了吧？可王嫦婵偏偏就能，七排面有人不信，休息时特意前去"侦察"了一番，掀开衣襟往里探，果不其然全是汗。出汗标兵"不同凡响"，其实说到底就是个体差异。

阅兵指挥部的医疗组做了个关于"出汗"的调查，受阅队员平均每人每天要流下两千克汗水，照此推算，阅兵村里上万

蹬翘练习（王俊光供图）

名官兵一天的汗水就重达二十吨，几个月累积下来，竟有上千吨！听到这个数据，女兵们震惊之余又深感自豪，正是这数以吨计的汗水啊，方可铸就威武不可摧的钢铁方阵！

"了不起！算起来咱们方队一天也差不多贡献了一吨！"

"那一吨里可能没我。"刘欣心虚地想。

1999年的夏天特别热，华北地区更是酷暑难当，在全球变暖的大背景下，极端高温事件频发。7月2日，北京出现了20世纪气温的次高纪录，日最高气温达四十二点二摄氏度。

"极端高温不仅会引发农业灾害，对人类的生存和居住环境也会产生不良影响，在我国增温幅度最大的华北地区，干旱日趋严重，工农业的正常开展受到影响……"食堂里正播放着午间新闻。

军姿站立（王晓红供图）

"但是——绝不会对训练造成任何影响!"王晓红站起来啪地将筷子一放,表情夸张地抢白道,"在座的各位请放心,管它什么极端高温、超高温、超超高温,全都不是事儿,哨音一响,训练依旧!"

大家笑得东倒西歪,一张张黝黑的脸庞彼此已见怪不怪,可要是去村外走一走,回头率肯定百分之百。今天收操有点儿晚,队伍直接带到食堂开饭,队员们纷纷摘掉领带,松开衣领上的纽扣,顿时清爽了许多。不明就里的人难免发问,大热天训练为何还要穿长袖衬衣打领带?入夏换装,阅兵村里也不例外,女兵们却叫苦不迭,鸡心领短袖没穿两天,胸前就晒出了"黑三角",肤质敏感的甚至出现了红肿脱皮。

王晓红(王晓红供图)

"方队长,这样晒下去要出问题!"军医周爱玲找到彭尚德,一脸焦虑,"毕竟是女孩子,细皮嫩肉的,我建议,还是穿长袖吧……"

话虽如此,可身在军营,衣服还真不是想换就换,男兵能扛住,女兵为什么要搞特殊?方队就此事向阅兵指挥部打了报告,经正式批准后才又换回了米色的常服衬衣。很快地,又出现了另一个麻烦。米色衬衣布料薄,汗透之后贴在身上几乎成了透明的,女兵的内衣显现无遗,场面颇为尴尬。再换衣服是不可能了,阻止队员们出汗也不可能,难道不让教练员看?更不可能。不看怎么纠正动作？

彭尚德愁坏了，这个问题似乎没法解决，只能硬着头皮熬过去。好在教练员个个都表现得"临危不惧"，该怎么训还怎么训，好像没受什么影响。一年来，训练场上天天见，和女兵相处久了，这些满脑子直角直线的仪仗兵们也渐渐悟得生存之道，张口闭口都是语言艺术。王建云有句话说得妙："表面上，是我们在训女兵，实际上，是女兵在训我们！"

从一开始遭遇张瑛，到后来陕西口音闹笑话，王建云在这群令人头疼的女兵面前没少栽跟头。熟识之后，调皮的队员趁休息时把他的腰带偷偷调短，再上场时，王建云腰带也系不上了，纠正动作的小木棍也不翼而飞，一脸狼狈。

"你呀，别再穿深色内衣了，太明显。"

"哎呀！"被提醒的女兵一脸窘迫，双手条件反射地挡在胸前，"大意了大意了！"

"其实也没事儿。瞧瞧咱们都黑成啥样了？还有女孩儿样儿吗？"方队给大家配发了小护士防晒霜，有人一天抹三回，还是黑得跟炭似的。

"明明是比美的年龄，我们却在比黑。"

"我就纳闷了，防晒霜怎么不起作用？"

"能力有限呗，它哪能料到咱们一站就是大半天。"

1999年女兵的裙子长度缩短了十五厘米，裙子下沿提升到了膝盖以上，不仅膝盖彻底解放了，还露出了一小截大腿，这种调整优化了身材比例，更能彰显女兵的挺拔身姿。回望十五年前，保守思想还占据主流，女兵的裙子必须遮住膝盖，这不能不说是时代的进步。对于她们来说，裙子缩短的现实意义，是腿上被晒黑的区域更大了。

7月初，三中队教导员因故从阅兵村离职，十四排排头李岩被指定为代教导员。搬去与中队长孙丽莉同住之后，李岩才清楚方队干部的辛劳，孙丽莉经常开会到深夜，抱着黑本本满脸疲惫地推开宿舍门。总教练与副总教练同台献计，看似有矛盾有分歧，一个人难免会有疏漏片面之处，要想让细节繁多的堪称庞大工程的训练无死角无遗漏，就必须从不同的视角进行审视，问题越找越多，每天的训练工作会越开越长。

那段日子堪称黑暗，女兵方队似乎走进了死胡同，越练越差，越走越乱，从表面上看每天太阳照常升起，训练照常进行，而实际上每个人的内心都在被一种叫"绝望"的悲观情绪折磨着。

"为什么要分毫不差？"

"为什么要整齐划一？"

分毫不差，整齐划一。似乎被下了魔咒。

贾东信找彭尚德商量，这个星期的政治教育就再放一遍1984年的训练录像吧。

女卫生兵方队当年严抠细训，为了准确地找出每名队员身上的问题，陈守信想到了用录像来检查队列动作，在影像设备并不发达的20世纪80年代初，这算得上一项创新举措。学校电教室的录像技师胡长海被特派到阅兵村，在合成训练阶段拍下了大量训练实况，不仅促进了训练效果，更为方队为白校留下了极为珍贵的历史资料。赵欣记得，入学教育时观看过1984年的训练录像，略显模糊的黑白影像，缀着五角星的解放帽，一张张年轻的面庞，短促有力的口号，矫正背姿的"T"形板，绑在小腿上的沙袋，还有衣领边闪着银光的小别针，成了赵欣对阅兵的最初印象。进村之后方队又放过几次，赵欣发现，每次看都有新的感受，之前看不懂的地方渐渐懂了，年代久远的画面中，队员们的身姿容貌越发亲切熟悉，好像就是眼下的谁和谁。赵欣想到了一个词：传承。要是有机会能见见当年的队员，一定大有收获。

　　一路走来，倔强的长号乐手始终在和自己作斗争。井陉驻训，张瑛成了负责训练战士队员的排长，后来会师汽训大队，又被提拔为副中队长，嘴上是答应了，各种任务也认真完成了，可心里却没少嘀咕：本来不想参加，留下来好好练已经给面子了，还让我干这干那。而无形中似乎又有一股力量不断推着她往前走，愿意也好不愿意也罢，总之，没有退路。是张国英队长那不容分说的严厉，还是井陉小土坡上越背越沉的常峥？是护送战士回天津的那场送别，还是身为军人令行禁止的基本素养？张瑛自己也说不清，她当然也无法预知，从现在算起，在往后二十年的时间里，自己将以不同角色四次参与阅兵，人生诸多重要节点会因阅兵而缺席，她不得不奔忙于训练场，不断延伸着自己的阅兵生涯。

　　现在，她没有太多时间去想这些，进村之后更忙了。

　　副中队长的工作是具体而微的，张瑛经常"下地干活儿"。即便训练再艰苦，营区的内务秩序也不能懈怠，作为纪律部队，无论什么时候都得保持高标准的工作作风。活动板房周围按中队划分了卫生区域，每次雨后，张瑛都要重新修葺草坪四周的土棱子，用工兵铲拍出坡面与棱角，再拿纱窗布细细筛上一层沙，看上去整齐又美观。因为这独家秘方，卫生流动红旗从没挪过位置，像是长在了一中队。

　　距离土棱子不远处是洗漱台，红色帆布顶棚辉映着房顶的红漆，到了傍晚，夕阳斜打在白墙板上，呈现出金橙色的耀眼光芒，与摇晃的棕榈树、整洁的草坪相映成趣，惹人遐想。这大概是阅兵村里最浪漫的时刻。训练归来的女兵们就在这幅美妙的画面中清洗着析出皮肤的盐，还有衣服上白花花的汗碱。

水花四溅的洗漱台边上挤满了女兵，牙膏与香皂的清香挤满了清晨，紧张的一天也是从洗漱台开始的。王丽喜欢起得更早一些，四点半，天刚蒙蒙亮，从水龙头里喷洒出来的清凉在晨风的抚慰下给她一种柔软的包裹，这个时候适合发呆，更适合想家……

调步子的人

仪仗队的好仪仗兵不等于训练场上的好教练员，不是说动作标准就能搞好训练，还需要具备组训能力。如何组织指挥，如何用合适的语言进行有效表达，尤其是面对女兵，还要克服性别差异引起的种种问题。关于仪仗兵教练员的思考，王俊光从没有停止过。作为过来人，他一直保持着每天写训练日记的习惯，他的日记不是寥寥几笔的简单记录，而是细致深入的思考和分析，篇幅长，耗时也长，夜里只睡两三个钟头是常事。有时和刘宝权通宵聊训练，5点起来直接拿着腰带就去了操场，晚上训练到8点结束，继而开始这一天的讲评，挨了批评的队员必然会加练，于是他又拎着水壶和武装带去操场，找到那些动作有问题的队员，陪她们继续练。

方队组建之初，奉命进京解决教练员问题的王俊光找到了仪仗大队的大队长程志强——他当年的老排长。1984年女卫生兵方队的教练员是拼凑起来的，步兵学校虽是作风扎实的指挥院校，但是在队列动作诸多细节上经常与仪仗队的教练员产生分歧，各排面的动作要求都不统一，要想整体统一无疑是难上加难。

"要是这次的教练员都从仪仗队里出,那情况就不同了,您想想,咱们自己的人,一个手势,一个眼神,话不用多说就都明白,教练员之间沟通起来不费劲,效率自然就提高了。"

听着王俊光丝毫不改当年的浓厚乡音,抽完第三支烟的老排长用力点点头,紧锁的眉头终于舒展开来,露出了笑容。

王俊光如释重负,长出一口气。1984年阅兵结束,他也收到了白校的入学通知书,毕业提干分至天津八分部,其间还调去南京军区工作了几年,弹指间离开仪仗队已有十五载,想对老排长倾诉的又何止这些。回想当年,自己也只是个当兵不到三年的年轻人,为达到训练效果,练得特别狠,却得不到大家的理解。在他的印象中,教练员与队干部始终矛盾重重的根本原因在于换位思考很难。都知道队员们练得很苦,却少有人关注教练员体力和心理上的双重压力。

1984年整体效果好,但是照现今的标准来看,仍有诸多细节考虑不足,包括帽线、胸线,还有表情。细节决定最终成败,王俊光信奉这句话。阅兵虽看的是整体效果,实际上每个要素都由无数细节组成,如果说方队是一个有机体,每个细节就是它的细胞。与刘宝权同为副总教练的孙庆华也非常注重细节,训练手法细腻,话少,却总能直指症结,碍于男女性别,他还自创了许多手势,准确高效地达到了纠错效果。

6月初,四排钉子兵刘欣接受了一项特殊任务——练嗓子。

"练到在有音乐的情况下你一个人的声音能让整个方队都听见的程度。"孙庆华说。

"是需要我负责整队吗?"刘欣有些困惑,方队中似乎没有这个角色。

"不,是调步子,让所有人都听你的。"孙庆华仔细观察过,四排第十三名的刘欣处于方队中部靠前的位置,既能看到两个领队又相对比较隐蔽,嗓门虽不算大,但音色洪亮,通过针对性练习就能达到理想效果。班里学过美声唱法的队友花了三个晚上给她讲解如何运气,如何发声。

特殊加练开始了,刘欣需要每天提前半小时起床,跑到空旷无人的跑道上去喊口令。加上替补队员超过四百人的方队,没有喇叭,光靠嗓子喊,还是在有音乐有噪声干扰的情况下,那得多大的嗓门才能让所有人听到啊?刚开始练的时候,刘欣使出了浑身力气,可那声音瞬间就消失在了空气里,一点儿效果都没有,嗓子倒是很快就哑了,说话成了公鸭嗓。军医周爱

调步子的人(刘欣供图)

玲开了一堆金嗓子喉宝，嘱咐她不可用嗓过度。

"孙副总，我觉得靠我一个人的声音肯定不行。"一个星期过去了，刘欣的练习毫无进展。

"别着急，坚持下去，她们能听见的。"

从女兵生活区到训练场有一段必经之路，每天训练开始前与结束后，孙庆华都要带着刘欣去"劫道"。

"得让她们听你的。"

半个月后，不管走过来的是排面还是中队，刘欣都能在五步之内把她们的步伐颠倒过来，从"左右左"调整成"右左右"。可孙总还不满意，又提出了更高的要求：把步子往前赶半拍。为此，刘欣又练了半个多月。

"记住，这是一项特殊任务。"孙副总教练时常提醒她，"通常情况下没人知道你的存在，所以为了避免被摄像机捕捉到，没必要喊就不喊，但是一旦情况出现，必须第一时间做出反应，迅速调整。"

"喊还是不喊，你必须自己作决定。"

需要调却没有调，等于事故；不需要调却调了，也会酿成大错。曾经一度，"调，还是不调"成了一块巨大的石头，压得刘欣喘不过气来。

实际上，在方队里训练久了，包括刘欣在内的每名队员都具备了这种敏感性，行进过程中，会预感到步子马上要乱了。这一瞬间必须果敢地作出判断，绝不能等全乱了以后再调，如果那一瞬间没有乱，大家已经走得很整齐了，后面基本上也就不会再乱了。

朝夕相处的训练与生活，让队员之间渐渐形成了一种默契，刘欣的声音一出现，几乎不需要时间反应，大家都能迅速跟上她的口令。

这个特殊又奇怪的训练获得了成功,实际上它是一项预案,针对的正是在1984年大阅兵现场女卫生兵方队遇到的那种险情——音差。据悉,1999年大阅兵仍然由军乐队进行现场演奏,由距离产生的音差也许难以避免,如果再出现步伐不一致的情况,那么刘欣就得下口令进行调整。

孙庆华再次登上训练指挥车,用无线话筒喊话下口令。

那天距离1999年10月1日还剩五十天,倒计时牌上逐日减小的数字带来令人窒息的紧迫感,休息时女兵们也舍不得闲坐着,自发跪坐在机场跑道旁边的草地上压脚尖。值班中队干部手里的录音机里永远播放着《分列式进行曲》,已经无法统计循环次数了,那个旋律深深刻进了每个人的脑子里,以至于在之后的人生中一听到这熟悉的乐曲响起,整个人仿佛又回到了阅兵场上,踏着鼓点往前走,一直往前走。

倒计时牌(李岩供图)

想去仪仗队看"火花"

7月下旬的一个晚上,时针指向数字"8",天边呈现出壮丽的火烧云。

"最后一动。这动要是走好了,就带你们去仪仗队看火花。"

军靴能激出火花来,王建云曾这样描述仪仗队踢正步的情形,那种气势摄人心魄。在王建云的意识中,火花是力量的象征,而在年轻女兵们看来,火花代表的更是一种浪漫、一份诗意。队员们半信半疑,不由得对仪仗队的训练充满了强烈好奇。

翌日清晨,十七支徒步方队乘车前往通州机场,与机械化方队进行首次联合预演。车队一驶入通州机场阅兵村,通道两侧的武器装备便吸引了大家的目光,新型主战坦克、履带式步战车、轮式装甲车、滑膛炮、加榴炮、火箭炮,再往后是导弹!女兵们不禁发出阵阵惊叹。10月1日那天,我军将有不少新型武器首次亮相。

听说,江泽民主席今天也会莅临现场,所有人都兴奋不已。按照当日训练计划,上午各方队自行安排,进行场地适应性训练。距15点的正式预演还有好几个小时,大家都急切地期盼着。中午开饭,二中队轮到七排一班出公差,还按老规矩,一人负责一排,面包、矿泉水、榨菜、火腿肠逐一发到每个人手中,负责给中队干部和教练员送饭的王霞却遇到了麻烦,七排教练员李建辉不见了。王霞穿梭在排面与纵路间,怎么也寻不到那个高瘦的身影。原来,教练员碰到了一位老战友,两人正交流训练经验呢。饥肠辘辘的王霞把干粮塞到他手里,任务完成,自己也可以开饭了。

回到休息区刚坐下，集合哨就响了，等待演练的军姿站立马上开始，王霞连水也没来得及喝一口又重新站了起来。五分钟不到，王霞感觉眼前有些模糊，她默默给自己鼓劲，一定坚持住，决不能晕倒。

"同志们好！"

"首——长——好——"

熟悉的口号一声高过一声，越来越近了，王霞眼角的余光已经瞥见，载着江泽民主席的阅兵车正驶向男民兵方队，下一个就是女兵方队。江泽民主席来了！王霞心中暗喜。

"同志们辛苦了！"

王霞张开嘴，没等"为"字说出口就两眼一黑栽了下去。醒来时，预演已接近尾声，两个替补队员正搀扶着她慢慢向前走，要去与大部队会合。王霞只觉得天旋地转，辨不清东西，两条腿软如面条使不上劲。

"有些队员关键时候掉链子。"中队长陈彤虽没点名批评，但大家都心知肚明。王霞又委屈又懊恼，泪水在眼眶里直打转，练了这么久从没晕倒过，今天破天荒第一次，早不晕晚不晕，偏偏要在主席跟前晕！不消说，铁定要上"黑名单"了。

女兵们私底下关于"黑名单"的传说，其实大多数是捕风捉影加上各种臆想杜撰出来的。有人说晕倒一次就会上黑名单，也有人坚称晕倒三次才会上，还有一种说法，凡是被罚过去排尾的、被教练员当众点名批评的，总之犯过错的都上了黑名单。再有就是军医的就诊记录，所有去找周爱玲"验过伤"的"伤员"，一个也跑不掉。

军医周爱玲为此苦不堪言，每天面对队员们的各种谎言，很难探出真实病情。队员们私底下讨论，周医生那里有个黑本本，

军医为教练员挑脚上的泡（王俊光供图）

但凡看过病开过药都有记录。你想想，这个本子要让方队领导翻过了，不把你刷下来才怪。

"黑名单"上有排名，当然，也有"赎罪"机会，如果在全员大会上受到表扬就有"翻身"的机会，不过要是被总教练批评过的，就铁定上不了场，如此种种。"黑名单"的游戏规则被大家越传越复杂，女兵们也从一开始战战兢兢地对号入座变得半信半疑，到后来也就成了相互调侃的玩笑话，没多少人当真了。

从未晕倒的队员一经晕倒，很容易失去自信。那次晕倒后，王霞一站军姿就特别紧张，往往是越害怕越晕，越晕越害怕，陷入一种恶性循环。

"因为一次失败就怀疑自己，看轻自己，否定自己，情况势必变得更糟糕，失败了并不可怕，可怕的是失败后不能采取一种正确的心态。"

王霞在日记里反复写下鼓励自己的语句，可要真正战胜自我，恐怕还需要时间与机缘。

心理上的烦恼往往大过生理上的。女兵扎堆的地方少不了麻烦事，泼辣直爽的个性在人员组成复杂的方队中其实有利有弊。王云娜是白校一九九八级新生，一天课都没有上过，刚报完到就被选进了方队，进排面不久就当上了排头兵。排面里还有不少大二、大三的老学员，试问谁不想当排头兵？要论队列动作，似乎也都不相上下，难免对这个资历尚浅的新学员生出些嫉妒与不屑。王云娜性格爽快又敢说敢言，不卑不亢的作风却招来了各种"敌意"和排挤。尽管她向来不接招，一心专注在训练上，对方却接二连三地使绊子，甚至在排面会上"警告"某人不要一只老鼠坏了一锅汤，只差点名道姓了。

"你说谁呢？我也告诉你，不要指桑骂槐。"王云娜终于忍无可忍，一拍桌子站了起来，"我是新学员怎么了？都是来训练的，没有高低贵贱之分。"

"你们检查卫生，别的班睁只眼闭只眼，到了我们班就无中生有地挑毛病，为什么标准不一样？一个班的情绪都受影响，训练效果能好得了吗？训练本该是件单纯的事儿，掺和些乌七八糟的有什么意义？"

幸而王云娜内心足够强大，可这些影响终归是负面的，如果发生在心理承受能力差的人身上就会造成巨大困扰。

而张瑛最近的烦恼是方队要让她作事迹报告。在她看来，那些事情算不得什么英勇之举，只是小概率事件恰好让她碰上了而已。有天晚上轮到张瑛巡逻，在通往食堂的路上闻到烧焦的味道，她就有所警觉，走近一看，屋里果然有火光，情急之下她破窗而入，独自把火扑灭了，当时她觉得既然一个人能解决，就没必要惊动大家。还有一回是上厕所遇到一位队友不小心滑进了粪池，张瑛赶紧过去拉，够不着，只好自己也跳了进去。

当然，钻仓库事件说是碰巧就未免有些牵强了。队员训练用的靴子长短胖瘦的需求因人而异，同样是四十码的靴子，有的腿粗有的腿细，统一发放的时候往往无法兼顾每个人。负责阅兵村被装保障的军需库坐落在机场西侧的半山腰，张瑛拖着一麻袋不合脚的靴子走了很久的山路，却怎么也敲不开军需库的大铁门。原来，那天恰逢管理员回基地开会，一时半会儿回不来，为了不耽误时间，身手敏捷的张瑛再显身手，果断翻墙入室，趴在昏暗的仓库里一只一只地挑选比对，归队时已接近晚上9点。富有责任感，行事灵活又不失稳重，是张国英对张瑛钻仓库事件的评价。

高标准的训练、繁重的工作，加之每天佩戴隐形眼镜时间过长，8月初，张瑛视力急剧下降，甚至出现了间歇性失明。被勒令休息后，张瑛急得成天在宿舍里团团转。半个月后重返训练场，张瑛从之前的正式队员变成了排尾的排尾，也就是替补的最后一名。张国英看到她倔强的身影难免自责，瑛子的出类拔萃自己的确没看走眼，可没想到她会如此拼命。那段时间，只要置身于女兵方队的训练场地，就会听到二排教练员付育义特别有礼貌地举着大喇叭不停地喊：

"副队腿慢了！"

"副队小臂高一点儿！"

"副队腿再低些！"

整个方队，一共三个副队，能让一中队的教练员喊副队的只有一个人，因此大家伙儿都知道是谁在挨批，自尊心极强的张瑛就这样被"公开批评"了十多天，而心态已与开训之初全然不同。王建云不时地扭头关注着自己曾经的"刺儿头兵"，期待她能顺利回到排面。在长达十四个月的阅兵训练中，王建云穿破了五双三接头皮鞋，而方队的女兵们人均踢坏了五双特制短靴。

深受队员们青睐的副方队长孙景民是一位和蔼的大叔，为了方便大家修鞋，自学成才练出了一手钉鞋功夫。每逢休息，"孙师傅"就套上干活儿的围裙出摊了，右手钉锤左手鞋，活儿干得有板有眼。那天傍晚，在修鞋摊边排队的赵欣看得真切，铁器砸在鞋跟上，激出了令人欣喜的火花。

火花总是在我们不经意间于暗处闪现。

阅兵村训练场景（王俊光供图）

友　邻

　　8月下旬进入密集合练期，天安门预演，框子兵、排头兵、钉子兵一共去了五次，爬上高大的解放牌卡车，大帆布一盖，所有人都黑乎乎地闷在里头，有些轻微缺氧。没有呼号声，也没有口哨声，黑暗中的李岩乐于享受这难得的安静，在这难得的安静中她总爱思考一些稀奇古怪的东西。

　　在白校，李岩与张瑛一个队，写得一手好字，是队部文书。她是铁路子弟，生于黑龙江加格达奇，十八岁当兵之前，一直生活在大兴安岭的怀抱中，家中父母长辈都是20世纪60年代为支持铁路建设而奔赴东北的。李岩对铁路有很深的感情，在成长过程中也见证了东北铁路的日新月异。多年后，在长安街上，猛然发现铁道部大厦的对面就是八一大楼，这个巧合让李岩激动不已，人生中最难忘的两个阶段正好被它们穿起。

　　1992年，石红转业到地方工作，单位也在长安街，每天上班都要路过天安门。看着长安街两旁高楼林立，街上汽车川流不息，石红总有种春风拂面的感觉，莫名振奋的情绪激荡在胸间，直到走进了办公室，她还意犹未尽地大发感慨："哎呀，北京真是太好了！"

　　"你还是北京人吗？跟没见过似的。"同事笑着说她。

　　因为一段难忘的受阅经历，土生土长的北京姑娘对天安门产生了一份特殊感情，这份感情似乎无法倾诉，也没有必要倾诉，他人不懂，而有过共同经历的战友自然是不言而喻。

　　在生活区，女民兵方队是女兵方队的友邻。过去同住"熊猫村"，如今都划在十七区。女民兵物质条件好，经常有北京各界组织前往慰问,吃穿用度都高出女兵方队一大截,一如1984年的情形。细心的女兵看到女民兵在训练间隙补防晒霜,用的都是蓝瓶子的进口名牌,免不了心生羡慕。

民兵虽也称作"兵",实际上还是老百姓,女民兵羡慕的是女兵的身份,她们才是真正的兵。同样的军装穿在身,同属一个战斗集体的男兵们少不了关注村里的女战友。周末休息,邻近方队的男兵就会跑来帮忙,整整草坪啊,修理晾衣架啊,边干活儿边聊聊训练的事、部队的事。不得不说,战友间的默契与认同感,那种相互照顾的温情,是他人无法体验和理解的。

李岩(李岩供图)

入驻阅兵村后,指挥部定期召开碰头会,通常由各方队主官和总教练参加。作为全军女兵唯一的代表队,女兵方队的受关注度本来就高,加上进村的首次考核出师不利,状况连连,自然引起了指挥部的高度重视,每次都要被重点点评。

开会路上,彭尚德心里敲起了小鼓,这次又不知道会因为什么事情挨批,众人质疑的目光又会齐刷刷地向他投来,想到这里,他不由得苦笑一声,已经习惯了。指挥部有一个训练进度表,哪个阶段练什么,练到什么程度,都有详细计划,各方队须严格执行。此举彭尚德认为不妥,且不论女兵和男兵存在明显的生理差异,即便是各个男兵方队也不可能完全统一进度,这不科学嘛。

"首长,我是一个医生。"彭尚德站起来,习惯性地扶了扶眼镜,一脸认真地解释,"从医学角度来说,人体的个体差异是普遍存在的,同一个动作……所以我认为,还是应该给一个适当的进退范围,允许有快有慢。"

"统一进度是为了便于整体把控,毕竟最终是方队与方队的合成,要是都各练各的,不就成了一盘散沙吗?"

"首长,您得对我们女兵方队有信心。"

"你有信心吗?"

"我当然有。尺有所短寸有所长,各有各的优势。"

"优势在哪儿?凭你一个医生来当方队长?"

"1984年咱女卫生兵方队走得好吧?方队长杨生文也是医生,口腔科的,镶牙技术一流。"彭医生慢条斯理,跟指挥部的领导理论了半天。

受阅场上,武警方队是女兵方队的友邻。

1984年,女卫生兵方队正步走过天安门,武警方队紧随其后。1999年,徒步方队排序表中,女兵方队编号12,武警方队编号13。在之后的2009年和2019年的大阅兵中,武警方队与女兵方队依然是邻居。这很有趣,同时也很要命。

阅兵村里,方队之间都较着劲,争小红旗,争考核第一,还要争每次合练被大喇叭表扬的先后顺序,总之,谁也不服谁。其实私底下还有一个"公正"的排名,仪仗队方队走得最好是毫无争议的,其次就要数武警方队了。女兵方队自然明白什么叫"相形见绌",既然是邻居,难免拿来作比较,既然你武警的动作标准高,我们也只能跟着往上拔。

兵书常言:知己知彼。要想取胜就得想办法刺探对方虚实。

1984年，陈守信策划组织过两次"观摩交流"，实际就是打着合练的幌子去取经。1999年，彭尚德再次向武警方队发出邀请，两个方队合练的传统从此巩固下来。

"不服不行，武警确实走得好。"

"齐步换正步的时候，有没有感到杀气？"刘傲然说的是插花——一排男兵一排女兵交错穿插，两个方队合成一个超级大方队，再作行进练习。

"天安门国旗班最初就是武警担任，后来才归到卫戍区仪仗队。"女兵们追溯武警的正步传统，"国旗班就是站岗守门，队列动作好也在情理当中。"

武警方队向来以劈枪动作征服众人。那整齐划一、刚劲有力的一抬、一劈，在踢正步时爆发出强大的威慑力，不少女兵都深为震撼。注意到武警那两名领队则是很久之前的事情了。方队与方队之间需要保持三十米间隔，具体来说，就是前一方队第十四排面与后一方队的领队之间的协同。第一次合练，李岩就听到排面里有队员在小声讨论：

"左边那个帅。"

"不，右边那个更帅。"

"快看快看，正冲你笑呢！"

最后一次合练解散的时候，两名领队大大方方地跑过来与李岩告别。周勇摘下中国武警的臂章，递给李岩。

"留个纪念吧，记得咱们一起走过了天安门。"

李岩赶紧把自己的摘下来，作为回礼。交谈间，李岩发现自己和周勇竟是同年同月同日生，这奇妙的缘分令两人惊叹不已。女兵方队十四排排头兵李岩，武警方队第一领队周勇、第二领队崔晓伟，三人便认识了，彼此都留下了联系方式。十年后，周勇和崔晓伟再次担任武警方队的领队,参加了2009年的大阅兵。又一个十年之后,2019年7月,李岩作为老队员代表去阅兵村慰问新一代的女兵方队,碰巧与两人重逢,阔别二十年的受阅战友再次相见,险些执手相看泪眼。周勇已近中年,看上去苍老了许多,李岩心里涌起一阵酸楚。这一回,两名曾经玉树临风的武警战士,一个当了方队长,另一个是总教练。

三人并没有过多地交谈,只是不断地点头示意,毕竟,有很多东西不需要言语表达,一个眼神就足够。李岩心里明白,有过阅兵经历的人,尽管绝大多数只参加过一次,也足以成为珍藏一生的自豪与荣耀。但是,当他参加过一次之后又有了第二次,甚至第三次,事情就变得不一样起来,这个人对阅兵的感情,一般人就不好理解了。

南池子街口一朵小花

1999年10月1日凌晨2时,首都北京下着蒙蒙细雨,沙河阅兵村里一万余名官兵已经起床,开始整理衣装。凌晨6时,天气好转,乌云渐渐散却,阅兵部队陆续抵达长安街指定位置。天安门广场东侧的南池子街口,王建云站在即将受阅的女兵方队后方,有些紧张。

长安街装饰一新,到处都披着节日的盛装,一盆盆鲜花争相怒放,满溢着活力与欢欣,看得人心生喜悦。十三排盛晓婧留意到脚边有几朵被清风吹落的小花,依然鲜艳俏丽。她不禁拾起一朵,小心翼翼地装进上衣口袋中。盛晓婧想好了,她要带着这朵小花走过天安门,再带着它回到阅兵村,送给同屋的预备队员宁宁。一年多来,为了代表中国女兵英姿飒爽地展现在世人面前，每个人都付出了巨大的牺牲，而在她的心里，最值得钦佩的是那些默默奉献却又无法上场的预备队员！预备队员既要保证与正式队员相同强度的训练，还要负责各种后勤保障任务，同屋的宁宁每天都会替大家打水、收衣服、提前凉好绿豆汤，各种贴心之举让艰苦的训练生活平添了不少温馨与惊喜。

"班长，还记得那朵小花吗？"多年以后，宁宁在电话里问，"你带着它走过了天安门，然后送给了我，我一直保存着这份珍贵的礼物。"

"我能做的也只有这些了，留个纪念吧。"电话这端的盛晓婧有些哽咽。

"你当年也是这样说的。"

正式上场的那一天，调步子的人并没有派上用场。队伍中间的刘欣化身为最敏锐的拾音器，始终竖起耳朵警觉着，从现场纷乱的声音中逐一剔除杂音，最后只剩下队友们的步伐，刘欣再从中仔细辨别它们是否整齐。神奇之处在于，之前每次合练都有晕倒的，然后预备队员顶上去，每次合练也多少会出现步伐混乱的时刻，需要她及时准确地进行调整，而真正上场的那天，一切的意外仿佛都被留在了阅兵村里，没有一个人晕倒，需要她发声的那个万一也没有出现。

"英姿飒爽的女兵们，是白求恩军医学院的学员。十五年前，这所学院组成的女兵方队，就参加了国庆三十五周年首都阅兵盛典，并受到邓小平同志的通令嘉奖。如今，在人民解放军各军兵种里，都活跃着女兵们矫健的身影。"

中央电视台的现场直播中，主持人正慷慨激昂地做着介绍。

四百多个日日夜夜的坚持，齐步、正步、跑步所走过的路程相当于两个二万五千里长征。不知何故，女兵方队的镜头特别少，队员们在收看重播录像时都流下了泪水，苦练了一年多，自己只是一个小方块中的一个小点，在电视画面中一闪而过，别说父母亲友，就连本人都分辨不出。所有的期待，光鲜的，万众瞩目的；所有的软弱，质疑的，胆怯的；所有的较劲，同队友的，同自己的，同教练员的；所有吃过的苦、忍下的痛、受过的罪，一时间似乎都化为乌有。赵岚有些恍惚，这是多大的一番折腾啊，难道就是为了这短短几秒模糊难辨的镜头？不，也许比这还要短，只是一瞬间。也可能很长，特别长，足以照耀一生漫长的旅途。

1999年中华人民共和国成立五十周年大阅兵距离上一次1984年国庆阅兵太过久远，从总体筹划到方队抽组，再到管理施训，大家都很陌生，因此这次阅兵的训练周期长达十四个月。10月1日11时13分，当受阅方队最后一辆战车驶出天安门城楼前西侧阅兵终点线，历时六十五分钟的阅兵宣布结束，受阅大军高标准地完成了阅兵任务。那一年，共有五十二个方队共计一万一千多人受阅，方队数量、车辆数量都创造了历次之最。直到现在，很多人提起这场世纪大阅兵，都会心潮澎湃，能成为这场国之大典的一分子，更是一生的骄傲。

阅兵结束，女兵方队并没有收到全员免试入学的通知，最终等来的是一百个名额，二百七十五名战士队员必须参加文化考试，择优录取。落榜的一百七十五名队员中以老兵居多，老兵们思想成熟，训练刻苦，在方队里起到了很好的带头作用，遗憾的是，脱离课本时间太久，短时间文化成绩很难提高。返回各自单位后，服役期满的老兵们悉数复员，离开了部队。

得知此事的王俊光心如刀绞。1984年，为了给女兵们争取上学机会，陈守信多次请示上级，得到的回复都是需要通过考试，可几个月的训练中哪有时间复习，恐怕很多队员都难以通过。庆功宴上，陈守信还不死心，趁着给首长敬酒，又斗胆"越级"请示了此事。可喜的是，秦司令员十分支持："受阅训练就是最好的考试！"陈副校长感动得老泪纵横，一仰头干了满满一杯酒。诚然，时代在进步，军队也在向前发展，每个人都应当顺应时局，可从个人感情上讲，王俊光实在替这帮女兵们感到遗憾。拼了命地练，吃了数不尽的苦，却没能迎来个人命运的更好转变，他多希望1984年的圆满结局能再次上演，多希望这些优秀女兵的军旅生涯能够走得更远、更精彩。

考上军校就意味着提干，意味着战士身份向军官身份的转换。不言而喻，当年落榜的女兵怀揣着怎样的失落，相比1984年女卫生兵方队的待遇，命运对她们似乎并不公平。赵岚是一个幸运儿，在那场为受阅队员开设的入学考试失利之后，本打算退伍的她受到了陆军学院家长式的关怀。

"现在有一个政策，兵龄满两年的战士可以转签士官，你是符合条件的。"政治部主任语重心长地劝导她，"岚子，听我的，留下来，或许还有考学机会。"

"士官？"赵岚再次面对新词语。

1999年6月，国务院和中央军委颁布了新的《中国人民解放军现役士兵服役条例》，其中第二条对士官的性质和职能作出了明确规定：士官是军官的助手，协助军官进行行政和技术管理。从此，我军士官制度进入全面实施阶段。2000年，解放军四总部就士官学员的招生问题颁布了《中国人民解放军士官学员招生工作实施办法》，这意味着士官身份可以参加考学。

在陆军学院，赵岚是第一个参加阅兵的女兵，第一个转士官的女兵，也是当年唯一考上军校的女兵。2003年，赵岚以优异成绩从白校毕业了，完成了士官身份向军官身份的转变。值得一提的是，随着士官改革的推进，许多部队院校面临转型。就在赵岚毕业那年，白校招收了最后一批生长干部（毕业后晋升为军官的学员），此后白校的培养任务也由军官学历教育转为卫生士官的职业培训。毫无悬念，留校的赵岚也因此成为这个时代军改的见证者。

历经两次抽组女兵方队，白校保留人才的意识已经十分清晰，一方面，受阅队员无论从意志力、责任感还是作风上都经得起考验，不管放在哪个岗位上都能独当一面。另一方面，栗政委也怀着当年陈守信老校长的期待，说不定下一次大阅兵白校还将肩负重任。

留校后，赵岚被分到了学员队当队长，与张瑛、王国娟、王嫦婵等师姐们共事。关于人生抉择，她也曾不止一次地设想过，如果当初没有参加阅兵，也许自己早已脱下军装，回到家乡嫁作人妇，又或许在地方创业成为一名女强人，可当初自己的选择是走进方队，走向阅兵场。人生的方向，或许在她当年站在一路公交站牌下张望的那个瞬间就已经定格。

1984
1999
2009 三军女兵方队
2015
2019

阅兵史上最大的数字

2004年,白校再次转隶并入第四军医大,成为这所同样具备悠久历史的军事院校的护理士官系,任务以培养基层卫生员为主。在部队医学领域里,白校的学术层次本不太占优势,归属第四军医大之后,教学与科研都拓宽了资源,也有了更多的交流合作机会。

当时光推移到2008年11月8日,白校再次受领阅兵任务抽组三军女兵方队,位于西安的四医大本部也随之欢呼雀跃。接到初选通知,唐甜正忙于硕士研究生的毕业课题和博士备考,接连几日熬夜让她看起来神色憔悴,青春痘又新添了几颗,几轮测试下来,唐甜自觉表现欠佳,被选上的可能性不大。怀着些许失落,她又一头扎进了学业中,没想到,参与编写的新版教材《军队流行病学》送去终审的那天,唐甜竟然收到了来自方队的好消息。军人的使命在召唤,唐甜兴奋地尖叫一声,来不及通知亲朋好友,她必须连夜整理行装,第一时间赶到石家庄。

方队长常东华(时任白校副院长)曾任1999年女兵方队政工组组长,方队政委于维国(时任白校副政委)多年从事政治工作,两人都清楚地意识到,白校虽已是第三次组建女兵方队,有大量经验可以借鉴,但并不意味着轻车熟路,管理难度和训练难度也不会因此下降。时间的车轮滚滚向前，与 1984 年和 1999 年相比，除了白校学员和北京军区的战士，三军女兵方队中还有来自总后勤部直属单位和海军、空军一百多个团以上单位选拔出的佼佼者。全队包括预备队员在内，五百余名时代女兵皆为"八〇后""九〇后"，思想活跃，自主意识强，今昔大不同。

　　一些老队员以管理干部的身份再次踏入阅兵训练场。1999 年阅兵结束后，张瑛还是没能回到她魂牵梦萦的内蒙古老家，在学校的挽留下，她留校了，在学员队从事管理工作。千禧年，张瑛恋爱了，对象是参谋学院的军官贾红彬，同样身在军营，又有着相似的军旅生涯，两人一见如故。听张瑛聊起阅兵往事，从事军体教学对军事训练颇有研究的贾红彬兴味盎然，其间两人因某个动作细节产生了分歧，还煞有介事地跑去操场 PK 踢腿，比画了大半天。时至 2008 年，张瑛已成长为一名思想成熟、经验丰富的学员队干部，再次接到方队任务时，她却如同当年一样犹豫了。

　　这些年，张瑛长年累月扑在学员队，对丈夫、孩子以及家中老人都疏于照料，要是去了方队，就意味着自己在家庭角色上又将缺席近一年的时间。六岁的女儿该上小学了，她不忍心让孩子在如此重要的时刻失去妈妈的陪伴。而最终令她下定决心的是丈夫贾红彬。原来，贾红彬一直怀揣着阅兵梦，只是苦于没有机会，如今妻子能再次执行阅兵任务，他说什么也不愿意让她放弃。

　　"就当是替我圆梦吧。"

　　张瑛点点头，开始收拾行李，准备就任三军女兵方队一中队中队长。一中队教导员王国娟也是 1999 年的老队员，这次阅兵对她来说意义非凡，因为她将和丈夫宋海森一起出征。正好处于孕期的赵岚未能归队，2007年，她与一名出色的公安干警喜结连理。

王俊光率多名仪仗兵再次加入方队并担任总教练，续写着他与白校和女兵方队的难解之缘。日月如梭，又一个十年滑过，王俊光时常感叹自己老了许多，可每次走进方队，不同时代的女兵都是一样的青春飞扬，尤其是这次，挺括有型的新军装令女孩们更显威武俏丽。

历史上，我军多次进行军服改革，中华人民共和国成立后实行的50式军服首次统一了制式和标准，随后每隔几年军服的款式和材料都会有所更新，军服的功能也逐渐由单一发展到完备，军服的发展也从另一个侧面反映出我国综合国力和军队建设的进步。2007年，我军迎来了历史上规模最大的换装，历时三年在全军完成新军装的换发，因此2009年中华人民共和国成立六十周年大阅兵也将是这套新军装的集中亮相。三军女兵方队将同时展示陆军的松枝绿、海军的浪花白、空军的天空蓝，三种色彩相得益彰，视觉效果的确是赏心悦目，在历史上也是从未有过的。三军女兵方队是新中国阅兵史上除护旗方队外第一支以"陆海空"三军形式亮相的方队，为了呈现出完美统一的整体效果，拟每个军种编制五个排面共计十五个排面，再加上三名领队（其他徒步方队均为十四个排面，两名领队），组成三百七十八人的超级阵容，届时将成为中国乃至世界近代阅兵史上人数最多的徒手方队。

"这样的编队三线可不好出啊！"王俊光更多关注的是技术层面的问题。

1984年中华人民共和国成立三十五周年大阅兵，为了彰显军威，徒步方队首次采用二十五乘十四的超大阵容，震惊世界，之后每次阅兵都沿用此种标准。实际上，把二十五人组成的排面练至整齐划一，尤其是还要以齐步和正步行进的方式，难度已相当之大，再将这样十四个排面合成为一支方队，最终完美登场，从技术层面来说近乎极限。在此基础上，还要再增加一个排面，其中的难度，绝非简单的数字加减。

更难的是领队选拔。领队作为方队的灵魂，历来是媒体关注的焦点之一。身高在一米七到一米七五之间，除了满足体型匀称、脸型端庄、眼睛有神、鼻梁高挑、上下身比例、颈臂腿长、颈肩夹角、肩宽、三围等十几项具体要求，三名领队还必须长相般配、身高体型一致，以达到整齐统一的观瞻效果。虽不是选美，却远比选美严苛。方队照此标准，在总后所属院校和海军、空军、二炮部队推荐的人员中进行筛选，初选出十八名预备领队，又经过数轮考核，最终名单上只留下了四个名字。四名女兵形象一致，但性格迥异。程诚和魏韵萧是白校学员，前者坦诚直率，后者活泼可爱，毕业于二炮某学院的栾馨是一个感情细腻的女孩儿，处事沉稳的谭艳梅来自空军某部。

当年，作为女卫生兵方队的领队，作为首次亮相大阅兵的女兵代表，孟伟和白俊萍备受瞩目，所有关于女卫生兵方队的影视报道中，都会出现关于两人的采访和大幅特写。然而，从白校毕业后，她们的生活轨迹却有巨大的反差。孟伟很快就转业到了地方，在改革开放的经济大潮中打拼了多年，先后游历过十几个国家，与部队和卫生事业渐行渐远。

白俊萍分到了天津二五四医院，一干就是几十年。2007年，白俊萍离开了护理部，调至医务处训练队任助理，实习学员正好也归她管理。2008年7月，白校二〇〇五级护理专业的学员有十一名分到天津二五四医院实习,潘帅是其中之一。第一眼看到白俊萍,潘帅惊叹于她典雅淡然的非凡气度,心想,这个人用漂亮来形容是远远不够的。后来听大伙聊天得知白助理是1984年女卫生兵方队的领队,潘帅这才恍然大悟:"难怪,我就说她与众不同。"

而阅兵选拔的通知正是由白助理负责传达的,这就让事情变

1984年的领队白俊萍(白俊萍供图)

得格外庄严神圣,富有仪式感。对于阅兵,潘帅自然是心生向往,可又觉得如此高规格的盛事,选拔标准必然严苛,因此也不敢抱太大希望,尤其面对个头儿高挑光芒四射的白助理,潘帅的心虚更添了三分。

量身高的时候,有战友偷偷塞厚鞋垫,潘帅心想不靠谱儿,只能瞒过一时。果然,二次测量就要求脱鞋了,还有人不死心,又往袜子里加东西,结果被经验丰富的军医识破,再次测量全体光脚上秤。仅是身高一项,潘帅就体验到了选拔的严谨,接下来还要测体型和体能,最后是单兵队列动作。测试结束,潘帅长吁一口气,别的先不提,单单一个身高就没戏,站在一堆

女兵中，她觉得自己是最矮的那一个。

来自二十七集团军的王凤燕和魏鑫倒没有身高困扰，两人担心的是动作不过关。魏鑫一上去就走顺拐了，引得女兵们一阵哄笑。她自己也笑，不过还是有板有眼地跟随口令完成了所有动作，下来之后还特自信："问题不大，我这协调性好，顺拐也走得漂亮！"

看到魏鑫同手同脚，还没有上场的王凤燕紧张得直冒汗，对她而言，这次机会太过来之不易。士官王凤燕2004年入伍，是某装甲旅的一名话务兵，一米七的身高条件毫无悬念地通过了初选和二选，而最终的通知名单里却没有她的名字。不知所措的王凤燕哭了整整一天，同屋的战友实在心疼，冲动之下竟一个电话打到师里去"告状"。部队纪律严明，且不论有无"冤情"，这种越级上报的行为首先就该受到严处，幸好宽宏大度的首长亲自过问，事情才得以逆转。王凤燕接到专门下达的通知时，离出发时间只剩十五分钟了，她来不及仔细整理背包，脸上的泪痕也顾不上清理，甚至在临走前也没能向那位"行侠仗义"的好战友道声谢谢。

一支由五百多名女兵组成的方队所面临的问题可谓千头万绪，有些在开训之前就得理出头绪，而更多的，则需要在训练过程中边走边调整。

第 一 场 雪

经历了1984年和1999年两次大阅兵，也曾亲历或目睹训练场上的种种矛盾与冲突，王俊光有了更深入的认识和反思。他意识到教练员不仅要能做出精准的示范和讲解，能纠正动作，同时也要会做思想工作，训练和思想政治工作不应该脱节，这就需要在选用教练员时考虑其综合素质。因此，2009年，在教练员的选用上，王俊光比前两次更为理性和周全。

为了避免出现1999年女兵方队初期训练场地分散、进度参差不齐的状况，在总后勤部的大力支持下，三军女兵方队统一进驻良乡司训大队，进行入驻阅兵村之前的预备训练。尽管时值隆冬，女兵们每天早上仍得五点半起床，跑三千米。这似乎成了女兵方队约定俗成的传统，五百多号人围着环形跑道跑得热气腾腾，场面何其壮观！环形跑道中间有个隆起的土丘，和当年井陉教导大队那个小土坡竟有几分相像，恍惚中，张瑛似乎又看到了自己背着晕倒的常峥颇有些费劲地翻山越岭，那已经是十年前的事情了。于维国政委一边陪跑一边喊："大家慢慢跑，别紧张！不抓最后一名！也不奖励第一名！"吴杏子一听，步子瞬间就慢了下来，心里直呼幸运，碰到了一位仁慈的好政委！

岂料跑完之后直接开饭，等吴杏子和另外几个掉队的战友赶到食堂，值班员已经在打扫卫生了，炊事班班长两手一摊，没饭了。于政委从后厨走出来，笑嘻嘻地说："补充一点，跑慢了吃不着早饭。"

2009年的队员不比当年，她们大多知晓阅兵的重大意义，甚至对历届受阅细节也有所了解，她们的内心充满着踏入阅兵场的向往，也渴望由此改变命运。关于吃苦早就有心理准备，女兵们踌躇满志，自信满满，以为自己从走进方队那一天起就准备好了。

2月17日，第一场雪。零下十四摄氏度的阴霾里，横平竖直的队形刚调整到位，杜鹃就感觉自己被冻住了，冰冷的空气正在制造人形玻璃，从头到脚都没法动弹，这并非错觉，队伍里几乎人人如此。天色逐渐浑浊转暗，似乎在酝酿着一场大雪。教练员逐一检查军姿细节，像一位严谨的大师在雕琢他最重要的艺术品。这种想象自然是诗意而美妙的，但实际情况要糟糕一些。七排教练员李晓辉被冻得舌头发直，语言含混，又不便有身体接触，纠正动作变得异常艰难，王嫦婵见状连忙跟过去帮忙。轮到杜鹃了，王队长伸手过去把她的头部扳正，又把左肩往下压了压，那种感觉有些像摆弄木偶玩具。

  雪花悄无声息地飘落下来。不一会儿，卷檐帽上、肩章上、睫毛上、鼻尖上都覆上了一层洁白，五百零九名军姿挺拔的女兵，连同端立一旁的教练员和方队干部，共同接受着这场圣洁的洗礼，大地一片寂静。2009年的第一场雪并没有意料中那么大，却也足够令王俊光回忆起二十五年前的那场雪中静站，今昔对比，究竟什么变了什么没变？一旦走进训练场，平日里嘻哈打闹的女兵们似乎都换了副面孔，有次考核前张素炎碰到他，开口就是："分分分，学生的命根。王教练员千万记得给我打个高分啊！"王俊光心想，不踏实！对这个公认的优秀骨干的最初印象并不太好。后来在训练场见识了张素炎的过硬作风后不禁大为惊叹，前后判若两人，女兵啊可真让人捉摸不透！

  鼻涕正在以蚂蚁觅食的速度往下流，痒痒的。杜鹃不敢动，心里面又气又懊恼。她曾无数次想象过自己在训练场上不畏艰苦的英姿，尤其是在这样下着雪的恶劣天气里，哪里料到鼻子竟如此不争气。快流进嘴巴的时候，鼻涕似乎冻住了，杜鹃偷偷努了努嘴唇，确定了那根冰柱的存在。

  结束哨声吹响的一刹那，杜鹃还没来得及处理这个有损形象的小状况，邻位的战友已经转过头来坏笑了。杜鹃又窘又诧异，她是怎么知道我流鼻涕的呢？至今仍是个未解之谜。

杜鹃一直觉得教练员李晓辉自相矛盾。之前，他说只要方法得当，是不会出现训练伤的，这话听起来没毛病，可大家几乎都没有经历过高标准的队列训练，尤其是来自野战部队的女兵，虽然体能素质高、能吃苦，可队列动作基础相对薄弱一些，要快速掌握动作要领，谈何容易。在重复的踢腿练习中，有些队员脚腕肿了，这是为了达到砸地有声的效果，使蛮力造成的。对于如此种种，李晓辉又说这是必经之路，要想把动作练出来，就必须忍住痛，直到你适应了这个强度，理解了它的内涵。

当年的出汗标兵王嫦婵近来热衷于中医理疗。休息时，王嫦婵会把队员叫去值班室，像点生日蜡烛那样小心翼翼地将艾条点燃，装入盒中，再俯下身贴近伤患处，对于不方便艾灸的脚部，王队长也有办法，双手蘸上刮痧油放到酒精灯上烤热，然后快速放在脚面上揉搓，没想到平日里雷厉风行的队长也有温柔的一面。杜鹃又意外又感动。

历年来，女兵们走进方队的过程都颇具戏剧性。譬如1984年的老队员高玉华，当年纯粹是因为贪玩才报考了军医学校，没想到无心插柳柳成荫，入学半年后就赶上了学校抽组女卫生兵方队；而一心考学的李静不愿意参加阅兵，想方设法躲避，最后生生被领导揪了出来，还找到家长施压，活脱脱像是被押往石家庄的。

2005年年底，天津女孩魏鑫入伍分到了王牌师——二师，作为师部第一批女兵，前无古人，只能由男班长带，与男兵同训同劳动。一踏进营区魏鑫就后悔了，按她自己的说法："我是没找到大门，要找到了绝对跑。"由于师部从未出现过女性，魏鑫和另一名女孩儿的到来无疑往平静的湖面投入一块巨石，战战兢兢的男班长带二人去军需库领被装，一路上引发了阵阵围观。另一名女孩儿始终羞涩地低着头，可魏鑫忍不了，谁停下来看她就恶狠狠地冲过去凶谁：

"你这是看吗呢？缺乏母爱吗？"

本无恶意的老班长们被她噎得瞠目结舌。魏鑫的新兵生活就在一众男兵的关注下开始了，白天没完没了地练稍息立正，中午不睡觉，跪在地上压被子，晚上就是背条令条例，连续四天，天天如此，魏鑫特别不能理解，棉被压那么严实不就不暖和了吗？捣鼓成有棱有角的模样究竟有吗用？到了第五天，魏鑫实在待不住了，瞅准一个机会就溜进了连长宿舍。

"爸，我不管你用吗办法，你今天必须让我出去。"

连长军龄八年，从没听说过才当几天兵就敢偷手机企图"越狱"的，所以当他看到魏鑫坐在自己床上气定神闲地晃着腿打电话，一时间竟有些不知所措。多年后，魏鑫忆起当兵之初诸多荒唐之举，要不是班长和连长的耐心与宽容，自己恐怕真的坚持不下去，也不会在磨砺中收获成长，更谈不上参加阅兵了。

良乡的日日夜夜

在良乡，体能测试，五百零九名队员几乎全员通过。

"真是怪事，姑娘还是这群姑娘，在学校的时候三千米咋就过不了呢？"副方队长马国旺大发感叹。对于高强度的训练，身体素质好的队员承受起来相对轻松，无论上午还是下午，魏鑫站军姿从未晕倒过，这种先天优势不能不说是一种幸运，也令许多体质较弱的队员心生羡慕。强烈的意愿固然重要，在队员选拔上，除了身材外形，还要考虑其体质能否承受高强度的训练，这样也能有效避免各种训练伤，因此，进村前有一项重要的考核科目——体能。

实际上，在科学施训的前提下，受阅训练中许多科目都能对身姿体态起到良好的调整和优化，例如拔军姿的动作要领能挺拔腰背、拉伸颈椎，很多女兵受益于此，个子长高了。通过表情训练，队员的眼神与面容也得以提升，久而久之，自然成就了受阅队员的非凡气质和强大气场。

2月初，来自海军的吴杏子曾策划过一场"逃跑"。虽已临近春节，京郊的空气中却嗅不出丝毫年味儿，每天清晨就是没有尽头的环形跑道。吴杏子发现了一个问题，大家都疲于应付，根本没人数圈，说是跑三千米，吴杏子粗略一算，四千米都超了！那几天，吴杏子特别想念妈妈做的鱼饼，周末往家里打电话，没忍住掉了眼泪。

"你是在农村长大的孩子，如果你都坚持不了，别人更坚持不了。"当过兵的父亲在电话那头用最朴实的道理鼓励着女儿。

军营里开饭必须集合带队到食堂，饭前一支歌也要唱得铿锵响亮，动筷子之前，有些纪律严苛的部队还要下达"拿凳子""放凳子""坐"等一系列口令。在高度要求统一的氛围中，"饭后自行返回宿舍"的待遇就显得格外珍贵。女兵们特别擅长利用午饭之后的悠闲时段，她们在食堂和宿舍之间开拓出各种奇形怪状的路线，不着边际的对话中充满了天马行空，也许探讨宇宙鸿蒙时代的景象，也许在争执谁是2008年最红的艺人。有一次，吴杏子和姜海燕绕到食堂后面，穿过光秃秃的杨树林竟然看到了红砖砌成的围墙，墙边一条小道直通远方，仿佛没有尽头。两人惊呼发现了新大陆，蹦蹦跳跳地跑了过去。

"咱们一直走，看看能走多远。"海燕提议。

"不如就这样走掉算了，真不想练了！"说着吴杏子停下脚步，将围墙仔细勘察了一番，围墙并不高，"要我说，直接翻墙也行。"

"翻墙？你疯啦！"姜海燕瞪大双眼看着同伴，有些惊诧，又有些兴奋。

"反正我没问题，从小我就会上树。"吴杏子一脸认真地说道。

两个人马上讨论起翻墙的可行性，达成一致之后又开始敲定细节，最后在时间问题上产生了巨大分歧。海燕认为应该挑在某个月黑风高的半夜，神不知鬼不觉地消失，而吴杏子的意思是要走就现在走，理由是教练发布了端腿的恐怖预警，很可能今天下午就要练，最迟明天。

"反正都要走，何必等着再受一次罪！"

两人的激烈交锋在踏进宿舍门的那一秒戛然而止，姜海燕拍拍胸口，一副"总算安全了"的表情，吴杏子冲她撇了撇嘴："胆小鬼！"

玩笑归玩笑，女兵中有畏难情绪的并不在少数。尤其在开训之初，学员队员里流传着各种说法，会影响生育呀，脚指头会踢掉呀，其真实性虽经不起考证，却也足以令一部分女兵萌生退意。对此，张瑛已见怪不怪，并不过多干涉，只是继续她一贯严格的管理方式，因为她知道，随着训练时间的积累，随着疲累与疼痛的循环起伏，随着动作的逐日精进，姑娘们的态度和想法都会有所转变。而事实也的确如此。

梅月圆、李雪娇、马悦、吴诗晨来自空军某部，为了能暂时逃离那个枯燥的小连队，四位同年兵好姐妹一起报名参加阅兵，所幸身形条件都符合标准，四个人全选上了。

"你想想,咱们身高都差不多,肯定站在一起,遇到困难还能够互相鼓励!"

"对对对,关键是休息的时候可以一起玩!"

结果到了良乡第一件事就是交手机,紧接着四姐妹就惨遭分离,梅月圆留在了一中队,马悦去了二中队,李雪娇和吴诗晨身高相近,一起分到了三中队。一切的一切都和当初的浪漫想象相去甚远。因为缺乏切身感受,各种动员教育也听不进去,教练员天天黑着脸,练不好进村之前都会被刷下去,梅梅心想正好,反正不在一起,也不好玩。

训练(王凤燕供图)

"都是当兵的,看看仪仗兵是怎么走的!"

有一天,方队组织仪仗队的教练员们给大家做了一动示范,严整的军容和铿锵有力的步伐给梅月圆带来了不小的震撼,她暗自思忖,我是不是也可以?

进村之前的那场淘汰,眼看着一百多名女兵抱憾离场,四个女孩儿头一回体验到危机感。虽然四人再次蒙受幸运之神的眷顾,同时出现在进村的正式队员名单里,梅月圆心里却因一丝侥幸的存疑而惴惴不安。也许是出于某种好胜心,或者仅仅是因为被淘汰是一件丢人的事情。

进村淘汰是女兵们心态转变的一个重要节点，作为正式入驻阅兵村之前的最后一次考核，它意味着早期训练的结束，高强度合成训练的开始，同时，还意味着有的队员将离开方队，即便已经为预备训练吃苦受累了四个多月，却无法真正拥有受阅女兵的身份。

那天，曾笑话同伴是胆小鬼的吴杏子自己也害怕了。考核并不像大家预料的分组进行，而是单兵考核一个一个地过，在王俊光总教练鹰一般锐利的目光下进行，方队主官、中队干部和全体教练员任评委。也就是说一个人考核二十多个人盯着，还有五百多名同命相连的姐妹围观。

"定个小目标吧，这次考核必须通过，咱俩谁也不许走。"吴杏子偷偷对旁边的姜海燕说，在良乡一百多个日日夜夜里，两人排面里位置相邻，宿舍里铺位一上一下，除了一起策划过"逃跑"，还分享过许多快乐。每次练完一个比较累的动作，教练员会恩赐"调整一下"。这是训练中难得的放松时刻，尽管它通常只有二十秒钟，但是大家可以说说小话，做些简单的放松动作。吴杏子和姜海燕经常探讨时间问题。

"都饿了，怎么还不开饭啊？"

"快了,快了。"吴杏子戴着表,瞅准一个空当快速看了一眼。后来这个小动作被教练员发现了。表被禁戴之后，吴杏子又练出了观日辨时的神功。因为各个排面在训练场的位置是固定的，吴杏子仔细留意过，太阳走到哪个位置该中场休息了，哪个位置就接近饭点了。有时猜得极为精准，前后差不了三分钟。

在一众青春女兵中，属唐甜年龄最大，学历最高，思想也更为成熟一些。初见唐甜，队友们只觉得她模样娇俏，笑容甜美，跟想象中的女博士差别很大。对于用惯了显微镜，擅长研究微分子的唐甜来说，阅兵训练不亚于一项全新课题，军姿要求中最基础的"三挺三收"就让她体会到了难度：挺颈收下颌，挺胸收小腹，挺腿收臀部，与此同时还要定头型、定手型、定脚型，往往顾此失彼，教练员一口气指出了她十几项毛病。

训练之余，唐甜时刻不忘自己的专业学习，每天早晨提前半小时晨读英语，复习功课。3月中旬，唐甜回到四军医大参加博士考试，好友们才知道失踪的唐甜原来是去参加了阅兵训练。唐甜有些不好意思，当时走得匆忙，进入方队后手机立即上交，保密纪律严明。

向女神致敬

"1984年，我们学习中国女排勇夺三连冠，今日不搏待何时，还有老山前线一不怕苦二不怕死，牺牲我一个幸福十亿人的精神。1999年我们推崇九八抗洪精神，号召大家向不畏艰险英勇抗洪的战友们学习。"进村不久，栗龙池受邀为新一代女兵授课，提到了不同时期女兵方队学习的榜样。对于需要强大的意志力作为支撑的阅兵训练，每名队员都在寻找着各自的精神榜样和力量源泉。

为什么参加阅兵？答案或许有成百上千种。

"向我心中的女神致敬。"这是魏韵萧的回答。

魏韵萧在四名领队中年龄最小，中华人民共和国成立五十周年大阅兵的时候她还是一名小学生。令她印象深刻的是一部关于阅兵村的纪录片，皮肤黝黑表情坚毅的女兵纹丝不动地端立于烈日之下，汗水浸透了她红色的领带，再由领带尖滴落，宛若一颗颗晶莹剔透的露珠。这个镜头给年纪尚轻的魏韵萧带来了巨大震撼，她反复回味着，将那位不知姓名的队员视为女神，军营之梦也从此种进心田。

魏韵萧是家里的独生女，十八岁"私自"报名入伍，曾在家里掀起轩然大波，考入白校第二年，又"私自"报名参加阅兵，爷爷奶奶害怕宝贝孙女受罪，更担心她在训练中落下伤病，表示坚决反对。幸而此举得到了父母的大力支持，他们期待着娇生惯养的女儿能在训练中磨炼意志，成长为一名真正的军人。实际上，经过三年军营锤炼的魏韵萧远比家人想象中成熟和坚强，她深知自己能被选为领队，完全得益于先天条件，要想胜任领队这个位置，最终实现正步走过天安门的梦想，就必须要吃下比普通队员更多的苦。

而另外两名同样身材出众的女兵却失去了吃苦的机会。刚来方队的时候，一米七五的赵真真和胡扬凡毋庸置疑地站进了第一排，两人无论体型条件还是队列基础都格外出众，没想到几个月的训练下来，正值青春期的女兵又长高了，超过了身高上限，无奈退出训练场，协助方队做一些保障工作。每当夕阳西下，魏韵萧总能瞥见两个骑自行车的身影从训练场边匆匆掠过，仿佛雨燕一般，手里抱着当天的书信和报纸，那个时候她心里总会升腾起一种敬意，还有些说不清道不明的东西。道路艰难且漫长，前几天，在徒步方队指挥部组织的领队考核中，四名领队同时上场，志在夺优，结果却犯了最低级的错误，将"向右看"的口令下错点了。结束后，四个人抱在一起大哭了一场。当晚加练，专门负责训练领队的副总教练鞠浩杰又发现四人的步幅出了问题，百米踢下来，总距离误差三十多厘米，四人前后差七厘米，"走百米不差分毫"的目标成了个笑话。

"挑战极限，超越自我。今天最高气温四十二摄氏度，训

魏韵萧（魏韵萧供图）

练跑道地表温度高达五十七摄氏度，太阳烤得让人喘不过气来，我们全身都湿透了。回到宿舍一躺下就不想起来，谭姐把我们四个人的衣服全洗了，她将来一定是个贤妻良母。"

"离开家真有点儿不习惯，好在有同校的程诚姐。我的体力和耐力是四个人中最差的，正步踢五步还能非常好，第六步就开始动作变形。别的队员绑一千克的沙袋，程诚姐带着我绑两千克的,训练一个月力量增长了不少。现在走二百米、四百米动作都不变形。"

"今天连续踢正步三千四百米,差点儿坚持不下来。我们四个互相小声喊着'加油',咬着牙坚持!重复着千万次的摆臂、踢腿,好枯燥!训练间隙,累得坐在休息棚一句话也不愿说,栾馨姐把自己加餐的苹果给了我,还给我讲她们学校好玩的事儿。栾馨姐真好!"

和很多女兵一样,魏韵萧也坚持每天写日记。多年之后她再次重温这些饱蘸着汗水与青春体温的段落时才会发现,自己心里的女神远不止1999年那名领带尖滴汗的女兵。

大家曾好奇阅兵村里究竟有多苦,话不多的四排教练员肖江坤轻飘飘地来了一句:"没多苦,每天从跑道这头儿踢到那头儿,再踢回来就收操了!"因此,当大巴驶入沙河阅兵村,看似没有尽头的超长跑道把魏鑫吓得够呛。魏鑫性格大大咧咧,爱串门,不管哪个屋也不管熟不熟,没有她聊不动的。正如许多相声小品都爱从天津话里采撷素材,魏鑫诙谐的天津口音十分讨喜,说什么都能引来乐和。加之她模样可人,时间不长,魏鑫就成了中队里的一个人物,大家给她封了个外号——"佛爷"。

肖江坤性格偏内向,也不善言辞,气势上较之其他教练员原本就要显得弱一些,再遇到像魏鑫这样语言表达能力强的女兵,场面往往就颇具戏剧性。如前文所述,四排是方队前部的骨架,起着关键的支撑作用,这一排如果走不好,后面的排面就容易松散。位置特殊,要求自然就高,四排面被王俊光盯了很长一段时间,每次讲评都要挨批,队员们士气低落,像一只只背着沉重外壳的蜗牛,慢慢地往上爬。肖江坤也没少挨王俊光的教育。

和 1984 年、1999 年的女兵方队一样，2009 年三军女兵方队在进村首轮考核中再次出师不利，成绩排到了倒数，这似乎成了女兵方队的魔咒。拿到成绩单之后王俊光无奈地笑了，继而恼羞成怒，几乎是咆哮着下达了正步口令。整个过程没有人吭声，也没有人阻止，只有沉闷的脚步如一排排压倒而复起的高楼，压倒，复起，再压倒，再复起……

当晚炊事班的战士们给大家准备了美味的酸汤水饺，因为开饭时间延后了将近一个小时，饺子泡成了片儿汤，队员们对着碗里含混不清的食物哭得稀里哗啦，一口也吃不下。于政委也偷偷掉了眼泪，心疼不已的常东华当场就跟王俊光翻了脸，食堂里哭声吵闹声乱作一团。

那段时间方队气氛凝重，女兵们所承受的身心压力也达到了常人难以想象的程度。五排的士官陈娟来自海军某部，走进方队时已经是一名军龄七年的老兵，却因为一次动作出错被教练员狠训了一顿，陈娟满腹委屈，堆积已久的情绪似乎也倾泻而出，整整一天都在不停地抹眼泪。

"你这是老同志犯新错误，要学会放下自己的架子，把位置放低一点儿，拿出一切从零开始的决心。"张瑛把陈娟叫去队部做思想工作，不禁想起十年前自己和王建云斗气被罚站墙根的往事，年轻人自尊心强，尤其是老兵，还有要命的面子观念，张瑛对此深有体会。她当然也明白，思想工作往往也不是一次就能做通的。

果然，没过几天，陈娟又在排面里频频出错，数次被教练员点名，冲动之下竟然赌气离开了训练场，张瑛冲过去拉她都拉不住。

"你这样只能说明你太脆弱！也许以前太顺利了，受过的打击太少！"焦急的张瑛努力平复自己的情绪，尽量把语气缓和下来，她知道此时此刻陈娟更需要的是安抚而不是责备，"方队里像你这样的情况多的是，别人都在坚持，我相信你也能行！"

说完，张瑛伸出胳膊搂了搂陈娟，露出了温和的微笑。相处了近半年时光，陈娟还是头一回见瑛姐如此温柔，心间不由得升起一股暖意，眼泪又啪啪啪地往下掉。

"老同志也会有思想波动？"副方队长马国旺闻讯赶来，露出乐天派的标志笑容，"当然，我们也允许老同志有思想波动。"

陈娟羞愧难当，索性坐下来痛痛快快地哭了一场。

最牛排面

7月初，博士考试的成绩公布，唐甜成功考取了第三军医大学传染病学博士，这意味着她成了方队学历最高的队员，同时也是所有徒步方队中唯一一名博士队员。她琢磨着能不能利用自己医学专业上的优势为阅兵训练提供便捷，为此唐甜仔细查阅了《运动创伤学》，结合队列训练中人体骨骼、肌肉的运动特点，再参考方队的实际伤病情况，研究出了一系列针对性方案，帮助队友预防训练伤。

"在阅兵训练场，不论博士还是硕士，首先都是战士。"正是这种良好心态的指引，在指挥部和方队组织的多次考核中，唐甜跌跌撞撞，一路闯关，从最初的预备队员、"差生"，进阶为正式队员，最后竟然以过硬的队列表现被调到了一排面。

要论方队中最牛的排面，非一排面莫数，不仅要身形相貌俱佳、整体素质稳定，还得有超强的心理素质，因此站在一排面的队员仿佛都带着偶像光环。不过对于三军女兵方队来说，特殊的十五排面恐怕还要更牛一些。

2008年年底，在白校附属医院二六〇医院实习的张贝贝接到通知，成为首批被召回的学员进入方队，组建期间一直忙于各类资料和档案的录入工作。在二炮当兵时张贝贝是打字员，不仅打字速度快、效率高，而且与电脑相关的各项操作都十分熟练，替政工组组长王树全解了许多燃眉之急。

进驻良乡后，方队希望张贝贝能继续留在政工组，贝贝爽快地答应下来，反正当保障人员也不错，横竖都是为方队作贡献。当然，其中难免掺杂着一点儿女孩儿的小心思，谁不知阅兵训练又累又苦，坐在屋里敲敲键盘自然要悠闲许多。岂料办公室里每天也跟打仗一样，工作的繁杂程度远远超出预期，并不比训练轻松，加班至晚上9点总算收工了，张燕干事却拉着她去踢正步。操场上站满了加练的队员，二中队队长孟丽珊也在路灯下有板有眼地练着。

"张姐，这是啥情况？"

"贝贝，听我的，好好练，争取上场。"张燕用力拍了拍她的肩膀，又凑过去小声说道，"告诉你一个秘密，我和丽珊正积极申请转队员呢！"

张贝贝吃惊不小，同中队长张瑛和王嫦婵一样，张燕和孟丽珊也是1999年女兵方队的老队员，难道当年吃苦没吃够，竟然还想第二次上场？张燕很快跟上了孟丽珊的动作，两人出腿快且准，腿功一看就扎实。不跟着练似乎有些说不过去，又或许是被她们专注的神情所触动，贝贝自己也说不清，究竟出于什么原因，也加入了踢腿练习。从那天起，张贝贝每天都安排得满满当当，白天忙工作，稍有空闲就对着镜子练军姿，晚上9点跟着张干事踢正步。

半个月后,张贝贝借着给于维国政委送文件的机会,主动交代了自己"偷练"的情况,同时表达了想转为正式队员的心愿。

"做好吃苦准备了吗?"于政委问。

"只要她们能坚持,我就能。"张贝贝大声回答。

"好!"于政委点了点头,意味深长地说,"机会宝贵,千万珍惜。"

第二天,张贝贝站到了十排面的排尾,算是正式加入了训练。昨晚临睡前她才明白了于政委最后那句话,张干事和孟队长的申请都没有得到批准。一个星期之后,张贝贝凭借优秀的队列动作进了排面,虽位居第二十五名,但说起来也是光荣的框子兵。

集结十五排面那天,张贝贝听到王总教练大声喊出了自己的名字,那极具胶东风味的口音令她为之一颤。担心身高的潘帅、策划"逃跑"的吴杏子也位列其中。之前关于十五排面的事儿,队员之间就多有猜测,再加上各种靠谱儿的不靠谱儿的小道消息,流传的版本自然五花八门。最令郎吉娟忐忑不安的是统一编制十四个排面的说法。

"哪来什么十五排面?无非是换种方式训练预备队员,之所以形成一个排面是为了激励正式队员,让她们有危机感。"

"那不对,预备队员总得有高有低吧,仔细瞧瞧,选出来的可都是小矮个!"

这话在理,听完让人放心了许多。可最后那句"小矮个"刺痛了张贝贝,扭头就跑去找王总教练要一问究竟。

"动作过硬眼神好,所以把你调到十五排。"王俊光笑嘻嘻地回答。

"最后一排能看到眼神吗?"张贝贝不信。

郎吉娟原本是十四排的排头,被调到十五排面的理由也不怎么令人开心。军姿标兵郎吉娟曾被王总叫到队伍前面，对着五百多名女兵展示军姿，其他排面的教练员也经常请她去做示范，其实怎么示范她都乐意，最怕的就是要她介绍动作要领。郎吉娟认为自己并无过人之处，反正就是按要求去做呗，一开始大家当她谦虚，后来渐渐有了非议，说她藏着捂着舍不得分享。

"哎呀，我确实说不来。可能重庆妹子逗寺（就是）这样有股劲儿，显得比较神气！"郎吉娟赶紧解释，一着急说起了重庆话。

郎吉娟是典型的重庆妹子，直来直去，脾气也比较火爆，当场就能发泄出来，心里不会有负面情绪的积攒，加之对参加阅兵的向往格外强烈，一听到《分列式进行曲》的音乐响起，便精神抖擞，浑身充满力量，因而整个训练过程中能始终保持昂扬的姿态。除了军姿，郎吉娟其他队列动作也都可圈可点，唯独在行进时腿型会稍显外扩。可对于一名排头兵来说，这种在连贯动作中显露出来的瑕疵是致命的，因为它会影响整个纵路的腿线，即便只是一点点。方队的标准严格由此可见一斑。

郎吉娟刚开始想不通，这是故意针对我还是我哪里做得不好了？中队长给她做思想工作的时候，提到要以方队大局为重，此话一出，郎吉娟便点头接受了。重庆妹子不喜欢磨磨叽叽，纵然遗憾失意，可她心里清楚，自己的腿不够直也没法怪别人，回到宿舍捂在被子里哭了一场，起来就又恢复了精神抖擞的模样。

"十五排是要载入史册的，你们这个排面不仅在阅兵村里独一无二，在阅兵史上也是独一无二。"王俊光有板有眼地说道，"正因为重要，所以给你们分了个最严的教练。"

吉娟和贝贝的位置在排面中间，正好对着最严教练员吴云

规范军姿（王俊光供图）

飞，挨训的概率自然要高很多，好在两人心态不错，自己天天被点名，还经常去给别的队员做思想工作。

"没事没事。你看，他越敲打我，我就越高兴，为什么？说明他关注我啊，对我要求严格啊！"

"对对对，要是哪天他不训我，我还难受呢！"

张贝贝大概拥有整个女兵方队最顽固的生理特性——头歪。几乎是从她正式参加训练开始，衣领上的别针就没有摘过。吴云飞给她取了个外号——张歪歪。

有一天吴云飞把张贝贝叫过去，神秘笑道："给你一个好东西。"

张贝贝心想这个魔鬼教练对自己还挺好，也不知是个什么好东西。心里正美着呢，只见吴云飞从兜里掏出一个小别针，直冲她的脖子上扎去。

"别动！"吴云飞板起脸，把别针固定到贝贝右侧领口，"让这个法宝好好治治你的歪脑袋。"

有了"法宝"，张贝贝一不小心就要挨扎，头也就不敢再歪，可时间一长又不灵了。突如其来的刺痛感令贝贝烦躁不安，她便偷偷做了手脚，把别针拨拉到一边去。十五排面经常代表三军女兵方队参加指挥部组织的考核，吴云飞从中发现一个规律，但凡需要露脸的场合贝贝的头都正着，可一回到平常训练中就又恢复成张歪歪。说到底，还是重视程度不够，想到这里吴云飞心生一计。在一次排面合练时，站在教练车上的吴云飞举起大喇叭狂喊：

"张歪歪你还歪着呢，再歪滚到后边去！"

那天贝贝的头歪得厉害，脑袋右侧都空了。前文曾提及，一个方队从组建到解散，除了同一个排面同一个宿舍的，队员之间大多并不熟识，但是在三军女兵方队，一说张歪歪大家都知道，就是拜吴云飞所赐。

与生理特性对抗是困难的，有意识的调整往往只能持续很短一段时间，而人体反应大多数情况下都是无意识的，因此，稍有分神头就又歪回去了。扎针旨在通过不断刺激产生肌肉记忆，但在贝贝身上形成的是一种条件反射，针一扎她就正过去了，可过一会儿就又歪了。

吴云飞的耐心持续到入驻沙河阅兵村的第二天，他盯着队列里站得自信满满却依然歪着脑袋的张歪歪看了半天，有些无奈地宣布："以后你就是替补队员了，到排尾去吧！"

从那天开始，张贝贝才有了危机感。她从没出过排面，站在排尾的贝贝竟然有种被判了死刑的感觉，虽然她并不知道被判死刑究竟是什么滋味。也许从那天开始，贝贝才真正懂得了反省，回想之前不当回事儿的浮躁与轻率，心中升起深深的自责。

张贝贝与吴杏子铺位相邻，两人共用一个小台灯头碰头地写日记，一天也没落下过。贝贝通常会如实记录自己白天怎么挨骂，杏子则在日记里痛斥魔鬼教练的种种"罪行"，写至酣畅淋漓处，两人还会握个手点头致敬，真是不亦乐乎。当替补的日子里，张贝贝的日记中出现了"煎熬"二字，按她自己的话来说那段时间简直疯了，每晚和吴杏子写日记到深夜，第二天凌晨5点小闹钟一响就爬起来站军姿练踢腿。

替补队员张贝贝重回排面那天，吴云飞特别温柔。休息间隙，给十五排的姐妹们"特供"了一大盘不知从哪儿弄来的甜菠萝，站军姿时还蹲下去挨个给大家擦军靴，把贝贝感动得一塌糊涂。可临近傍晚又变得严厉无比，收操前居然把吴杏子换下了排面。在当晚的日记里，贝贝感觉有些不知所措，想了半天，写了四个字——爱恨交加。

有很长一段时间，十五排面的队员都在纠结一个问题：咱们这个排面究竟是史上最牛还是压根儿就是个替补？训练间隙，郎吉娟几乎把每个徒步方队都考察了一遍，全部是十四个排面。对此疑虑，老吴永远只回应一句话："十五排面和一排面同样重要，差别在于一个秀前臂一个秀后臂。"模棱两可，避重就轻，无非就是煽动起十五排面对一排面的竞争情绪。当然，这句话也并非无凭无据，早在1984年，女卫生兵方队十四排面教练员就说过："最后一排也是第一排。"

吴云飞之前是一排面教练，十五排面集结后，就调换了过来。据说在仪仗队里吴云飞堪称行走的条令条例，动作是最牛的。其实，十五个排面的教练员如何分配大有学问。第一排看前摆臂，最后一排看后摆臂，毋庸置疑，这两个排面最为关键，至

吴云飞（吴云飞供图）

于中间十三个排面哪些起到骨架支撑作用，哪些需要强调协同，也都有讲究，要根据各排面的职能，结合每位教练员的具体特点来进行统筹安排。究竟应该如何排兵布阵，从某种程度上说，恐怕还真得由历经三届女兵方队的王俊光才能拿捏精准。

至于王俊光为什么要给十五排面安排这么一位"心狠手辣"的"魔鬼"教练，谁也说不清。永远迎风站，跟风较劲，空旷的训练场没有任何遮挡物，刺骨的寒风仿若巨兽一般凶猛。永远不按时收操，其他排面都撤完了，他还要再来一动，而且越是节假日越喜欢加练。

尤其令人刻骨铭心的是2月14日那天的罚练。一个特殊的日子，姑娘们确实显得浮躁了些，临近收操更按捺不住兴奋，偷偷交头接耳：有没有收到巧克力？男朋友是谁？结果那天的端腿练了两小时，最后，队员们全部瘫坐在地上，满肚子委屈和愤恨。

吴云飞与十五排（潘帅供图）

"今天罚你们，就是要你们记住，态度不端正是不可能完成这项任务的！"解散之前，吴云飞就说了一句话，权作解释。

"根本没把我们当人！"

"谁嫁给这样的男人算是倒了八辈子霉！"

据说，十五个教练员当中吴云飞的教鞭是最结实的，愣被他摔弯了。有一回排面考核成绩不理想，他一生气，手里的教鞭"啪"一声拿膝盖又给顶直了，陕北汉子的暴脾气可见一斑。幸而大家已司空见惯、处变不惊了。

训练间隙，队员们喝水吃加餐上厕所，再紧张也要挤出时间来聊聊八卦。排面合成阶段，令吴云飞烦恼不堪的倒不是因为训练，而是"谣言"。他有点儿纳闷，当初王总教练带着大伙经过各种深思熟虑外加讨论争执好不容易才确定下来的名单，莫非不是按照史上最牛排面的标准？在吴云飞看来，这二十八位姑奶奶应该是史上最能折腾的。之前是骂他、翻白眼、使小性子,后来他送了一回冰镇酸梅汤之后关系日渐缓和,最近好几个家伙又开始"造谣",说他喜欢王丽君,还搬出诸多细节:从不点名批评她,训练场上唯一一次笑就是冲着王丽君笑的,看王丽君的眼神温柔似水,看别的队员凶神恶煞。当然,吴云飞疑惑归疑惑,该怎么狠还怎么狠。

有一回,潘帅压脚尖压不到位他直接上脚就踩,效果自然

十五排(潘帅供图)

是立竿见影，可未免也太过"野蛮"了些。

"符合他的魔鬼身份！"

吴云飞身材壮实，体重始终是个谜。有一次休息的时候，张贝贝就跑过去逗他。

"老吴，你这么胖，怎么进的仪仗队啊？"

"我以前可不这样。"吴云飞掏了掏兜，突然想起手机在训练前已经上交了，不禁面露遗憾，"回头吧，给你们看看照片，那个时候特别瘦，腰围不到一尺八，小伙儿简直帅呆了。"

张贝贝伸手卡了卡郎吉娟的小蛮腰，又冲老吴摇摇头，表示不相信。

"我这是后来胖的，后来不是当领导了嘛，工作重心有所转移，就练得少了。"

同心同行

方队里不少女兵都是原单位的"独苗苗"，肩负着为单位争光的重任，在送行战友充满羡慕的目光中加入了女兵方队，却因各种原因成为替补队员。她们不仅要接受与正式队员同等强度的训练，还要参与训练保障，最后却不能上场，内心充斥着旁人无法想象的纠结与压力。1984年和1999年，女兵方队都会在天安门预演时安排一部分替补队员上场，"正步走过天安门"是姑娘们苦练几百个日日夜夜的精神动力，虽然不是在10月1日当天，虽然只是在没有观众的凌晨，对她们来说也是莫大的鼓励和安慰，算作另一种圆梦途径。这种做法，可划归于心理干预的范畴，只是当年并没有清晰的理论意识。实际上，高强度训练的重压之下，许多战士会不同程度地出现心理问题。

2008年5月12日，四川省汶川县发生里氏8.0级特大地震。大难当前，部队医疗战线的许多官兵都加入了救援行列，白校也在第一时间集结了三支医疗队伍分赴灾区，时任白校政治部主任的于维国率心理支援队前往青川一带展开心理援助。由于地震发生正值午休时段，青川小学有大量学生遇难，灾后气温骤升又连降大雨，许多遗体重新露出土面并且开始腐败，为了防止疫情，济南军区某工兵连奉命对学生遗体进行二次掩埋。隆隆作响的挖土机连夜工作，而一具具遗体的转移需要亲手操作，惨不忍睹的现场景象使得这项特殊任务进行得异常艰难，战士们接二连三地出现情绪失控、夜游、幻视幻听等症状，为了遏制心理问题加剧，梅清海教授和李俊丽等心理学专家为工兵连提供了持续一周的心理干预，通过集体共建和个别谈话等方式成功地帮助他们走出了应激期。

铁打的军人终究也是凡人，再坚强的意志力也有面临崩溃的危险，于维国敏锐地意识到心理工作在部队日常管理和特殊任务当中的重要性。时至2009年，三军女兵方队的进村名单里赫然出现了随队心理师，并且开设了阅兵村里第一间心理咨询室。

21世纪以后，心理学发展迅速，国内外关于心理学的研究也越发深入细致，对大部分普通人而言，心理咨询虽不算是陌生词语，却多少带着些顾虑和偏见。一开始，由梅清海教授坐镇的心理咨询室门可罗雀，几乎无人问津。其实，想找梅教授倾诉的队员大有人在，皆因害怕招来异样眼光而却步。

绝不敢贸然暴露自己的训练伤，这恐怕代表了相当一部分战士队员的心理状态。在她们看来，从白校选进方队的队员和队长、教导员关系近，休息一两天不会有担心，再回到排面肯定还是原来的位置，可战士队员就不好说了。军医高丽彩的工

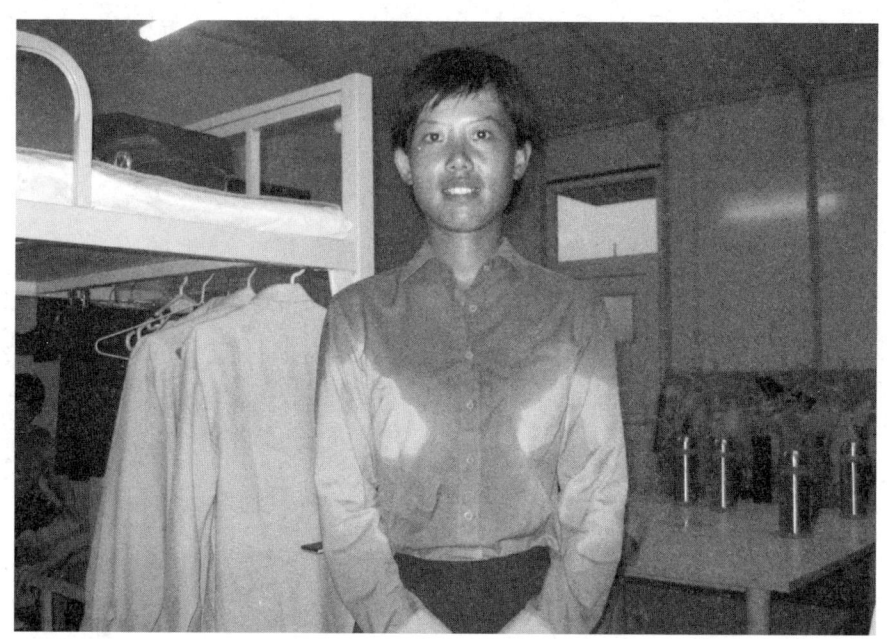

王凤燕（王凤燕供图）

作也因此遇到了困难，正常来说，问诊是医生问患者答，队员们去看病往往会颠倒过来，总是试探性地抛出各种连环问，高丽彩要想断出真实病情还得和她们智斗。王凤燕采取的战术是"佯装替队友问"。

"高医生，我上铺的战友腿疼，不会影响训练吧？"

"腿疼的原因有很多种，会不会影响训练要具体情况具体分析。"

作战靴磨脚，女兵们的脚上有的磨出了泡，有的甚至蹭出了血，可训练仍然按计划进行。这种坚持催人泪下，实际上是不科学的，天气炎热，受伤的队员必须接受治疗和休养，可要把她们劝下训练场比登天还难，高丽彩连哄带吓，好说歹说都不行。

"高医生,我真没事儿!晚上回去抹抹药就好了。"

谁也不肯下,都担心下场容易再上场就难了。女孩儿们较上劲之后展现出的坚韧达到了可怕的程度,大概许多男兵都不忍心对自己这么狠。

为此军医高丽彩焦虑到失眠,只好去找梅老诉苦。

"刚听到敲门我还在猜,谁会是第一个吃螃蟹的人呢!"梅教授笑嘻嘻地起身,要去给高丽彩倒水。

"孩子们都不来,您先给我做做心理疏导吧!"

梅教授和高丽彩从心理室出来,碰到大伙儿在整理草坪,女兵方队三个中队的宿舍分三路一字排开,第四路要短一些,设办公室、医务室、会议室,是方队的"机关楼"。四路板房的楼头各有一片绿化带,管理组组长张海涛熟练地操作着除草

营房(王凤燕供图)

机，训练组参谋宋海森正好扛着一桶饮用水路过。

"嘿！"宋参谋冲大伙打了声招呼。

王国娟抬头一看是海森，想叫住他，扬起的手随即又垂下来。两人成天各自奔忙，好不容易见一面也没工夫说话。前几日王国娟给家里打电话，得知女儿发烧了，睡梦中昏昏沉沉地一直喊着"妈妈、妈妈"。王国娟握着电话又心疼又担忧，思来想去，还是决定不告诉海森，丈夫比自己"心软"，她怕他工作分心。

不一会儿，"送水工"宋参谋拎着空水桶出来，一中队有几个水龙头坏了，他得沿着长龙般首尾衔接的板房走到另一端去检修。女兵方队里有个不成文的规定，训练场外的体力活儿不让队员碰，占据管理人员半壁江山的男干部们便包揽了其中大部分。

北方气候干燥，草坪若是浇水不及时很容易枯黄，可水龙头太远，接水管也不方便，王蕾和孟庆斌盯上了附近的消防栓，管子倒是能拽出来，就是没有水。一打听才知道，白天阅兵村里各处用水量大，水压太低。两人琢磨着半夜起来再试试，一试还真行，水流虽不大，但是够用了，只可惜管子只有一根。为了呵护好各自楼头那一块赏心悦目的绿草坪，三位教导员约好时间轮流浇水，熄灯之后，伴着哗哗作响的流水声，在草坪旁边蹲足两个钟头。三个人虽结盟合作，实际上又是竞争关系，中队之间的各项评比中绿化也是重要指标，所以也时常相互算计着时间，生怕出了差错吃了亏。

这天大伙边干活儿边谈论着工作，气氛和谐又热烈，负责新闻宣传的尹威华干事突然从"机关楼"方向杀过来，只见三个人锄头一扔，瞬间没影了。

"人呢？"小尹明明听到了王蕾他们的声音。

"对啊，人呢？"张海涛也蒙了，刚刚还聊着天，一扭头怎么没了？

临近五一，小尹催稿催得紧，可三位教导员都还没整理好，所以一见到小尹就都本能地躲了。教导员们除了正常工作还有各种劳动任务，每天忙得连轴转，尹威华为了在全队范围内挖掘素材，经常给他们"布置作业"。毕竟一个方队几百号人，不可能逐个采访，素材来源除了平时了解交流，还需要从队员们定期上交的日记里遴选。

"看日记就能了解她们的内心吗？交上来的未必都是真心话。"梅教授意味深长地提醒。实际上，像王嫦婵和王蕾这样的资深队干部心里也清楚，如今"八〇后""九〇后"的女兵思想活跃，明知道日记要上交谁还不留一手？

"可我要找新闻点，要找真情真故事啊！"小尹急了。

"这些也不假，但是真的日记里少不了有骂人的话。"梅教授慢条斯理，一语点醒梦中人。

接下来一段日子，小尹开始有意识地关注女兵日记里"抒情"的部分，却在无意中发现了秦玉艳的"心理危机"。

"无法泯灭的记忆，心痛得无法呼吸，好想念逝去的亲人，多希望美丽的家园依旧挺立，多希望一切都没有发生。我的世界被悲痛占据，找不回曾经拥有的快乐……"5月12日，汶川大地震一周年祭，秦玉艳的日记里写满了悲伤，在那场噩梦般的地震中，她失去了七位亲人。

梅教授一次又一次找到秦玉艳，引导她将内心的痛苦说出来。原来，她近期老做噩梦，一闭上眼睛，脑海里就会浮现出地震画面和亲人逝去的场景，训练中也无法控制自己的情绪，泪水经常夺眶而出。

经过半个月的心理干预，秦玉艳渐渐恢复了快乐本性。她告诉梅教授，表妹琪琪是舅舅家唯一幸存者，已经被福利院收养，她曾答应要给她买个芭比娃娃，执行完阅兵任务后第一件事就是带着礼物去看妹妹，并且告诉她要坚强地生活。

"曾经我觉得每一步都很艰难，可现在我走过来了，也不过如此。"读完这句话，梅清海合上了秦玉艳的日记本，长舒一口气。

6月份的集体生日会上，秦玉艳穿上漂亮的羌族服装站在了舞台中央，灿烂的笑容重新回到了她脸上，在她甩出长袖嫣然一笑的那个瞬间，尹威华果断摁下快门，捕捉到了这位羌族女孩儿自信又动人的舞姿。

尹威华擅长摄影，笔墨极佳，是一名文武双全的宣传干事，2008年曾随心理支援队出征青川，一路抓拍采写，没日没夜地工作，似乎有用不完的精力。于维国惊叹于这名湖南小个子体内蕴藏着如此巨大的能量，对他拍出的影像作品也赞不绝口，不仅光影拿捏得炉火纯青，更具独特视角的构图表达。方队组建之初，栗龙池政委谈及过去方队里缺乏专职拍照的，女兵的训练照片几乎都出自外界记者之手，言语间流露出莫大的遗憾，于维国心中顿时有了人选。

"政委请放心，这一回咱们肯定有自己的专属摄影师了。"

尹威华的表现也没有让于维国失望，开训之日起，每天都能看到他背着相机包的身影穿梭在排面间，宣传栏里永远都有最新出炉的照片：头顶氤氲着白气的军姿，被牛虻叮出血的额头，破损不堪的皮靴。女兵们看到了队友，看到了自己，被队友感动着，也被自己感动着。这种力量何其重要，又何其难得！

入夏后，每个班每天都能领到一个西瓜，细心的李敬总能

吃西瓜（王凤燕供图）

在集合前抽空把西瓜泡在行军盆里，训练完大家又热又渴，有时干脆连简单的洗漱也省了，黑黝黝的脸蛋顶着满头大汗径直赶回宿舍，就为了第一时间吃上一块冰凉的西瓜。

王凤燕动作麻利，横一刀竖三刀，鲜红欲滴的瓜肉便开花一般铺展开来，姐妹们往往是一手摘帽子一手抓西瓜，武装带要等西瓜吃到嘴里了才顾得上解开，真是半刻也不愿耽误。

"人间美味！"李敬长叹一口气，无比陶醉地说，"坦白讲，如今每天支撑我的就是它。下午端腿的时候我一个劲儿地给自己打气，坚持！坚持！西瓜！西瓜！"

"哈哈！"魏鑫一听乐坏了，"瞧把你美得！"

一宿舍的战友围坐在桌旁大口吃瓜的瞬间被尹威华干事的相机镜头捕捉到了，照片中女兵姑娘们黝黑油亮的笑脸与白皙的皓齿相映成趣，闪光灯下小兔子般的红眼睛里满溢着青春无畏的神采与光芒。这种感觉真好，在严酷的训练间隙尽情享受着片刻舒心，对于这群女兵来说不仅获得了分吃零食的心理满足，也从中分享着难以复刻的战友情谊，大概也算作一种精神力量吧。多年之后，她们或许数不清一起在训练场上吃过多少苦头，却都能忆起那一丝丝西瓜的清甜。

而接受领队训练的四人组还在场上挥汗如雨，最终上场的三人名单仍未确定。六个多月里，她们每天比方队早起整整一个小时，对着朝阳拔军姿、练口令，心里重复着一个简单的数学表达——四分之三。

在 雨 中

雨季如期而至，2009年雨水充沛，女兵们但凡回忆起那段时光，总会冒出些与雨有关的往事。

华北地区的夏季以急阵雨居多，刚才还是晴空丽日，突然一阵狂风呼啸，乌云乘势而至，豆大的雨点就啪啪打在了头上，转眼间便大雨倾盆。这样的雨落得痛快，淋雨的人也淋得痛快，十几分钟过后雨水骤停，碧空如洗，一道壮丽夺目的彩虹飞架天际。

这个时候常有清风拂面，机场跑道上水汽蒸腾，在烈日的炙烤下，战士们湿漉漉的军装很快就干透了，随即又被新一番汗水浸湿，如此循环往复，成为阅兵村雨季之日常。

身上衣服总是湿的，梅月圆总担心会中暑，心里默默祈祷着下一秒千万不要晕倒啊！汗流浃背这个词小时候总是写错成"汗流夹背"，老师一再强调有"三点水"，梅梅总是质疑，什么情况下才能出那么多汗，四个字里面有三个都要带"三点水"。浸泡在雨水和汗水中的梅梅有些恍惚，仿佛又回到小学课堂，梳辫子的小姑娘拿起铅笔，把所有的生字都加上了"三点水"。

一次雨中集合，魏鑫在湿滑的路面摔倒了，整个人的重量全怼在了右膝盖上，膝盖肿起老高，高医生严令休息半个月。在宿舍里待了一个星期后，魏鑫实在躺不住了，趁值班员上厕所的工夫偷溜去了训练场。

不明就里的肖江坤示意她去排尾，好几天不参加训练担心她跟不上。魏鑫不干，找到自己原先在排面里的位置，硬挤了进去。战友们都没忍住笑，倒也配合，一阵小碎步，重新调整了左右间隔。肖江坤张了张嘴，欲言又止，罢了，先看看走得怎么样再说吧。魏鑫的执拗与泼辣大家都了解，没必要来回掰扯浪费宝贵的时间。毕竟，队列里向来是拿动作说话的。魏鑫的心率只有五十多，据说这种情况通常有两种可能，要么有心脏病，要么就是运动员体质。很显然，魏鑫属于后者，还要再加一条——超强的心理素质。

魏鑫个性强，一直都属于令家长头疼的孩子，新兵时就差点儿没待住，虽说后来进步很大，家里还是不太放心。8月初，魏爸爸想方设法争取到了进村探望的名额，不过，只有八分钟时间。

多年以后，父女俩仍然对那个午后的短暂会面记忆犹新。张瑛队长告诉魏鑫，家里来人了。车就停在栅栏外，那个熟悉的身影习惯性地扶着半开的车门。魏鑫低着头，不快不慢地走了过去。

"给，妈妈买的樱桃。"

魏鑫沉默着坐进车里，把装樱桃的饭盒放在腿上，一颗接一颗地吃了起来。她想叫声爸，扭过头去看看他，想问问家里怎么样，妈妈的身体好不好。可她不敢，不敢说话，也不敢和爸爸对视，怕自己忍不住扑到他怀里大哭一场。此时，车外的魏爸爸正注视着女儿，脸蛋黑黢黢，头发乱糟糟，脖子上晒破皮了，下巴尖了，眼睛里却有着从未有过的坚定。

八分钟就这样过去了，樱桃吃完了，饭盒空了，两个人竟然什么话都没说。

"爸，我走了。"魏鑫从车里跳下来，故作轻松道。

魏爸爸点点头，大手放在女儿肩上用力按了按。魏鑫开始往回走，身后并没有传来汽车驶离的声音，爸爸应该还在看着自己，她没有回头，僵着肩膀机械地挪动步子，一直走到了队部的军容镜前。那天魏鑫穿着三号五的军裤，裤子又肥又短，露出一大截小腿，头发生涩凌乱，是在流动理发站花三块钱剪的。魏鑫从小便是个高鼻梁大眼睛的漂亮姑娘，邻居们都说她像金铭，而镜中的自己黑得冒油，像个要饭的。

对于这场见面，魏鑫的感受十分复杂，虽然她对自己的表现还算满意，她学会了克制，不再像过去那样不管不顾任意妄为，可自己那不光鲜的甚至有几分"落魄"的样子一定让爸爸心疼不已，更为揪心的是，临别时她瞥见了爸爸泪流满面的脸。

"还不如不见。"天津口音的"佛爷"话没说完，已经泣不成声。

宿舍里，一屋子姐妹全哭了。也许，每个人都需要释放一下堆积已久的压力与情绪，痛痛快快哭出来。

仿佛是一种呼应，那天下午暴雨如注。大雨浇得人睁不开眼睛，教练员一下口令，就能听到雨水灌进喉咙的声音，训练只好转移到食堂。甫一站定，潘帅就有种不祥的预感，几百号人挤在餐桌间隙里，那种黑压压的沉闷让人喘不过气来，再加上食堂里弥散不尽的油烟味，熏得她头痛欲裂。她开始有意识地活动脚趾，用指甲掐大腿，想尽一切办法让自己保持清醒。

已经临近9月，这个时候倒下很可能就永远失去了上场机会。尤其是十五排面的队员，这种危机感来得更为赤裸。因为十五排的后面站着所有的替补队员，她们咬着牙较着劲，虎视眈眈。恍惚中，思绪混乱的潘帅感觉自己被队友架了起来，身后正对着自己的那名替补向前一步，很好，砸地有声地占领了本该属于自己的位置。那一刻她特别想哭，没等眼泪涌出，却哇一声吐了出来，刺鼻的秽物全喷在了餐桌上，吴云飞赶紧叫人过来清理。

"你先下去休息一下。"

"我不！"面色苍白的潘帅似乎又恢复了清醒的意识，心想，我这一下去怕就再也回不来了。

时隔多年，不少受阅队员回忆往事时仍会感慨训练中超越极限的苦与累，对于自己当年展现出的坚韧感到不可思议。

"如果现在让你再去参加一次，你觉得自己还能坚持下来吗？"

面对友人的提问，潘帅略作沉思，继而回答道："我觉得我可以。"

想当年，阅兵村的机场跑道上，逾万名战士星罗棋布，置身于如此热火朝天的训练场景，每个人都会被这种激昂振奋的氛围所感染，迎难而上、顽强拼搏的潜在力量也因此被释放到了极致。潘帅认为这是一种不由自主，是一场关于青春与梦想的追逐，绝不仅仅是为了阅兵那天，天安门前亮相的荣耀一刻。

2009年5月，天津二五四医院骨科护士长李静进驻通州阅兵村，在阅兵联合指挥部第二兵站医疗防疫队任护士长，负责机械化方队的医疗保障任务。李静出生在美丽的呼伦贝尔，是个幸运的蒙古族姑娘，入伍第二年就赶上了中华人民共和国成立三十五周年的阅兵盛事。而她最为感谢的，是那长达七个月非凡的受阅训练，从军三十五年，常年扑在一线从事护理工作的李静始终认为正是那七个月磨砺出自己坚忍勇敢的品质。每逢大合练，李静都在长长的车龙中仔细搜寻，期待着一睹新一代女兵的风采，却都阴差阳错未能如愿。在最后一次大合练中，李静终于寻见了一个熟悉的身影——王俊光。

"怎么样？"王俊光把她带到了三军女兵方队的站立点。

"模样变了，衣服变了，有一种东西没有变。"面对一张张英武俏丽的年轻脸庞，往事如潮水般涌来，两人都不禁唏嘘感叹。

8月20日是徒步方队与机械化装备方队最后一次合练的日子，徒步方队全员集结，统一乘车前往通州机场，几百辆车组成的庞大车队准时开拔。这一天，胡锦涛主席也要前往。很快就能亲眼见到党和国家领导人，队员们兴奋得两眼放光。八排基准兵段学敏的心情更为激动，依照计划安排，合练结束后，她将和另外二十四名队友作为三军女兵方队的代表得到胡锦涛主席的接见。

整个过程紧张而有序，不知不觉已到了傍晚时分，队员们拖着疲惫的身体等待返回。当车队沿着机场跑道缓缓驶出阅兵村，沿途的板房前聚集了许多战士,穿着不同兵种的军装自发站成一排,不断挥舞着双臂,向离去的战友道别。他们当中也许有人在寻找自己的战友,又或许并没有寻找,受阅军人之间充满了无法言说的默契,热切的眼神中包含了所有的认同与敬意。

此情此景令十九岁的梅月圆感触颇深,年轻的女兵也正经历着军中姐妹的战友情。训练间隙,梅月圆和马悦在休息区距离近,时常凑在一起,趁加餐聊几句,至于远在三中队的吴诗晨和李雪娇,就只能在排面转换时偶尔碰巧才能打个照面,那种惊鸿一瞥,梅月圆一直觉得像电影里的场景。短暂的对视中,两个小姐妹还可以做个鬼脸,吐个舌头,大概就算是苦日子里一丝丝小甜蜜了吧。

训练中期,女兵们有一套特殊搭配的服装,常服内衬加大号夏长裤。原本穿在常服内的长袖衬衣能防止皮肤裸露晒伤,

阅兵村洗澡间(王凤燕供图)

宽松的夏裤便于排汗透气，为了更凉快些，还专门统一改短了裤腿。虽不美观，但实用就好。不过轻薄的布料终究难敌强大紫外线的长时间侵袭，入夏不久，许多女兵身上都晒出了内衣印，洗澡时免不了相互调侃彼此的"比基尼装"，比一比谁的晒痕明显。而四个小姐妹也只有在澡堂里才能聚在一起交换近况。对她们而言，倾诉是一种释放压力的绝佳方式。

8月中旬的一天，梅梅只看到了又瘦又小的李雪娇，却不见吴诗晨的身影，梅梅心里咯噔一下，有些沉重。休息时，她还不放心，专门跑到三中队去问，队友告诉她吴诗晨受伤了，需要休息。

"严重吗？"

"应该不严重，可能过两天就回来了。"

那个周末，四个人幸运地又约到了一起洗澡。各中队管理有别，上回凑在一起还是一个多月前的事。在莲蓬头喷洒热水的哗啦声中，在浴室里氤氲着的令人惬意的水汽中，吴诗晨怔怔地说道："我练不了了。"

其余三人先是一愣，随即抱在一起哭了起来。吴诗晨年龄最长，也最成熟，在四人中始终充当着大姐姐的角色，她搂着姐妹们的肩膀不断重复："不许哭，我都没哭。"

这之后，四姐妹中剩余三人的训练似乎又增添了新的意义，即便是在被"贬"为预备队员的那段灰暗日子里，梅梅也每天保持着昂扬的斗志，坚持，坚持，绝不能退出，一定要带着诗晨的愿望走过天安门。

"你们现在皮肤已经晒得相当黑了，千万不能用太白的粉底，不然整张脸看上去就像一块发霉的巧克力。"9月11日，去村里给女兵上化妆课的吉米老师言语犀利，引得大家哭笑不得。方队给每个人发放了成套的口红眼影，女兵们格外兴奋，回到宿舍就迫不及待地试起妆来。

"你这么抹不对，"郎吉娟抢过贝贝手中的粉扑，熟练地帮她修整，"得这样，先上薄薄的一层，然后再叠加。"

这一天，也是必须确定领队名单的日子。四个人都练到了闭眼正步百米正负误差在一厘米之内的境界，令专职负责领队训练的鞠浩杰难分伯仲，究竟该由谁当替补？方队干部更是左右为难。这天傍晚，程诚做出了一个惊人的决定，她找到于政委，主动要求担任预备领队。

"虽然几个月来，我一直在为着那四分之三的希望刻苦训练，不愿放弃，但我觉得作为一名白求恩弟子，必须认识到'个人荣誉诚可贵，国家荣誉高于天'！我相信姐妹们会带着我的梦想走过天安门，我会在场下为她们加油的。"

那天晚上，魏韵萧怀着复杂的心情拨通了家里的电话。程诚的主动退出意味着自己与栾馨姐、艳梅姐成为正式领队，这就是她日夜坚持拼命要争取的四分之三吗？她正犹豫着不知该怎么向家人诉说，话筒里却传来了奶奶的哭声。

"萧萧啊，我在电视上看到你了，怎么瘦了那么多？"

"奶奶您别担心，我们每个人每天都是这个样子，都习惯了。"

魏韵萧记起前段时间有记者来采访，大概是要录制什么节目吧。镜头缓缓扫过静站中的三军女兵方队，越拉越近，最后定格在了第一领队魏韵萧身上，黝黑的肤色，棱角分明的面庞，豆大的汗珠正顺着下巴滴答、滴答地往下滴，一如当年她心中的女神。

2009年10月1日，中华人民共和国成立六十周年阅兵式上，备受关注的三军女兵方队终于精彩亮相,这是新中国阅兵史上除护旗方队外第一支以陆海空三军形式组成的方队,也是世界阅兵史上最大的一支方队。

"向右看——"

伴随庄严的《分列式进行曲》,陆海空三名领队口令气贯长虹,动作一气呵成,引领着三百七十五人组成的队伍昂首阔步地走过天安门,气势排山倒海,步伐整齐划一,足音铿锵有力。

唐甜成为第一个正步走过天安门的博士。齐步换正步时,潘帅的眼圈红了,她在心里默默地喊着:"妈妈,你看到了吗?我通过天安门了,女儿没有让你失望!"

在良乡时,妈妈曾带着姥姥去看过潘帅。姥姥已经八十三岁高龄,依然声如洪钟,精神抖擞,走路还不让人扶,远远看到狂奔而来的潘帅就伸出大拇指:"我外孙女好样的!"家人的鼓励和期待无疑是最为强大的精神动力,爸爸那天没有去,只是让妈妈捎去了一封信,那封信潘帅一直没敢打开来看,她有点儿害怕读爸爸写的信。新兵连再苦再累都没有掉过一滴眼泪的倔强女孩儿,唯独在收到爸爸的来信时哭得稀里哗啦。潘爸爸向来是个话少的人,特别不善于表达,那封信却洋洋洒洒写了九页,诉尽了一位父亲多年来对女儿的爱与关怀,关于童年趣事种种,关于成长烦恼种种,有快乐,有遗憾,也有愧疚。在潘帅的印象中,爸爸从未如此敞开心扉,自己也从未掉过如此多的眼泪。

转进小巷子,群众热烈的欢呼声使得梅月圆热泪盈眶,还有七排的马悦、十四排的李雪娇,三个姐妹都惦记着未能上场的吴诗晨,守在电视机前的她此时是怎样的心情呢?

15时,沙河阅兵村迎回了凯旋的队伍,战士们久久地陶醉在兴奋与喜悦中，直至这天深夜。潘帅回到宿舍第一件事就是翻出爸爸的信，她已经如愿走过了天安门，她已经成功了，因此，不管是脆弱的还是温情的，眼下的自己已不再惧怕任何情绪。信封里只有薄薄一张信纸，潘帅小心地打开，上面只写了一句话：不想当将军的士兵不是好士兵。

潘帅扑哧一声笑了，继而泪如雨下。

青春啊，各奔东西

那几日女兵们挥泪话别，于维国也一直红着眼睛，已数不清哭了多少回。于维国文采飞扬，性情中有着极为感性的一面，已两次参阅的他始终对方队工作怀着饱满的热情。九个多月来他组织大家自办《三军女兵方队报》，还创作了十几首励志歌曲，每月10日给队员们过集体生日，是以情带兵的典范，也正因如此，女兵们的喜怒哀乐以及训练生活中结下的浓厚情谊他是再清楚不过了。

这一别，不知再见何时。

在时代大潮中，每个人都不过是沧海一粟。随着军队改革与发展的逐年推进，阅兵的意义以及对受阅人员的影响也发生着重大变化，对于女兵方队来说，尤其是为数众多的历届战士队员，她们各自不同的人生之路也印证着时代的转变。由于历史特殊性，20世纪80年代的受阅人员得到了特殊优待，女卫生兵方队所有战士队员免试入学，军校毕业后全部提拔为军官干部，分配到军区各医疗岗位，延续着女卫生兵的使命与职责。

"那个真的是改变命运，包括我自己。"在陈守信的努力争取下，王俊光和刘宝权也获得了宝贵的上学资格，毕业后成了军官。

可以说，阅兵彻底改变了她们的人生。因为有政策优待，毕业分配充分照顾个人意愿。相当一部分队员分到了三〇一医院（中国人民解放军总医院），而天津籍的队员大多选择了二五四医院（联勤保障部队第九八三医院），石家庄本地的要么留校，要么去了学校隔壁的白求恩国际和平医院（联勤保障部队第九八〇医院）。先进的医疗设施和高端的学术氛围为她们提供了更为宽广的施展空间和更多建功立业的机会。毛燕玲二十六岁就在骨科独挑大梁，成为三〇一医院最年轻的护士长；李淑君参加过1998年抗洪、2003年小汤山医院抗击"非典"、2008年汶川抗震救灾，几乎每一次重大事件她都率队奔赴一线实施医疗救助。2003年，李淑君被国际红十字会授予第三十九届南丁格尔奖章。这一年，主任医师张素炎任职二五四医院副院长。

2007年，李静奉命加入中国第六批维和医疗队，前往战事不断、充斥着瘟疫与危险病毒的非洲西部。八个月间，她每日与各种传染病患者打交道，给携带艾滋病毒的孕妇做剖宫产，还意外染上了疟疾，历经无数危险与挑战，她始终认为，支撑自己的力量来源于心中深深的阅兵情结。

身在部队医院多年，出门的机会太少了，作为医务工作者，必须二十四小时全天候待命，紧绷的神经很难有放松时刻。说来心酸，这次远行竟是李静头一回坐飞机，长途大飞机转成小飞机，最后几百公里的航程需要乘坐直升机。机长见她紧张，递过来一块糖。狭窄的机舱里，身着迷彩、头戴印有"UN"标志蓝盔的李静将那块糖死死捏在手里，糖汁顺着指缝滴在了战靴上。

医院急需一名清洁工，在遍布战乱与疾病的非洲国家，想找到一个健康的年轻人十分困难，李静的团队最后请来了一位患有艾滋病的小伙子，考虑到肝炎会通过飞沫传染，疟疾的传染性也很强，艾滋病毒倒成了相对安全的。

而那些较早离开部队的女兵们，也在不同领域里奋斗出各自的精彩。

1990年，董旭转业到了中国农业发展银行，曾获得河北省省直"三八红旗手"称号，河北省"巾帼建功明星"称号，后调至北京，任总行行政副经理。非凡的阅兵经历和老山参战经历令她胸怀深重的军旅情结，多次率领中国农业发展银行女职工委员会委员看望慰问英烈母亲，帮助她曾经战斗过的云南马关地区的留守妇女脱贫致富。

1993年，李军转业至天津市医科大学肿瘤医院，常年从事医政、医保管理工作，在医保领域潜心钻研，获得了多项国家级研究成果并在国内广泛推广使用，极大程度地提高了就诊效率，解决了异地、边远地区患者看病难的问题。

1996年，谢秋娜转业后很快便考取了公务员资格证书，进入民航总局工作，后调入中国航空集团民航快递有限责任公司，历任团委书记、市场总经理、客服总经理、人力资源总经理、工会副主席。回到地方的谢秋娜延续了严肃较真、行事泼辣的作风，在业内始终颇具声望。

如果说1999年女兵方队尚有一百名幸运的战士通过了文化考试，从白校毕业后得以顺利提干，那么对于2009年三军女兵方队的战士队员而言，面临的机会近乎为零，完成受阅任务之后，她们各自归建，如今大多已脱下军装，回到地方开启了另一段人生。

无论时代如何转变，战士与军官的身份都大不相同，女兵们深知一切皆为时代造就，并非人为可以改变，羡慕阅兵前辈幸运的同时，也相信未来把握在自己手中。坚定信念，不怕苦不放弃，是夜以继日的严酷训练馈赠给每一名受阅队员的珍贵礼物，她们也在各自不同的人生道路上努力践行着这种阅兵精神。

"是离开的时候了。趁着年轻还有发展机会，如果干满三期，自己就三十多了。"2010年年底，经过深思熟虑，潘帅决定退伍。军校毕业生、参加2009年大阅兵、在非战争军事行动中荣立个人三等功，此外还执行过2007年全军新军装展示任务，可圈可点的部队履历令潘帅在当年天津退伍待安置人员中总分排名第一，分到了天津市出版局。亲朋好友闻讯大喜，纷纷表示祝贺。而实际报到单位却是出版局下属的一个印刷厂，每月扣除五险一金到手只有九百多元，这令她始料未及，当时部队二期士官每月工资近四千元，落差实在是太大了。

毫不夸张地说，潘帅是头顶光环离开部队的，尤其是撤离阅兵村之前的庆功大会上，潘帅荣立个人三等功，第四军医大学的政委亲自颁发军功章，那庄严而隆重的场面令她终生难忘。参加阅兵的那种积极向上精神饱满的劲头一直持续着，回到地方的潘帅正准备要轰轰烈烈地大干一场，似乎是啪叽一下，就被现实摔了个措手不及，还是脸朝下的那种。

她想报考公务员，可自校毕业的大专学历够不上门槛，只能退一步争取考事业编制单位，潘帅一边在印刷厂上班一边复习等待机会。2012年，潘帅通过了卫生局的考试，却因为户口问题未能录取。2013年，结婚一年的潘帅怀孕了，与此同时她收到了民政局的招考信息，潘帅决定再试一次，笔试顺利，很快接到了面试通知。

潘帅（潘帅供图）

面试过程十分煎熬，走廊上没有可供休息的座椅，所有人都站在会议室外面等待最后的成绩公布。漫长的等待令孕期中的潘帅有些焦虑，前一阵，备考劳累的她出现了先兆流产的迹象，家人都劝她放弃面试好好养胎,她执意不肯。潘帅一向清醒冷静,如果这次再错失机会,以后想考只会更难。手执录取名单的面试官终于走了出来,第一个叫出的名字就是潘帅,一如当年十五排面集结时王俊光第一个念出她的名字。

她以总分第一的成绩考进了民政局。

成功啦!潘帅心里一阵狂喜,随之而来是下身一股暖流,不好,见红了!丈夫赶紧带她去医院,好在虚惊一场,吃了保胎药休养了几天后恢复了正常。从某种意义上讲,潘帅延续了在部队时所从事的工作,只是服务的人群不同,在社会福利院,潘帅面对的大多是残障人员,那些儿童福利院长大的孩子们、被遗弃的孤儿,年满十四岁之后会转来这里。她对自己通过努力争取而来的工作由衷地感到欣慰,同时也充满感激。

依据士官改革之后的新政策,白校毕业学员也各自返回原单位从事部队卫勤工作,不再重新分配。张贝贝回到了第二炮兵某基地,二期士官期满退伍,工作原本分配到北京铁路局,为了与丈夫团聚,贝贝舍弃了北京西站的好工作,主动申请从大站调小站,回到了石家庄。

吴杏子总爱回想阅兵岁月里的诸多细节,军姿、队列、口号都是有形的,泪水也是,甚至疼痛也是,而真正对她影响至深的都是些无形的东西,在某个毫无准备的瞬间突然击中了自己。那年3月的生日会,常东华组织方队所有男干部每人手写一句鼓励的话,再折成千纸鹤。吴杏子恰好抽到了方队长的那张:阅兵,苦累一阵子,荣光一辈子。

这句朴实又蕴含力量的赠言令吴杏子如获至宝,直到她脱下军装回归地方生活,仍然从中汲取力量。她感激阅兵,也感激阅兵路上历经的每一次磨难。比起其他队员,吴杏子还有一个意外收获，她嫁给了当年二排的教练员孟乘宇。恋情并非在阅兵村里萌芽的，十五排与二排隔着千山万水，两人当初根本就不认识。

"谁来了我就给谁介绍对象！"

2011年，吴云飞把自己的婚期发在了十五排面专属的QQ群中，还不忘放下一个"诱饵"。都知道是句玩笑话，结果无巧不成书，婚礼当天，吴杏子与孟乘宇被误锁在了二楼房间，闲聊间两人还险些吵了起来，都是暴脾气。一年后，两人传出了婚讯。

郎吉娟回到空军某部队卫生队，每天同药品打交道，时间规律，任务也相对轻松，倒是退伍之后的工作更为艰辛。在河北省血液中心，郎吉娟是一名采血员，采血属于技术含量高、工作强度大，同时也需要高度严谨的特殊工种，而血小板采集需要借助一台复杂的设备将献血者的血液抽出体外进行分离，采血者必须全程关注，并且在准确的时机下进行相关操作，不允许有丝毫懈怠。每天有很多献血者，工作繁重，中午也不休息，但郎吉娟很快度过了适应期。

"总没有站军姿累吧？总不如踢腿难吧？总不会有淘汰的压力吧？练好一个动作接着练下一个动作，我把这些基本操作一项一项都学会了，不就能胜任新岗位了吗？"党支部开会，纪检委员郎吉娟实话实说。

机采过程中，抗凝剂容易令初献者出现献血反应。有一次，一位中年献血者突发晕厥，郎吉娟迅速调整高头位体位，果断采取抢救措施，展现出了一名受阅女兵的冷静和从容。

回到一一二师带新兵的魏鑫感触良深，新兵确实不好带啊！严格是必需的，同时也需要恩威并施；奖惩分明是必需的，至于如何拿捏分寸就得考验带兵艺术了。可见，带兵人对新兵的影响极为深刻。军旅八年，从新兵到士官，从受阅队员到基层带兵人，跌跌撞撞中这位个性极强的女孩儿在角色的多次转换中收获了珍贵的人生财富。

1984
1999
2009
2015 白求恩医疗方队
2019

恋爱中的宝贝

李士扬最近有个甜蜜的烦恼。学校的领导和同事先后三次给他介绍对象，竟然都是同一个人——梅月圆。一个是汽车队的司机战士，一个是护理系的士官教员，虽同属勤务保障连，但唯一的交集也仅仅是每天清晨的集合点名。关于梅月圆其实他是单方面认识的，圆脸大眼睛，说话温柔，笑起来眼睛弯弯，像初夏盛放的月季。关键对方不仅漂亮，参加过阅兵，还是优秀的毕业留校生，浑身光芒，而自己只是个开车的。李士扬总觉得配不上人家，加了微信后既没信心追又不甘心放弃，每天雷打不动就发三句话，别的也不知道该说什么，也不太敢说。

"梅老师早上好！"

"梅老师中午好！"

"梅老师晚安！"

对于这种固定时段固定内容的信息，一开始梅月圆只是当作战友间的常规问候，并没太过留意，有时回一句谢谢，要是赶上正忙也就疏忽了。没想到对方一连坚持了三个月，梅月圆不得不对"执着"二字重视起来。早起点名时，她会偷偷在队伍里找一找那个浓眉大眼、个子不算高的家伙，看上去倒也不令人讨厌。

有天早上8点已过，"梅老师早上好"却迟迟未来。梅月圆有些意外，心下琢磨，难道这家伙见我总是爱搭不理的，生气了？按兵不动了一上午，等到四节课结束吃过午饭从食堂出来，梅老师才掏出手机胸有成竹地划开屏幕，肯定会有他的两条未读信息。

打开微信一看，小李司机仍然只字未发，这是什么情况？等到晚上，还是没有消息，梅月圆着急了。

而两人的关系也正是因为这次意外才有了进展，第四天是星期六，整整消停了三日的问候终于又出现了，而且还多出了好几个字。

"梅老师早上好，我想请你看电影。"

梅月圆心想，好啊，我也正想会会你！不过，会面过程显然有些糟糕：李士扬居然不会使用手机上的APP买电影票，看的电影叫《复仇者联盟2》，从未涉足此类影片的梅梅看得一头雾水，再扭头一瞧，约会对象已经睡着，哈喇子都流出来了。至于晚饭，故作神秘的小李司机带她去了一个特别偏僻的农家乐，院子外面还有一片臭烘烘的垃圾场。回去之后，梅月圆跟同宿舍的小芸抱怨了整整一个小时，可即便如此，梅梅还是对李士扬产生了好感。

"瞧瞧，这就叫欲擒故纵，一招制胜。"小芸说，"肯定是那个高班长支的招，小李一看就憨厚老实，凭他自己想不到用计谋的。"

梅月圆若有所思。刚留校时，她在系办公室工作过一段时间，常常需要外出采购，而负责系里车辆保障的就是李士扬的班长高李森，高班长健谈，为人热情爽快。关于那三天"失联"，李士扬和高班长的口径却高度不一致，一个说半夜开始发烧，躺在宿舍昏昏沉沉，连拿手机的力气都没有了；一个说队里整顿纪律，手机上交了。

　　2015年初夏，正值梅月圆忙得不可开交的时期。临近毕业，系里忙着一年一度的卫勤演练和护理操作大比武，其间又赶上石家庄驻地六所军校与部队的联合演练。代号"太行铁骑2015"的演习在太行山麓展开，在航空兵和远程炮火支援下，红军合成营抢滩登岛几易阵地，久攻不下，伤亡严重。白校派出的白求恩医疗分队经五千米武装奔袭，于二十分钟后抵达目的地，没有调整立即搭建野战医院投入战斗。战场救护中，卫生员两小时内连续搬运伤员十多趟，体能消耗相当于负重五十公斤冲锋十公里，梅月圆和战友们不断挑战着生理极限，在太行山地里一连住了七天帐篷。

　　每晚睡觉前，梅梅会习惯性地打开手机翻看小李司机的留言。

　　"梅老师什么时候回来？你的师妹们天天在操场罚站呢！"

　　看到这条消息，梅月圆第一反应就是，阅兵的事情有进展了。很多学生都知道梅月圆参加过2009年大阅兵，对这位又美又飒的士官教员充满了羡慕与崇拜。梅梅记得很清楚，年初刚听到一点儿风声，课间休息时就有一大波女兵围着她，问的问题全部是关于阅兵的。很快，校内开始着手选拔工作，学员大队和学兵大队也紧锣密鼓地统计人员信息，女兵们个个兴奋不已。基护操作课前，梅梅给学兵二队的课代表曾婷交代药品发放细则，小姑娘凑过来偷偷问："老师，您觉得我够条件吗？"

　　"我看没问题！"梅梅抿嘴一笑。

　　"太好了，老师，您说行就一定行！"曾婷歪着头看了看天花板，还不肯走，"老师，我感觉真是天上掉馅儿饼了！本以为每十年才有一次机会，没想到现在机会就来啦……"

　　"好啦，赶紧发药去！马上上课了！"

就在白校的女学员们对阅兵展开各式各样的想象与热烈憧憬时,选拔工作似乎停滞了,量身高测体型的通知迟迟未来。原来,胜利日大阅兵最初方案里赫然在目的女兵方队,不知何故被取消了。从 1984 年起,但凡有阅兵,女兵方队的抽组任务都由白校担任,似乎已成为一种顺理成章的惯例,这次莫非遇到了竞争对手?纪念中国人民抗日战争暨世界反法西斯战争胜利七十周年阅兵属重大军事行动,密级高,学校也无从打听个中原因。事后才得知,阅兵领导小组对此次女兵参阅曾有过争议。2015 年 5 月初,习近平主席受邀参观俄罗斯卫国战争胜利七十周年阅兵式,铿锵靓丽的女兵方队一出场,立刻吸引了全场目光,观瞻效果非常好。之后,一位军委首长到石家庄调研,从时任白校政委季富同志的汇报中了解到白校的光辉历史——学校诞生于 1939 年 9 月 18 日,由白求恩参与创建的晋察冀军区卫生学校沿革发展至今,抗战期间参加了百团大战、反"扫荡"等战役战斗,向抗日战场输送近一千五百名医务人才,有近百名师生牺牲在抗日战场上。经多方论证后,白校终于接到了重启方队的通知。

从演习地返校当天,任护理系主任的王国娟就带着梅梅加入了方队,一头扎进紧张的工作中。李士扬和梅月圆,这对本打算联演结束后进行第二次正式会晤的新恋人也因此咫尺天涯,微信聊天又回到了最初李士扬单方面的按时问候。

1999 年阅兵结束后,张瑛放弃了去三〇一医院工作的机会,也没能回到她梦寐以求的内蒙古,究竟是什么令她最终下定了留校决心,恐怕她自己也说不清。或许是因为对礼堂每天传出的长号乐音的眷恋,又或许是冥冥中的某种牵引,注定了她今后的人生与带兵分不开,与阅兵分不开。在张瑛看来,自己是从一名并不怎么合格的受阅队员成长起来的，从什么都不懂什么都不太情愿的思想状态出发，有冲动也有彷徨，有困惑也有伤感，当年的井陉教导大队、七分部汽训大队、北京沙河机场，都留给她太多难忘的回忆，也见证了她的成长。2009 年以中队干部的身份出征，对张瑛而言更像是一场证明，她需要回到故地，去证明更好的自己，她需要得到认同，同时也深深确信，这份认同感将是指引自己继续前进的动力。

2015 年是张瑛身体状况极为糟糕的一年。2012 年 3 月，白校开始承担全军预选卫生士官的学兵培训任务。刚结束新训尚未下连锻炼的"九〇后"新兵中不乏思想活跃、行事莽撞、任性叛逆的家伙，近两千名学兵蜂拥而至，不亚于往校园里投入一枚重磅炸弹。被委任为学兵一大队大队长的张瑛恨不得长出三头六臂。当时，"学兵"对全军来说都是个新词语，不仅白校经验为零，其他部队单位也无法提供可借鉴的办法。学兵队里几乎每天都有各种意想不到的情况，总有不服管的学兵冒泡泡，年轻的队干部百般棘手，只得一趟一趟去请张瑛大队长。疲于奔忙的张瑛血压飙升，心脏早搏，身体状况频频亮起红灯。之后几年情形便固定下来，每逢学兵报到的 3 月，张瑛的血压就居高不下，到了四五月份，各项工作都理顺了，才渐渐趋于稳定。再次受命担任方队干部正值 5 月初，按惯例，张瑛的身体状况应该恢复正常了，岂料 2015 年方队工作时间紧，任务重，加之情况一波三折，先是遭遇取消，后又经历了从徒步方队到装备方队的重大调整，每一名方队干部的操劳程度以及所需要承受的压力几乎都突破了极限，张瑛急火攻心，血压又蹿上去了。

周五晚上，方队组织去礼堂看节目，张瑛突然感觉天旋地转，幸好旁边一名瘦瘦小小的女兵反应快，跑过去把她扶住了。

送到门诊一量血压，高压已逼近二百，军医命张瑛必须立即休假，接受治疗。那晚张瑛抱着马桶吐到第二天凌晨3点多才消停，头晕恶心像挥之不去的苍蝇一样缠着她。清晨五点半，生物钟又准时敲醒了张瑛。她盯着昏暗的天花板思考了三分钟。

"再睡会儿吧。"睡眼惺忪的贾红彬翻了个身，含混道。张瑛没吭声，起来冲了个澡，回到床边推醒了丈夫。

"你说，我今天去吗？"

"都这样了，还去干啥呀！"

"如果今天早上不去，这次阅兵我就不用参加了。"张瑛站起来开始换衣服，"为啥这么说？因为我身体不好，头儿也知道我病了，这是现实情况，今天我不出操，他们就不会再强迫我，方队刚组建还有人选可以换。"

"那就太好了，你早该踏踏实实休息两天了！"

"我本来也这样打算的，可目前正式的教练员还没有到位，各中队都是由队长兼着教练，一中队一百多号人，我不在，训练就没法开展。"张瑛想了想，又说，"哪怕就是今年我不去了，也得把这几天扛过去。"

"什么意思？"贾红彬一听急了，连忙坐起身，"你真要去出操？不要命啦？"

听丈夫说这话时，张瑛已经在对着穿衣镜整理着装了。6点10分，她的身影出现在了操场上。

唯一的女兵方队

白求恩医疗方队是"胜利日大阅兵"中唯一的女兵方队，方队女兵全部出于白校这所因抗日战争而诞生的军事医学院校，其基层卫生员身份延续了建校之初为战场救护、伤员后送的神圣使命，也正因如此，白求恩医疗方队是唯一能涵盖中国抗日战争和世界反法西斯战争元素的方队。

2015年5月11日，白求恩医疗方队正式组建，6月8日进驻昌平阅兵集训点。因为时间紧张，方队只能边组建边训练，有关服装装具以及展示形式的方案前前后后改了几十稿之多，是历届最为波折的一次。为纪念抗战胜利而阅兵是新中国首次，女兵乘车受阅亦属首次，有些细节直到"九三抗战胜利纪念日"前夕都还在微调。如果说前三届女兵

女兵行李箱（宋昕蔚供图）

方队凸显了铿锵阔步的女兵形象，这次则更侧重于展现我军女卫生兵走向战场的实力与决心。

值得一提的是，在历届女兵方队中，白求恩医疗方队是唯一一次受阅队员（除将军领队外）全部来自白校，没从其他部队抽调队员。学校在抗战中诞生，从白求恩学校沿革发展而来，以"白求恩"命名方队，是一次重温"白求恩故事"、宣传白校抗战历史的绝佳时机，这不仅对白校学子有着深远的教育意义，也积极扩大了学校和白求恩精神在全军部队的影响力。

方队入驻南口训练基地一个独门小院，虽说是十六人一间的大宿舍，但屋内装有空调，水房和卫生间也十分宽敞，二十四小时供应热水，舒适良好的生活条件确保了大家每天起

床的好心情。张瑛、王国娟、王嫦婵等有着多次参阅经历的中队干部在管理上已经相对熟练，人性化程度高，加之队员都出自白校，在这种都是"自己人"的氛围中，尽管时间短，其过程充满周折，大家也都能泰然应对，相对从容地克服了种种困难。

2009年十五排魔鬼教练吴云飞和十四排教练李斌杰再次被借调到方队，受阅方式由徒步转为装备承载，训练重心自然有很大的调整，浑身"功夫"的吴云飞一开始颇有些有劲使不出的困惑。从仪仗兵的专业眼光来看，女兵们的任务就是站立和向右看，因此，除了军姿之外，训练内容便锁定在了转头、表情和稳定性三个方面。

白求恩医疗方队以陆海空三个排面进行编队，每个排面由四辆战车组成，每辆战车承载二十名队员。虽然队员的站位上有一个固定脚掌和脚踝的辅助装置，驾驶员也尽量保持匀速平稳，但刹车和加速在所难免，要克服身体的晃动也并非易事。前无把手，后无靠背，曾一度让不少女兵对站乘车辆产生畏惧心理。方队长马国旺和方队政委于维国带着一众中队干部和教练员登车示范，一口气绕着院子跑了十几圈，其间多次演练紧急刹车和起步。效果立竿见影，女兵们个个争先恐后登车体会。

危险顾虑虽然打消了，更为困扰的是站乘重心不稳、排面不齐的问题。受女儿踮脚走马路牙子练平衡的启发，张瑛向方队临时党委建议了一个"歪招"：头顶矿泉水瓶，脚掌踩台阶，脚后跟悬空。最初坚持不了一分钟，后来人人都能坚持二十分钟不晃不抖。半个月练下来，队员们普遍感觉脚掌抓地有力了，哪怕车辆出现大幅度晃动，重心都能得以控制。每晚雷打不动的五公里，女兵们时不时来一动自编的顺口溜："天空飘来五个字儿，那都不是事儿；跑步也就五公里，一会儿就完事儿！"

眼神练习是从二十秒不眨眼开始的，最初女兵们几乎都坚持不了，一眼望去，一个个泪流满面，场面颇为悲壮。为了激发大家的斗志，也便于相互学习和监督，王嫦婵想了个办法，让大家两两结对，面对面地站。没过一会儿，郝运对面的程婷婷就有点儿坚持不住了。原来，郝运不仅练出了眼泪，还练出了鼻涕，晶莹透亮的小东西在初夏的阳光下闪闪发光，口哨不响军姿不停，爱美贪靓的郝运虽拿出了军人踩钉子也不动的毅力，却无法遮掩大鼻涕带来的狼狈，动也不是，不动也不是。过了几分钟，程婷婷终于忍无可忍，跟队长打了报告。

"咱们的郝运好样的！"王嫦婵本以为有战士晕倒，过来一瞧，也扑哧笑了，赶紧掏出纸巾为她擦拭干净。

没想到流个鼻涕还受了表扬，郝运有些不好意思，转念一想，又有些得意。训练结束后方队组织测量体型，测胸围的时候，郝运听到了一个令人惆怅的数据——七十七厘米，怎么又小了些？这小胸脯何时才能变大啊！为了排面齐整，女兵的三围也纳入了调控范围，体型瘦小的女兵往往需要往内衣里塞衬垫。

早期训练中，受阅形式尚未确定，女兵们戴凯夫拉头盔练过，挂枪也练过，军姿、正步也都参照往年标准打下了扎扎实实的基础。苦头吃尽之后，尽管最后乘车展示的方式让大家感觉相对"轻松"，其实也极大程度归功于当初的各种摔打，强健的腿部力量和腰部力量保证了车辆行进中身体不随之晃动，挺拔的军姿在药箱的衬托下更显英武。

小院西边有座小山，于维国每晚爬山锻炼回来要练一会儿太极，正好赶上女兵们跑完五公里。大家看着觉得新鲜，纷纷效仿，后来这个模式渐渐固定下来，于政委每晚带着大家练太极，既达到了身心放松的效果，也促进了身体的稳定性。

战争，女人从未走开

翻开波澜壮阔的军史，无数英烈早已刻入丰碑。为了新中国，以李林、赵一曼、左克等为代表的女英雄一往无前舍身报国。女性在战争中从未离开，在强军征途上也从未缺席。留校多年的张国英在政教室工作，每逢开学季，她都要在思政课上为新生讲述白校的光辉校史。

抗战期间，白校师生转战太行山，驰骋滹沱河，坚持"边教学、边战斗、边救治"，先后参加百余次战斗。白校的女学员们冒着枪林弹雨救治伤病员，甚至直接冲到前线用生命保护受伤的战士，为抗战胜利作出了巨大的牺牲。

1941年秋，日寇调集重兵"扫荡"我根据地，白求恩学校分两队转移，其中二队由政委喻忠良率领，在白银坨一带与敌周旋。10月5日，二队跟随杨成武将军率领的晋察冀军区一分区机关和两个连队从梯子沟突围到道士观。翌日清晨，护送伤员的女学员遭到了日军的围追堵截。躲在大石头缝里幸存的百姓李登秀目睹了惨烈的一幕：为了保护伤员，手无寸铁的年轻女兵临危不惧，有的趴在战士身上挡子弹，有的用手抓、用脚踢、用牙咬，与日寇殊死搏斗，有的高喊着"抗战到底、决不投降"，扑向敌人刺刀……面对十倍于己的日寇，无一人投降或被俘，二百余名白校师生和伤员最后仅突围五十余人，其余壮烈牺牲。烈士鲜血顺着水沟流到了白银湖，当晚，百姓们发现煮水锅里都是烈士鲜血凝固的红豆豆，端着碗号啕大哭。杨成武将军在回忆录中沉痛地宣称，这是他永远无法忘却的痛！抗战历史研究专家高度认同白校梯子沟突围战英烈群体，认为"可比同一战场牺牲的狼牙山五壮士壮举,彰显了我党领导下的人民军队敢于战斗、慷慨赴死的民族大义"。

梯子沟突围中白校学员所表现出的职业操守和英勇血性的战斗精神与白求恩精神高度同源,一代又一代白校学子以此为荣,沿着白求恩的足迹从战争年代走向和平,一路践行着部队医务工作者的神圣使命。

在中越边境距今最近的那场战事中,白校曾连续三年派遣小分队奔赴前线,担负战地救护伤员、团师军及战场野战医疗所的救护救治和伤员后送任务。

1985年8月,第一批赴老山前线的代职见习小分队从石家庄出发了。十五人当中,有包括张国英在内的十一名队员来自女卫生兵方队,走下阅兵场不到一年的她们即将踏上真正的战场。在老山前线四个多月时间里,张国英和战友们冒着敌人炮火袭击的危险,先后救护伤病员一千二百六十六人,特护重伤员五十九人,接送伤员三百三十八人。接送伤员途中,为减轻伤员的痛苦,她们抱着战士的伤腿,在颠簸的汽车上持续五个多小时保持跪姿,膝盖磨得血肉模糊。

第二批参战的十一名女学员中仍不乏受阅队员,这一年,刘宝权也去了前线。1986年10月,在著名的"10·14"拔点战前夕,他见到了一个似曾相识的身影。

"谢秋娜?"

正忙于战前救护准备的白衣护士猛然转身,看到的竟然是昔日训练场上的战友。眼前人瘦骨嶙峋,胡子拉碴,一身军装破破烂烂,丝毫没了仪仗兵的翩翩风度,秋娜鼻子一酸,不禁落下泪来。

"我知道你和常文锦是好朋友,请替我向她转告一声对不

1986年谢秋娜在老山（谢秋娜供图）

起。"临别前，刘宝权提起了常文锦，他还惦记着当年的那场不愉快，"其实我……"

"嗐，不都是为了那个共同的目标吗？"谢秋娜挤出一丝笑，装作无所谓的样子，不远处又传来了炮声，她压低了音量，"你怎么还记到现在？在常子那儿这事儿早过去了。"

"真的吗？"刘宝权睁大眼睛，一脸认真地追问道，"她没有再记恨我？"

谢秋娜点点头，笃定地看着他。

"那就好，那就好。"刘宝权垂下眼帘，突然意识到自己衣着窘迫，有些不好意思地后退两步，默默返回了猫耳洞。

1987年3月，李淑君正在北京军区二五七医院实习，得知医院要抽调医护人员组建野战医疗队赴老山前线参战，她很快便递交了请战书。怀着1984年阅兵未曾消退的激情和光荣梦想，李淑君上到了离敌人据点仅九公里的战地医疗所，昼夜置身于炮声隆隆与硝烟弥漫中。战争的残酷令救护工作显得异常艰难，面对战伤的触目惊心，前方不断传来战友牺牲的噩耗，李淑君拼命压制住巨大的悲恸与震撼，她强迫自己什么都不要想，心中只留一个念头：尽最大的努力让战友活下来，尽最大的可能为他们减轻伤痛。

　　许多战士受伤后生活不能自理，大小便成了难题。每次查房到床前，只要发现战士表情痛苦、欲言又止，李淑君就知道他们需要上厕所了。

　　"没关系，我来帮你。"李淑君微笑道。

　　帮助重伤员解大小便，对一个年轻姑娘来说实在难为情，可李淑君从不退缩。有位姓王的排长在战斗中被炸伤右臂、炸断左腿，在救治过程中始终没有掉泪，却因为李淑君的帮助哭得像个孩子。伤情稳定后，王排长需转至后方医院，临走前他将自己在前沿阵地拍摄的照片制作成贺卡赠予李淑君。在这张被珍藏至今的照片背面，王排长用受伤的手写下了一行歪歪扭扭的字：送给军中白衣天使。

　　第三支小分队是8月出发的，李淑君听到这个消息已经10月份了，直至离开前线，她始终未能与白校的姐妹们谋面。根据部队保障需求，小分队二十一位女兵分别赴曼棒洞七九师医院点、坪寨点、八〇师医院点、老山脚下第一野战医疗所、落水洞第二野战医疗所、七九师宣传队及七九师十姐妹战地救护队以及八〇师橄榄枝女子救护队。根据战场任务需要，领队傅

1987年董旭（右三）在前线（董旭供图）

1987年董旭在老山主峰（董旭供图）

雅慧每天奔赴于各战点间，时常路经越军的炮火封锁线。

"一定要跟着脚印走，否则就有可能踩到地雷。"在前沿阵地，带路的排长告诉她。

这一年，董旭在前线坐了无数趟救护车，写了无数封信。许多伤员需要从战地转运至停机坪，再由直升机送往昆明。有一种德国进口的救护车，因为密闭性太好，舱内压抑，加之盘山公路长时间颠簸，很多卫生员都晕车严重。幸而董旭不怕，随车转运伤员的任务几乎被她一人揽下。因为负伤写信不方便的战士也大有人在，可有的信似乎非写不可。董旭便经常利用业余时间帮大家写信，问候家乡的父母，向远方的女朋友倾诉相思之情。有一名战士已经大半年没有收到女朋友的回信了，特别担心对方嫌弃自己有伤在身而萌生退意，董旭大笔一挥，洋洋洒洒写满八页，详细描述了他英勇负伤的经过，大赞保家卫国的光荣使命，结果很快就有了回音，将一场险些告吹的恋情挽救了下来。之后，找她给女朋友写信的战士越来越多，董旭的情书也就越写越多，大家都叫她"情书大王"。

学兵的逆袭

"看似寻常最奇崛，成如容易却艰辛。"北宋诗人王安石的诗句或许最能表达军姿训练的内涵。为了展示中国女兵的英武、靓丽和秀美，方队决定对队员进行从头到脚的精雕细刻，由内而外地塑造身心。张瑛、王国娟、王嫦娟等一众资深阅兵人针对女兵生理和体能特点制定了一套科学训练方案，细化了单兵动作，自制了"排面标齐限制杆""角度测量仪"等训练辅助器材，旨在全方位塑造出女兵自然、自豪、自信的体态与神韵。

方法最终用于实践，训练中少不了要拿活生生的范例去辅助冷冰冰的理论口号。军姿练习中，三中队有一个女兵引起了王嫦婵的注意。

"我们来看看今天谁站得比较好呀？谁的精气神比较足哇？"语气温和、作风凌厉、刚柔并济是王嫦婵一贯的训练方式。检查军姿的时候，她会同队员逐个对正，一眼便能识出破绽。

"头歪了！向右偏些！"

"左肩再低一点儿！"

"挺胸！肚子收回去！"

"不错，这个姑娘眼神好！"走到一名瘦瘦小小的女兵面前，王嫦婵突然眼前一亮，"嗯，身体向上拔的劲儿也很足！"

初期训练（曾婷供图）

说的就是曾婷。接连三天，曾婷不仅受到了中队长的夸赞，还得到了从三十八军野战部队借调过来当总教练的郭炳营参谋长的高度认可，参谋长专门把曾婷叫到整个队伍前面去做示范。一向严苛的张瑛也不由得点点头：有气势，有一股昂扬向上的劲头！再定睛一看，这不就是那天扶我去门诊部的小丫头吗？果然聪慧又机敏。

队伍里一些学员不服气了，个子不高，又是个学兵，军姿究竟能好到哪里去？谁不知道这几年学兵不服管，还把学校里搅得一团乱。本来清净整洁的校园，学兵一来就拥挤不堪，时常还传出些小道消息，某个队的学兵又打架啦，某个胆肥的家伙企图翻墙逃跑云云。学兵确实不让人省心，加之校本部的宿舍食堂容量有限，学兵在校期间，宿舍吃紧，食堂里还得分批次开饭，幸而2016年后白校扩建，新增了两个占地面积颇为可观的校区，学兵从此有了单门独院。彼时，管理经验也有了，本部的营房紧张也缓和了，学员们又开始眼红，学兵的待遇未免太好了吧？

不过话又说回来，曾婷的确将新兵那种青春昂扬、劲头十足的精气神展现得淋漓尽致，大家仿佛看到了那个曾经穿着崭新军装的自己，看到了曾经拥有过的兵之初的那份踌躇满志。

"哎，你怎么能站这么好哇？站那么久也不晕有什么诀窍？"时间长了，一个个被曾婷尊为"班长"的老学员也忍不住"不耻下问"一番。

"嘿嘿，都是新兵连班长教的。"曾婷大大方方地说，"不能整个脚掌着地，稍微跷起脚后跟，对了，五趾要抓地。"

"还有就是，穿裤子的时候要是站累了，膝盖可以稍微弯一会儿。"小学兵有些调皮地笑道，"反正也看不出来，是吧？"

老班长们听罢大为失望，都是些众所周知的小伎俩，没什么特别的。曾婷也很困惑，站军姿怎么会晕呢？不就是那么站着吗？实际上，这是年龄因素导致的问题，根据王俊光多年研究的结论，阅兵训练最佳年龄在二十岁到二十二岁之间，这个年龄段无论从心智还是体能、精力等诸多方面都能很好地适应训练强度，呈现出最为优质的训练效果。

天气逐渐热了起来，王嫦婵发现曾婷也特别爱出汗。大颗

曾婷（曾婷供图）

大颗的汗珠子顺着脸颊淌成了小河，再经由发梢滴答到地上，太阳底下五分钟不到，后背就跟被水浇过一样，一如当年的自己。从此更添了几分亲近，对曾婷就像对待女儿一般，越发喜爱。

其实，确定队员名单那天，曾婷险些错过。当晚有护基操作，作为课代表的曾婷要将物品清点妥当之后才能离开。回到宿舍一个人都没有，曾婷有些纳闷，她脱下战靴，给自己泡了杯牛奶，正准备休息一下，从水房回来的战友见了她，满脸惊讶："你还不去吗？她们早走了！"

"去哪儿？"曾婷舔了舔嘴边沾的奶泡，莫名其妙地问，"谁走了？"

"前一阵不是选了队列小标兵嘛，还让你们练过几次！刚才通知下楼集合！"战友看她不急，自己反倒着急了起来，"赶紧吧！穿常服！"

曾婷一听，赶紧换下迷彩，噔噔噔地跑了出去。操场上站满了人，横路纵路都有，她只得高喊一声报告，也不知道该补到哪个位置。

"怎么又蹦出来一个小姑娘？"马国旺皱着眉头问。

"报告！我们刚上完操作。"

王嬗婵正准备跟方队长解释，没想到小姑娘胆子挺大，自己抢先说了。

"先入列吧！"马国旺看了看这个声音脆生生的年轻女孩儿，指着面前的两排横路。曾婷赶紧入列，看来之前的"传言"是真的，阅兵有好消息了。方队干部频繁地交头接耳，队员们在横路纵路之间来回调整着，不时地有人出列、入列。

"咱们这是选上了还是没选上啊？"曾婷偷偷问旁边的战友。

"看样子是没有。"

曾婷心想尽力就好，深吸一口气，努力站端正了，一副自信从容的俏模样。渐渐地，纵路上的女兵表情越来越凝重，宣布她们解散的时候，有一个长得特别漂亮的学姐还哭了。曾婷对她有印象，是学校军乐队吹小号的。留下来的横路被重新整队，曾婷惊喜地在队伍里看到了梅教员。刚才还在她的课堂上，现在竟然和她站在了同一支队伍里。一瞬间豁然开朗，那种感觉有如太阳拨开云层，将一块芳草地照得透亮。

临近8月，小标兵曾婷突然状况不断。起先是晕倒，没有任何先兆就眼前一黑，看不见也听不见了。接连晕了三四次，王嬗婵急了："你这样可不行，再晕一次，就只能当预备了。"8月初的一天，郭总突然把所有人都集合到楼前，整队之后，又把曾婷叫了出来。众人心想，难道又要让这个小学兵做示范？结果只猜对了一半，郭炳营这回是要拿她当反面教材。

"你们看，这个小姑娘的头发，要是一个月之内长不长，她就不用参加了，可以回家耕田了。"

队伍里传来阵阵笑声。曾婷又窘又羞，低着头，眼泪吧嗒吧嗒地掉。队伍解散后，她独自坐在楼前的台阶上哭得稀里哗啦，

梅月圆（梅月圆供图）

努力了那么久，到头来竟是因为头发短没法上场。曾婷越哭越伤心，王嫦婵拍着肩膀安抚了半天，依然止不住。

"您赶紧去哄哄吧，跟一个小姑娘说话怎么那么狠？"解铃还须系铃人，王队长把郭总请了出来。

"怎么哄？我也不会啊！"在野战部队训惯了男兵的郭参谋长犯了难，在他的意识里，自己并没有说啥过分的话，"别哭了啊，不就说了你两句吗？谁让你剪那么短，错了就是错了！"

不劝还好，这一劝曾婷哭得更凶了。

"都是您说的，得剪短点儿，我就是听了您的话才剪成这样的！"

原来，八一建军节那天理发师傅上门服务，郭总教练顺嘴说了句让大家理短一些，既凉快又方便。曾婷和几名学兵小姐妹听罢冲到了最前面，表现特别积极，按新兵标准，三下五除二，全推成了男式，回宿舍路上正好碰到八一厂的顾问来村里研究造型方案，对方惊得连退几步。

"怎么理那么短！"

三个中队长闻讯赶紧跑去制止理发师，幸好学员队员们珍惜秀发，还照着在校时检查军容风纪的标准理的。

在 1984 年 10 月 1 日天安门受阅现场的实况录像中，女兵口号婉转又嘹亮，走出了排山倒海之势，今日再看，震撼感仍然不减当年。大家都说，女卫生兵方队之所以成为一个时代的经典，除了队员的优异表现，负责摄影的八一电影制片厂也功不可没。当年的艺术家们动用了拍电影的手法，将一幕幕珍贵场景以最佳视角留到了今天。白求恩医疗方队的女兵主要以静态展示，发型设计、衣服定型、面部表情自然成了重点打造的要素，为此，方队专门聘请了八一电影制片厂的专家参与研究设计。

　　除了抓训练，预案也是方队工作的重点。正式上场那天如果有队员晕倒，预备队员如何快速顶替，如果车辆出现意外故障，一整车的承载员是没有时间转移的，只能进行整车替换。装备方队的这种特殊性，不仅要求陆海空各有一辆备用车，还必须在每个军种的备用车上整车满载预备队员。为此，进京前淘汰的队员被再次召回，曾婷又见到了那个哭鼻子的漂亮学姐，拽着背囊，一脸兴奋地跳下车来。

从素描到油画，从油画到水墨丹青

　　2012年，史明艳参加部队考学，选择了自己喜欢的医学专业，来到了以白求恩名字命名的士官学校，成为一名白校学员。按照惯例，新生第一课开设在校史馆，解说员带着大家一边参观一边讲述白求恩的故事。

　　1938年1月，亨利·诺尔曼·白求恩受加拿大共产党和美国共产党的派遣，登上了前往中国的轮船。在轮船上，他给亲友写下了离开祖国后的第一封信，信中写道："我拒绝生活在一个制造屠杀和腐败的世界里而不起来加以反抗，我拒绝以默

史明艳油画《白求恩》（史明艳供图）

认和忽视职责的方式来容忍那些贪得无厌的人向其他人们发动的战争。我现在到中国去，因为那里是最迫切需要我的地方。"

抵达晋察冀边区后，白求恩立即奔赴战地后方，夜以继日地救治伤病员。1939年2月，白求恩率领"东征医疗队"随同八路军一二〇师来到了斗争更为艰苦的冀中平原，在河间的齐会战斗中，白求恩在距离战场只有七里之遥的简陋手术室里连续工作了六十九个小时，施行手术一百一十五例，占医疗队在冀中半年时间里全部手术的三分之一。他为晋察冀边区医务救护力量的匮乏而深感担忧，萌发出创办卫生学校培训医护人员的想法。

经过艰难的筹建和前期准备，1939年9月18日，白校前身——晋察冀军区卫生学校在河北唐县牛眼沟村正式成立。白求恩婉拒了聂荣臻让他担任校长的提议，而是以顾问身份提供医学技术的支持，他要把主要精力放在前线抢救上。在硝烟弥漫的抗日战场，学校师生游击作战、行军办学，将学校建在马背上，是白求恩眼中"永不离开的医疗队"。

"医学书籍和小闹钟给卫生学校。每年要买二百五十磅奎宁和三百磅铁剂，用来治疗疟疾患者和贫血病患者……最近两年，是我平生最愉快、最有意义的日子。在这里，我还有很多话要对同志们说，可我不能再写下去了。让我把千百倍的谢忱送给你和千百万亲爱的同志们。"

读完白求恩的遗嘱，史明艳已是泪流满面。

白求恩牺牲后，毛泽东同志发表了著名文章《纪念白求恩》，号召学习白求恩同志的国际主义精神和毫不利己、专门利人、对工作极端负责任、对同志对人民极端热忱、对技术精益求精的革命精神。为了纪念他，晋察冀军区卫生学校更名为白求恩学校。

开学不久，史明艳就在队里出了名。历届新生最头痛的就是解剖课，各种器官、组织、神经、血管，背得头晕眼花，为了加深印象，从小习画的史明艳索性把人体所有的器官组织都用素描画了出来，原本枯燥的医学图片摇身变成了精妙绝伦的艺术品。这种做法，听说前几届也有学长试过，但史明艳的笔触更为精致细腻。

适应了白校的新环境后，史明艳就开始准备油画工具了，同屋的姐妹这才明白她几个月不买零食不外出的原因，原来是攒着津贴干大事。开学第一天，她就下定决心要画白求恩。白求恩的名字在中国太响亮了，想要画好这样一位深入人心的著名人物，就连名家都不会轻易动手，其难度可想而知。

史明艳与其画作（史明艳供图）

"我来边区不久，就与聂司令员商量办一所卫生学校，培养卫生技术人才，今天实现了！"

"我是来工作的，不是来休息的。你们不要把我当成古董，要把我当成一挺机关枪使用！"

"我是来支援中国民族解放的，我要金钱做什么？要图吃得好、穿得好，我就不来中国了！"

……

画秃了多少支画笔，牺牲了多少休息时间，史明艳自己也无法统计。可队里的战友都知道，业余时间想找史明艳，只消在楼道里喊一嗓子，她准能满手油彩地从中队库房探出身来。实习前，史明艳在学校办了一场画展，她用两年时间创作了八十九幅油画，勾画出了白求恩的一生，整个校园都为之轰动。一位收藏家出价八万想买下其中四幅佳作，史明艳拒绝了，却将其中三幅无偿赠予加拿大白求恩纪念馆：谨以此缅怀为中华民族独立而献出生命的白求恩。而最满意的那一幅和剩余画作，史明艳全部留给了母校。

当"胜利日大阅兵"集结号吹响,正在医院实习的史明艳第一时间写申请加入了方队。进村后,为了激励队员,方队从校史馆借出了史明艳的部分画作,摆放在门厅。身为油画作者本人,史明艳在训练场上也践行着精益求精的白求恩精神。咬筷子、顶瓶子、悬脚跟……别人练二十分钟,她就练三十分钟。

之前素描人体器官、油画白求恩一生都令人意外且惊艳,训练期间的史明艳又萌生出了用画作来记录当下的想法。最初触动她的是同屋一位患甲沟炎的女孩儿,为了不耽误训练,就用剪刀给战靴开了个"小窗"。俱乐部里没有油画工具,只有毛笔和墨汁,史明艳尝试着创作了一幅水墨画。

画面上,两只磨损得"饱经风霜"的战靴之间卡着特制的六十度定位辅助工具,左脚脚趾却有些俏皮地露在了外面,展现踢腿训练艰苦的同时还表达了女兵的倔强,既严肃又活泼,效果居然还不错。史明艳也从中发现了妙处,层层叠叠的油画绘制过程非常复杂,等颜料彻底干透前后需要一两个月,训练期间少得可怜的休息时间甚至来不及作画前准备,而水墨画则不同,它是即兴的,灵感忽至无须等待,可以快速记录下某个精彩瞬间和当下的心情。史明艳开心地决定,要以水墨方式为姐妹们留下一份特殊纪念。

史明艳邻位的战友叫王梦微,一次训练间隙睡着了,这个场景也被她记录了下来,取名为《梦》——头戴凯夫拉的秀丽女兵靠着栏杆睡得香甜,威武的钢枪仍紧握手中。《靓》的主角是"眼神标兵"魏来,清澈的眸子里散发出令人震撼的坚毅与冷静,大家一致认为她最能够代表中国女兵的风采。不过,画给李小霞的那一幅,小霞本人却不甚满意。在校时,同队同班的李小霞就一直央求史明艳给她画一幅油画,要有蒙娜丽莎的优雅。这回史大画家好不容易肯动笔了,却将她画得又黑又壮,李小霞抱怨了半天,一边噘着嘴一边小心翼翼地把"自己"收起来放好。几个月下来,原本瘦小白净的霞美女晒成了"非洲人",体重增加了十来斤。

在一幅排面群写的作品中,位于排头的是赵唯,排二是张弘扬,韩小茜排在第三,接着是宋秋爽、王梦微,而第六名则是史明艳自己。那天,从小习画的史明艳突然意识到,画了无数物景,也画过了各式各样的人,却从未画过自己。仔细想想,画自己的确是一件非常困难的事情。画笔在纸上悬停了片刻,史明艳模糊了第六名女兵的面容,让她与背景融为了一体。

7月中旬的一天,队员李晨曦到卫生所拿药,意外遇到了治疗中的队长张瑛,病历上写着"膝伤复发,关节积液",李晨曦顿时明白了,为什么每次解散队长总是最后一个上楼。张瑛要强,不愿让大家看到自己拖着腿一步三挪的病态,总觉得会对女兵的训练造成负面影响。

一中队区队长李枫为练就不眨眼的硬功夫,盯着太阳看,迎着灯光练,结果患上了结膜炎,两只眼睛布满血丝,像只小兔子,无法继续参加训练。张瑛找她谈心,批评了她不讲科学、冒昧从事,又提起1999年自己患上严重眼疾,独自在宿舍闭眼训练的往事。

"不放弃就还有希望。"

进村后,张瑛一直靠药物稳定血压,对家中孩子的愧疚却与日俱增。2009年,她执行阅兵任务错过了孩子小学开学第一天,2015年孩子小学毕业,她又错过了毕业典礼。教导员李海亮找张瑛谈工作,正好撞见她在抹眼泪。

那天,孩子班主任在电话里毫不客气地质问,孩子毕业这么重要的日子，为什么一个家长也不到场？张瑛没有解释，只是不停地说对不起。那段时间，孩子爸爸贾红彬也在执行重要任务，离家已经二十多天了。母亲发来短信，让她不用惦记家里，一切都好，孩子也听话，就是每晚都要抱着她的睡衣，说喜欢闻着妈妈的味道入睡。

对于大队长张瑛的威名史明艳早就有所耳闻，进入方队后才有了真实的接触和了解，如何刻画这样一位多次参阅的"大人物"，如何将一个传说还原为有血有肉的人？思考了很久之后，她为张瑛画了一幅《背影》。

后期正值酷暑，地表经常超过五十摄氏度，车上脚踏的铁板最高温度达六十三摄氏度，队员湿透的衣服能拧出半杯水。训练已如此艰辛，点评时三个中队干部往往还会"恶语相向"。张瑛最爱说，慈不掌兵。根据以往阅兵经验，队员们在冲刺阶段，特别容易自我感觉良好，必须适时注射"强心针"，让她们绷紧心中的弦。

女将校领队

"向右看——"随着一声气贯长虹的口令，转头、敬礼一气呵成，在 8 月上旬的一次合练中，白求恩医疗方队的田鸥、田书娟、张媛、崔澂四位女领队配合默契，端庄自信的气质、英姿挺拔的形象征服了在场所有人员，引得阅兵联指首长连连夸奖。

直到 7 月中旬，领队方案才最终确定，距离胜利日大阅兵只剩不到两个月的时间。领命前来方队报到的四名女军官年龄偏大，体能较弱，再加上时值酷暑，持续的高温天气，要在如此"糟糕"的情形下练至阅兵标准，任谁听来都像是不可能完成的任务。

一位将军、两位大校、一位上校，都是来自后勤战线的学者和专家，其中两名为博士，两名为硕士。如此高规格的阵容令负责训练她们的教练员杨丹压力大如山。实际上，阅兵训练场上官兵平等，无论博士硕士都是战士，无论老兵新兵都是普通一兵，一切都得拿动作说话。在杨丹眼里，四位首长问的问题多、流的汗水多、想的招法也多。

"头不正、脖不挺、眼睛无神、重心不稳……口令不响、时机不准、摆头不稳、手型不对……"训练第一天，田鸥就被揪出了"清单式"的一堆毛病。

"这样为什么不对？"

"还有没有更好的办法？"

面对田将军一连串的反问，时不时还蹦出些晦涩难懂的医学专业名词，杨丹真有些招架不住了。田鸥又以严谨的科研态度，搬出了大部头医学书籍，运用解剖学、神经学等理论对训练动作进行了庖丁解牛式的剖析，自创了许多新练法。

田鸥来自解放军总医院，早已养成和言细语的职业习惯，而作为第一领队，她必须以高亢响亮的嗓音喊出"向右看"，队员们才能在受阅现场嘈杂的环境中准确地接收口令，确保方队令行禁止、整齐划一。这对她来说是个不小的挑战。

一声接一声，一天又一天，田鸥练习了上千遍，每天要喝掉四五升水。为了达到最佳效果，她还把历届女兵方队的领队口令录下来，反复听，反复揣摩。

田鸥的宿舍位于方队办公楼二楼，不足十平方米的房间里陈设简单，除了一床棱角分明的军被，最抢眼的就是带有两面小耳镜的军容镜。凡是被教练纠过的错,她都会详细记在本上,回到宿舍后对着镜子反复练,反复改,几近痴迷。训练之初,田鸥敬礼时总是弯手腕,多次纠正也不得要领。她急了,想办法找来铁丝和木头做了个夹板,天天戴着"刑具"练。有一次半夜醒来,怎么也睡不着了,干脆爬起来又站了半小时军姿。

在女兵心里,凤毛麟角的女将军高不可攀,威严中还带着一丝神秘,训练场上没有人敢主动上去和田鸥打招呼。没想到训练之余,田鸥竟主动跑去队员宿舍,找年轻的队友们聊天。

"怎么样,想家了?"

"你这腿肿得有些异样,我帮你联系一位主任,明天去我们医院看看……"

如此平易近人、没有一点儿官架子的女将军,时不时还会给大家带些新鲜水果,女兵们也就不再拘谨,熟识之后,都乐于与将军队友畅谈心事。在田鸥看来,和孩子们聊聊天,分享一些训练感受,不仅有助于她们坚定完成任务的信心和决心,自己似乎也从中重获了青春活力,再美好不过了。

不为人知的是,因常年工作劳累,田鸥患有严重的神经性耳鸣,每次从训练场回来,第一件事就是到卫生所输液,接受治疗。

"阅兵训练,其难度绝不亚于搞科研获大奖。"同为博士的崔澂和田书娟在各自领域都硕果累累,获奖无数,虽研究方向不同,训练体会却是惊人的一致。张媛曾是1984年女卫生兵方队队员,时隔三十一年再次披挂上阵,感受又另有不同。

当年的张媛差点儿就当了逃兵。1984年,二十二岁的白校女学员张媛顺利入选方队,兴奋与喜悦很快就被超乎想象的艰苦训练冲淡了。那个冬天,寒风夹着雨雪像刀子一样划在脸上,汗水湿透了棉袄和内衣,双脚磨出的血泡破了好,好了又破,张嫄不禁打起了退堂鼓。同为军人的父亲接连收到了三封女儿的哭诉信后,在长达十三页的回信里,父亲像朋友一样将自己的从军故事娓娓道来,有张嫄从未听闻的危急关头,也有平淡又非凡的军旅日常,结尾八个字尤为醒目——军人心中,祖国至上。企图"逃跑"的年轻女孩儿一口气读完,心中充满了自责与羞愧。

三十多年军旅生涯,无论身在何处,张嫄都立如标枪,举手投足间无不透露出自信与典雅,尤其是眼神中那股英气,让每个见过她的人都难以忘记。是阅兵改变了她,经过严峻的训练考验后,她的人生标准远远高出了常人,再也没有什么困难让她畏惧过。在白校,张嫄是出了名的铁娘子,工作上的拼劲让男同志都自叹弗如。作为全军卫生员训练办公室主任,工作有多忙,她的女儿体会最深。学校的同事时常在食堂里碰到张嫄的女儿,漂亮高挑的女孩儿独坐一隅。

"你妈妈呢?"认识她的人问。

"应该又在加班吧,我想见她都得预约。"

有一次张嫄加班到深夜,骑车回家途中摔伤了右腿,竟然自己推着车去了医院,把急诊护士都惊呆了。第二天,她又一瘸一拐地继续上班。女儿既心疼又怨恨,直到后来她自己也考上军校成为一名军人,才渐渐理解了母亲。

队员小李一度厌训,训练时经常心不在焉,张嫄发现后,主动找她聊天,给她翻看自己曾经受阅的老照片,讲自己的阅兵经历。当小李得知,张嫄这次接到参阅通知时父亲尚躺在医院ICU,却二话不说从老家直飞北京,震惊之情难以言表。后来,小李在张嫄的陪同下积极接受心理师的辅导,成为方队刻苦训练的标兵。

女将校领队的加入，令许多女兵振奋不已，对军旅荣誉的向往也达到了前所未有的高度，有限的立功名额让一些队员陷入了烦恼。1999年，为了振奋士气，方队在进村前就表彰了一批表现突出的队员，张瑛是方队第一个立三等功的。进村后，又有了二等功名额，每个中队一个，领队有一个。中队还想报张瑛，张瑛却主动让出了名额。

"给另一名领队吧，两名领队都很努力。"

此举令张国英大为震惊，在她看来，相比两名领队，无论辛苦程度还是付出的牺牲，张瑛都有过之而无不及。

"难分伯仲，其实是角度不同，有多少人拼了命地努力最后连场都上不了。"

劝慰一个错失立功机会的女兵时，张媛再次"借古喻今"，似乎有说不完的阅兵故事。

太阳照常升起

2015年9月3日，白校师生齐聚白求恩礼堂，全程观看纪念中国人民抗日战争暨世界反法西斯战争胜利七十周年阅兵的实况直播。在铁甲雄师、国之利器之后，四名将校女领队带领着三百三十名乘载于新型高机动急救车和中型运输车上的女兵压轴出场，她们代表医疗战线上的全体女兵，接受了党和人民的检阅，并且向世人宣告——战争，女人从未走开。

当白求恩医疗方队驶过天安门时，位于广场南侧的解放军联合军乐团里，一名演奏苏萨风的女兵眼中涌出了泪水。她叫余珍珍，和方队里所有队员一样，也来自白求恩医务士官学校。

白校有女子军乐队的传统，一届又一届的女学员以老带新，代代相传，已持续了将近三十年，乐队多次参加军地各类演出，被誉为"军乐之花"。因为是一支业余队伍，演奏员单独拉出来并不出色，但是整体呈现出的效果却令人惊叹，在军内也算小有名气。2012 年，济南军区空军的通信兵余珍珍考入了白校护理专业，开学没几天就被选进了军乐队吹大号。余珍珍老家江西，却拥有一米七五的高挑个子，再配上深眼窝与高鼻梁，俨然一位亭亭玉立的新疆姑娘。初进军乐队，珍珍并不十分乐意，过去的人生中，她对音乐和乐器都没有太大的兴趣，加之吹大号又是一件苦差事。一个单音"发"练了整整一个星期，才终于吹响了，音准还不够，可嘴唇已经破了，还有些发炎。听说，乐队每两年更新一批，学一年，演一年，毕业之后或许再也没机会上台，学这个大号有什么意义？

　　令珍珍有所改观的是那场新老交接音乐会，二〇一〇级的学姐在台上最后一次演出，即将接任的新队员们坐在台下静静观赏。除此之外并没有别的观众，偌大的礼堂显得空荡荡。铜质号管随着旋律摇摆，在舞台灯的映照下闪耀着夺目的光芒，一瞬间，有种难以言状的东西击中了珍珍，从那天起，她似乎认同了自己作为大号乐手的身份。

　　乐器的修炼需要持之以恒，每天下午第七、八节课和晚自习时间珍珍都泡在礼堂练习，耳朵里长期充斥的都是不成调的音阶，本该休息的周六日也得拿出整整八个小时奉献给大号。而每两个月才能轮到一次的外出对珍珍而言跟打仗没什么区别，别人八点半就出门了，她要练到 10 点之后才能离开，出去匆匆忙忙吃顿饭，然后超市里快速转一圈就得往回返，因为 15 点还要准时集合排练。

2014年夏天，珍珍前往潍坊八十九医院实习，同去的还有两名队友，年底，三个女孩儿都接到了返校通知。学校举办中加论坛，嘉宾席上坐满了总后领导和军内学者，还有许多来自白求恩故乡的加拿大友人。台上执大号的珍珍满心感慨，两年时光如白驹过隙，尽管大部分课余时间都泡在乐队里，实际上除了八一会演和元旦晚会，乐队展示的机会并不多，眼下这次也许就是最高规格了。回到实习点之后，护理部主任找珍珍谈话，希望她毕业之后能留在医院。不久，三个女孩儿再次接到了返校通知，有小道消息称，解放军军乐团的老师来了。要求每个人单独演奏，珍珍吹了自己最喜欢的《好日子》，实际上这个曲子对她来说难度很大，果然，吹到一半卡住了，乐团老师耐心地示意她再来一遍，结果还是在同一个地方出了错。

"没事儿，别紧张，再来一遍。"

珍珍有些惊讶，稍作调整，凝神定气后又吹了一遍。从礼堂出来，珍珍心情十分复杂，尽管第三遍也不理想，但她从老师眼神中读出了认可，珍珍有种预感，自己会被选上。事情已经明了，这次选人是为了一个重大活动，是一项光荣的任务，但是无法按时毕业。珍珍担心会因此错失八十九医院的工作机会，热爱护理专业并打算以此为事业的她已经不适合回原单位继续当话务员了。

六十四人编制的女子军乐队最终有十人入选，珍珍不仅选上了，还被指派为这支小分队的班长，负责日常管理，定期向学校汇报工作。巧的是潍坊实习的三名队员都名列其中，一个大号，一个长号，一个小号。三个人一起收拾行李再次返校，珍珍知道，一时半会儿是回不了医院了，日子似乎又回归到了过去。

在西安接受初训期间，恰逢护士资格考试。珍珍白天训练晚上复习，忙得不亦乐乎。营区安排三人一间宿舍，三三得九，多出一个人来。在外地培训，谁都更愿意和熟悉的人同住，身为班长的珍珍主动搬进了一个陌生的房间，一问才知道，其他两人都是第四军医大学的大四学员。有了两位师姐的帮助，珍珍的复习顺利多了。考试前夕，听说学校组建了方队，不少同学都参加了，有几名队友十分纠结，都知道学校有组建女兵方队的传统，如今赶上了却只能眼睁睁地看着。

"都别叹气啦，你们想想，在方队里通过天安门，顶多也就几分钟，军乐团可是安扎在天安门对面，咱们属于全程受阅。"珍珍倒是想得开。

2015年6月进村，在南口训练基地，余珍珍第一次见到了太阳号。大号分两种，一种是在白校用的抱号，太阳号为第二种。太阳号也叫苏萨风，在普通乐队演奏中并不常见，只有一些重要仪式上才会出现。它属于管乐中体量最大的乐器，演奏者必须站在最后一排，圆圆的大喇叭闪着金光，仿佛太阳一般，太阳号由此得名。

演奏时，太阳号需要盘在身上，每次乐器准备，珍珍都有一种"太阳升起"的感觉，这种仪式感总让她心明眼亮。作为大号演奏者，肺活量大是前提，关键还得会正确用气。训练中，珍珍得到了时任解放军军乐团副团长张海峰的悉心指导。

"熄灯以后不允许加班，必须保存体力，白天的时间已经充分利用了。物极必反，无论什么训练都必须讲科学。"

张海峰告诉她，正式上场那天，逾千人的解放军联合军乐团将始终坚守在天安门正对面，作为专业团体的解放军军乐团和海军军乐团位于队伍中部，收音器也主要铺设在中部，两侧非专业团体的演奏更多起到的是烘托作用。在四十位太阳号演奏者中,珍珍是唯一一名业余队员。

"那非专业的还有必要参加吗?"珍珍起初不明白。

"当然有必要。通过集训,让大家学会专业的演奏技巧,回去之后再分享给基层单位,培养业余队伍,让军乐的种子在

史明艳(左)与宋昕蔚(右)(宋昕蔚供图)

全军发芽、开花。"

正式上场的这一天终于到来,近千人组成的联合军乐团盛装亮相,余珍珍抱着她的"太阳"站在队伍最后一排,不时地向西侧张望,期待着那支由自己熟识的校友组成的队伍。根据统一部署,白求恩医疗方队凌晨2点登车出发,抵达长安街后,女兵们被安排在附近的地下通道休整、吃早饭。

宋昕蔚就是在这个时候犯了糊涂。为了让自己能精力充沛,她强迫自己吃下了两个水煮蛋。阅兵式的站立开始了,宋昕蔚的胃里也开始泛起阵阵恶心,她感觉自己快要吐了。

"平时都吃一个,今天非逞能吃两个,简直愚蠢!"她在心里狠狠地骂自己,只可惜丝毫缓解不了胃里的翻腾。小宋一边保持军姿,一边努力遏制住那个绝不可以发生的状况。然而,热流已经涌上来了,怎么办?哪有时间想,宋昕蔚硬着头皮,果断将它们又吞了下去。这件又窘又惊险的事情,在阅兵结束之后,被她当作笑话讲给了几个好闺蜜,只可惜好闺蜜一个个嘴都不严实,让知悉范围扩大了许多。

之前八一节,学校领导来方队慰问,一人发了一箱水蜜桃,这可是宋昕蔚最爱吃的水果,一个下午,她就消灭了半箱,结果当晚突发阑尾炎,被紧急送往医院,医生的建议自然是手术。疼得直哼哼的宋昕蔚一听连连摆手:"死也不做!"做了手术铁定上不了场,王嫦婵也很着急,小宋是阅兵式队列里二排的排长,排面的口令都由她来下达,说起来也是个重要骨干。

鉴于受阅队员的特殊性,几个值班医生会诊之后同意了保守治疗。一个星期之后回到村里,宋昕蔚感觉整个世界都变了,自己的动作已经落下了太多,不用任何人解释,她也明白自己进不了排面了。教练员很委婉地对她说:"排长,你先单独练。"

值得庆幸的是，王嫦婵队长并没有放弃，对着军容镜前那个形单影只、万念俱灰的女兵悄悄说了句："我有办法。"

阅兵式终于结束了，来自宋昕蔚体内的那场危机也终于缓和下来。队员们兵分三路，其中二百四十名迅速登上了名为"胜虎"的中型运输车，作为我军最新型的第三代全时全驱越野车，胜虎具有六大自主创新技术，越野性和机动性都达到了国际先进水平。包括宋昕蔚在内的三十名队员身姿敏捷地钻入新型高机动急救车。曾婷一直关注的那位漂亮学姐则跟随备用车辆驶进了长安街北侧的小巷中，没有任何人希望车辆出现意外，而这六十名盛装待命的预备队员，正为那个微乎其微的可能性做着百分之百的准备。

所有人都静候着分列式的到来。

"总是从历史的回望中，我们才能更加看清历史为什么这样选择。在这场中国人民抗日战争中，中国共产党担当起挽救民族危亡的历史重任，始终是中国抗战的中流砥柱……"

在崔志刚和海霞激情飞扬的解说中，空中护旗方队、抗战老兵和抗日英雄子女乘车方队、抗战支前模范乘车方队陆续登场，紧接着是包括"狼牙山五壮士"英模部队方队和百团大战"白刃格斗英雄连"英模部队方队在内的十一支徒步方队以及十七支来自阿富汗、白俄罗斯、柬埔寨等国的外军方队和代表队。

二十七支装甲方阵震撼登场，向世人展示着我威武不可摧之铁甲雄师。滚滚铁流之后，三百三十四名"军中天使"英姿飒爽、靓丽豪迈地经过了天安门广场，成为地面部队的压轴亮点。红十字映衬着俏丽面容，单兵急救箱昭示着医者使命，白求恩医疗方队的女卫生兵以乘坐新型高机动急救车、中型运输车的全新形式，展示了我军卫勤力量"伴随保障、快速反应"的实战要求和能力。

"经历了战争的人们，更加懂得和平的宝贵。我们纪念中国人民抗日战争暨世界反法西斯战争胜利七十周年，就是要铭记历史、缅怀先烈、珍爱和平、开创未来。

"那场战争的战火遍及亚洲、欧洲、非洲、大洋洲，军队和民众伤亡超过一亿人，其中中国伤亡人数超过三千五百万，苏联死亡人数超过两千七百万。绝不让历史悲剧重演，是我们对当年为维护人类自由、正义、和平而牺牲的英灵，对惨遭屠杀的无辜亡灵的最好纪念。

"战争是一面镜子，能够让人更好认识和平的珍贵。今天，和平与发展已经成为时代主题，但世界仍很不太平，战争的达摩克利斯之剑依然悬在人类头上。我们要以史为鉴，坚定维护和平的决心。"

习近平主席在阅兵结束后发表了重要讲话，并向全世界宣告：中国将裁减军队员额三十万。预示着解放军新一轮军改即将拉开序幕。

白求恩医疗方队完美收官，接应车队也从石家庄白校出发了。一路上，负责头车任务的李士扬略微有点儿飘，政治部赵建桥主任疑惑地问："小李不是最稳的司机吗？今天怎么回事？"头车是车队第一辆车，得找技术好、反应快、经验丰富的司机担任，三十辆车里有大轿车，有军卡，车速车距全靠他整体把控。小李技术好没错，可是他实在有些压抑不住内心的激动，盼了一百多天，总算能见到日思夜想的梅老师了。

到了村里，李士扬颇费了些周折才寻见梅梅的身影。

"把行李放我车上吧，回去省得找了。"

按计划，所有人员的行李都统一放到军卡上，可想而知，回到学校后，几百件同款背囊找起来肯定不是个轻松活儿，李士扬的提议是个好主意，不过也有点儿"以权谋私"。梅梅笑了，听话地交出了自己的行军背囊，看着李士扬把它放进了头车猎豹的后备箱。

管亚新，我找了你三十年

2014年隆冬，通州法院的管亚新每天都忙得不可开交，在政治处副主任这个岗位上工作年头不短了，凡事无论大小仍然习惯亲力亲为，政治处事务烦琐，再麻烦再有难度的她都不怕，总有一股冲锋陷阵的劲头，但凡能争取的就一定要去试试。一个午后，管亚新铺开办公室里的行军床准备午睡，手机突然"丁零"一声响，战友群里有人在@管亚新。

"你好，你是那个管亚新吗？"

管亚新看了一眼对方的名字——红石头，腾地坐起身来，是石红！回复消息的手指开始不由自主地抖动。

"我就是那个管亚新！"

不久前，一位山西战友把管亚新拉进了一个微信群，他说里面都是北京军区1983年年底入伍的那批老兵。1983年，两个素不相识的北京姑娘在军营里相遇，共同度过了三个月有苦亦有乐的新兵时光。她们一起参加训练，一起喂猪，一起不小心把蒸馒头的笼屉碰翻，然后一起挨训。新兵连结束，两人依依不舍，也许再见已是多年之后，年轻的女兵头一次品尝到离愁别绪的滋味。管亚新把自己珍藏的照片留给了石红。

"这是唯一的一张。"

她希望下次相聚时，石红还能拿出这张照片来。没想到，

管亚新（管亚新供图）

一个月之后两人就在女兵方队中重逢了，两个好朋友相视一笑，手拉着手，高兴得蹦起三尺高。颇具戏剧性的是，方队解散那天，石红断定这回只是短暂别离，她相信很快所有人都能收到军医学校的入学通知，到时候还能同窗三年！却不想这一别，整整别了三十年！

当那张邮票大小、剪着波浪花边的黑白照以电子图片的形式从石红这头传至管亚新那头，时空霎时从书信与自行车的岁月穿越到了数字跳动的网络时代。手机屏幕上那个目光清澈、笑容稚嫩的小女孩儿依然翘着羊角辫，歪着头，神采奕奕。

管亚新握着手机泪流满面。

与"组织"取得联系后，不久管亚新就收到了聚会邀请。

从通州赶往丰台，管亚新自然到得晚，一进屋，坐在正中间的老人倏地站起身，愣了两秒钟后，脱口而出——

"管亚新！我找了你三十年！"

"政委！"管亚新也认出了对方，是栗龙池政委！当年声如洪钟气宇轩昂的青年军官如今已白发苍苍。

有种难言的酸楚涌上心头，管亚新的眼泪夺眶而出，她三步并作两步奔到栗龙池面前，阔别已久的两人拥抱在了一起。

这个大大的拥抱让在场所有人都湿了眼眶。聚会前，石红和其他战友偷偷约好，先不告诉两人，看政委能不能认出管亚新，给他个惊喜。

"这么多年了，您还记得我？"

"怎么会不记得？当年我们的管亚新在方队表现多好啊！本来要给她火线入党的，可又有即将退伍的老兵需要照顾，名额有限。"栗龙池坐下来，拿手捂了捂泪眼，接着说，"我和一中队的教导员赵康平都有些为难，商量着先问问她本人的意见。"

这段往事大家并不知情，屋子里安静下来，齐刷刷地看着政委等下文。

"我说，火线入党我绝对不入！"管亚新破涕为笑，她想起来了，那是进村之后的事。

"这个傻姑娘啊，我当时还想，她要是坚持，名额就留给她！"栗龙池无限感慨地拍了拍桌子，这是老政委多年来的习惯动作，一说到重点就爱拍桌子。

"为什么不愿意？火线入党多光荣啊！"石红问。

"我还年轻嘛，以后有的是机会。"

当年战士队员们相继回白校报到，唯独没有管亚新。从战士到军官，这是许多女兵曾经可望而不可即的身份转换。上学机会难得，栗龙池不希望落下任何人。开学一周了，管亚新还是没有来，栗龙池以为是原单位不放人，直接把电话打到了野战医院政治部："你们为什么不让管亚新来上学？"对方说，管亚新因为家庭原因不去了。沟通几次未果，栗龙池又拜托出差的同事专门去野战医院"兴师问罪"。此事成了栗龙池的心结，后来他当了白校政委，再后来调到了北京工作，始终不忘打听管亚新的消息，阴差阳错间，竟怎么也联系不到。

栗政委感触良多："阅兵改造了你们，也改造了我自己。"

忆起阅兵往事，众人兴致勃勃，七嘴八舌地交谈起来。管亚新也聊起了自己最引以为豪的事情，当年为了提振士气，栗政委经常在全队面前口头嘉奖训练刻苦的队员，而管亚新是第一个受此殊荣的。她一直以为是正式荣誉，回到地方每次填履历都不忘加上这条。

"傻姑娘，口头嘉奖是不写进档案的！"

大家笑得前仰后合，管亚新有些怅然，激励自己大半辈子的荣誉竟是个乌龙。

1984年大阅兵结束后，管亚新回到山西侯马野战医院，又当回了卫生兵。不久便接到了军区后勤政治部的入学通知，管亚新欣喜若狂，火速给家里拍了电报——我要去军医学校上学了。谁知收到的却是不好的消息：母病速归。

管亚新连夜赶回北京，一进病房就看见妈妈两眼蒙着纱布歪在病床上，顿时两腿一软跪了下来。原来，管亚新的母亲不肯让她去上学，爱女心切，她担心孩子提干后会长期生活在外地，再也回不来了。对此父亲则持相反意见，认为好儿女应该志在四方，上学提干争取进步是光荣，当家长的应该大力支持，不能拖后腿。两人便争执起来，管妈妈急火攻心住进了医院。得知妈妈是犯了青光眼，并非失明，管亚新才放下心来。坐在床边沉思良久，她默默做了决定。

两年后，管亚新结束了军营生涯，退伍回到北京，工作分配在通州法院。她从打字员做起，日子便在噼里啪啦的按键声里飞逝，斗转星移，不断激起的火花中时常有炫目的东西闪耀。

"归队之后就不许再失踪了，这周六赶紧到团里报到！"

谢秋娜还是当年那副严肃认真的模样。

"什么团？"

"受阅女兵合唱团！"石红接过话来，"如今谢班长荣升团长了！"

尚处于筹划阶段的受阅女兵合唱团已经集结了近四十名在京的老队员，团长谢秋娜和政委陈娟制定了纪律严明的团规，一如当年公事公办的风采。2014年，年近半百的谢秋娜萌生出了用歌唱方式宣扬阅兵精神的想法。"三十年前飒爽英姿展青春豪气，半百已至红武时尚显高雅风韵"，一众姐妹积极响应。考虑到三〇一医院的战友时间紧张，排练场地选定在院内的一个小礼堂，还邀请了专业声乐老师指导，每周固定时间，从最基础的识谱、发声练起。团里有严格的请销假制度，连续三次请假，无论理由，一律取消演出资格。队员们都处在上有老下

受阅女兵合唱团（谢秋娜供图）

有小的年龄段，大部分尚未退休，难免因为各种事务耽搁了排练，进而被秋团长"拒之门外"。不少姐妹又开始抱怨谢秋娜的"左"，这么多年了没变过，始终那么较真，不讲情面。

  作为当年白校的风云人物，谢秋娜一直备受关注。1986年谢秋娜上前线时，大家都猜她和王滨的事儿指定成不了。且不论栗政委的反对，实际上大多数战友都认为他俩纯属两类人，并不看好这场恋爱。优秀骨干谢秋娜方方面面都无可挑剔，妥妥的正派。而又高又帅的王滨在众人眼中留长发，玩吉他，家境优越，是个有些吊儿郎当的公子哥，虽说成绩也不错，但在校园里仍算得上是"负面典型"。

  唯独谢秋娜不这么认为，王滨为人率真，家教优良，尤其是写得一手好字。字写得好的人差不到哪里去！几年后听闻两人的婚讯，栗政委还是有些担心。转眼毕业十周年，大家纷纷从各地赶回学校聚会，婚姻幸福的谢秋娜和王滨已经有了一个活泼可爱的小孩儿。酒过三巡，栗政委一手拉着谢秋娜一手拉着王滨，大声宣布："当年——我就看好你们！"

  由于中间那个间隔拉得特别长，众人难免紧张，莫非还要批评王滨？都说酒后吐真言，也闹不清政委究竟是从什么时候改变看法的。

  2017年，受阅女兵合唱团正式成立。彼时的合唱团已初具规模，演出机会逐渐增多，规格也越来越高，受央视邀请，先后参与了《大阅兵》《群英汇》《春节大拜年——走进东北抗联英雄部队》等节目的录制。为了更好地传承和延续，秋团长开始着手吸纳1999年和2009年女兵方队的在京队员，并且取得了石家庄方面的热烈响应。2018年，受阅女兵合唱团石家庄分舵成立，由王惠萍担任团长。

1984

1999

2009

2015

2019 女兵方队

集结！五百零二名女兵

2019年春节，史明艳带着男友张泮回老家过年。张泮来自中部战区某信息保障旅，两人经组织介绍，谈了一年多，计划2月14日情人节双方父母见面，举行一个简单的订婚仪式。张泮担心节假日车票紧张，提前半个月就订了票。2月7日大年初三，一家人起了个大早，赶着去邻村探望姥姥姥爷。半路上，史明艳接到了胡同江的电话。

"有个事儿，我不能告诉你，你就回答参不参加。"

"什么？"史明艳有点儿蒙，略作思索，猜测着可能是赴德国交流的事情，年前学校在士官教员中进行了选拔，"那个英语考试我没过，参加不了。"

"不是这个，另外一个。"因为保密，胡同江的电话也只能这样打。

"主任，又不知道是什么事我怎么回答？"史明艳刚迈进姥爷家的院子，许久不见，一家人都着急跟她聊天，"这事儿您给我做主！"

"你自己掂量，这两天收拾一下，最迟初五归队。"

史明艳心里咯噔一声，看来假期又要泡汤了。

2019年正月初三，陆军军医大学士官学校校办主任胡同江

史明艳（史明艳供图）

同志值班，这天他打了十几个"猜谜"电话。

  初四早上，梅月圆也接到了电话。收拾行李的时候，李士扬有些不乐意："你还没恢复好，能不去参加吗？"不久前梅月圆刚经历了小产，全家都很重视，一直在帮她调养身体，这个时候再去参加高强度的训练，实在让人难以接受。梅老师望着小李司机，不说话。

  "梅老师，你都参加过两次了，还有必要再去吃苦受罪吗？"李士扬提醒她，梅梅仍旧望着他不说话。她猜测学校考虑的是让她去当管理干部，就像张瑛大队长那样。参加过两次阅兵的梅梅心知肚明，方队中需要受阅经验丰富的管理者，不仅能成为年轻队员的精神榜样，还有许多实实在在的经验可以传授。毕竟，"吃苦耐劳，作风顽强"不是空喊几句口号就能实现的，需要基石，也需要支撑。梅月圆用沉默换来的结果是，李士扬决定写申请，随队保障，既然妻子执意要去，他就陪她一起去。方队保障组需要两名司机，正好有个空缺。

2019年2月4日，白校再次领命组建女兵方队。令人振奋的是，女兵们将首次以挂枪形式受阅。1月初被抽调进解放军联合军乐团的余珍珍有些哭笑不得，自己的阅兵梦恐怕只能再次以"全程受阅"的方式实现了。军乐团选人在先，被选走的学员大多身型条件优越，学校想方设法从军乐团"要"回了一些，补充到方队里，其间，方队也向珍珍伸出了橄榄枝。实际上要论身高相貌，珍珍明摆着是能站进一排面的选手。思来想去一个晚上，她最终还是决定留下来。作为一名老队员，珍珍已经有了大局观，自己留在乐团里，扮演的是一个大姐姐的角色，能管理，能辅助训练，更重要的是能对年轻队员起到一个榜样作用。如果自己这么离开了，不就意味着放弃和不坚持吗？这对于需要持之以恒的苦练方可胜任的演奏者来说是致命的。

"珍珍，你怎么没回来？"方队的战友周末打电话给她。

"我得给你们吹号啊。不吹响一点儿，你们怎么能走得好？"余珍珍乐呵呵地回答。

值得一提的是，在2019年大阅兵的联合军乐团中，白校有了更大程度的参与。为了突出节奏，便于徒步方队的队员踏乐，军乐团增加了军鼓的数量，编员一百二十人的女子军鼓队中有一百零八名是来自白校的女学员。2019年6月，王国娟和王昭英带队入驻训练基地，加入了联合军乐团的合练。

在十五个徒步方队中，组成最复杂、合成最曲折、管理最困难、情况最特殊的大概非女兵方队莫数，这是方队长刘振生、方队政委刘玉龙在受命2019年国庆大阅兵女兵方队抽组任务之初没有料到的。算起来，白校已是第五次抽组女兵方队了，多次受阅积累了大量宝贵经验，建校八十年以来，虽历经数次转隶和更名，"精益求精、极端负责"的白求恩精神和"精准胜于一切，英姿靓于一切，意志坚于一切，团队高于一切"的女兵方队精神始终是这所军校在风雨中砥砺前行的原动力，二者所具备的丰富内涵也为白校的发展壮大提供了具体而有效的指导。

中华人民共和国成立七十周年大阅兵是军改之后解放军首次大规模亮相，女兵方队的组成也在原先陆海空三军基础上增加了火箭军、战略支援部队和联勤保障部队，选拔出来的女兵来自各军兵种作战部队的不同战位，不仅身型条件好，能力素质各方面也表现优异。棘手的问题在于，方队在白校本部正式集结时，人员数量已经超标。

战支某基地助理工程师胡扬凡同志重返方队。十年前，身高一米七五的胡扬凡入选三军女兵方队，岂料训练几个月之后，她的个头飙升至一米七七，超过了选拔标准的最高限，只能遗憾退出。幸而十年后标准提高到了一米七八，胡扬凡终于盼来了回归，站到了大排头的位置。同排面的王怡是个笑起来眼睛弯弯的姑娘，两人一见如故。毫无征兆地，胡扬凡当晚突发头痛胸闷，半夜烧到三十九摄氏度，成了方队第一名病号，没过两天，王怡又在下楼的时候把脚崴了。看着队员们在操场上练得热火朝天，守在宿舍里的胡扬凡焦灼难安。

"王怡，你说咱俩这表现都挺不靠谱儿，会不会被直接退回单位？"胡扬凡担心这次再失去机会，就真的圆梦无望了，"我也没别的想法，只要能正步通过天安门就够了。"

"别瞎想了，哪能说退就退。这次你一定行。"王怡听说胡扬凡曾经的遗憾之后，安慰了她半天，又对她的消极思想进行了正面教育。胡扬凡感觉自己虽然大几岁，对方反倒成熟稳重许多。

"王怡，以后要多帮我啊。"

"没问题！"王怡说着坏笑起来，"老姐，你还是叫我老妹儿吧，别王怡王怡地喊了，不觉得吃亏吗？"

胡扬凡这才反应过来，王怡——王姨。两个人就这样"泡"了半个多月的病号，尚未参加训练，已经成了"老铁"。至于大排头的位置在两人之间多次调整，更有媒体记者企图报道二人"C"位之争，那都是后话了。

3月中旬，方队由白校本部转至学府路校区，开启了入驻集训点之前的预备训练。而入驻阅兵集训点的日期定在5月22日，队员们心知肚明，在这之前必有一场"生死"之战。学府路校区是整个阅兵训练中最艰难的一段，每个女兵都承受着巨大的精神压力，基础动作枯燥乏味又毫无进展，上千次重复的结果很可能是动作质量反而下降了，那段堪称恐怖的黑暗时期正是阅兵训练必经的身体适应期，各种疼痛从四面八方向女孩儿们袭来。她们还不知道，就在艰苦异常的早期训练似乎望不到尽头的时候，另一支队伍正在石家庄集结，那就是从武警各总队精心挑选的一百五十名武警女兵，而最后踏进学府路校区的是其中的六十名。

史明艳在内的多名骨干曾跟随方队长刘振生赴京，参加徒步指挥部组织的小教练集训，目的是统一标准，避免方队之间出现动作差异。后来方队领导决定由十四名女子仪仗队的退役队员担任教练，史明艳又重新调整心理状态，由教练员身份回归队员，站进了第十四排。

听说武警要来，十三排和十四排的压力最大，因为她们是方队里身高最矮的。

"再高也得拿动作说话吧，阅兵不是比个头儿，也不是比谁好看，再说了，咱们练了这么久也不是白练的。"史明艳给身边的战友鼓劲。

"别胡思乱想，咱们抓紧练，不放松。"

拥抱的力量

4月上旬，1999年女兵方队二中队教导员王勤灵邀请了当年的老队员去学府路校区跟大家交流经验。按照事先计划，每个排面选一名代表，四排代表李静和七排代表王云娜踏上了天津开往石家庄的高铁。仲春时节，华北平原已万物复苏，望着窗外急速倒退的新绿，两人思绪纷纷。时隔多年，似乎拿不准应该以怎样的姿态面对新人，思来想去，也不知道如何表达。车过白洋淀，王云娜打开了话匣子，提起当初的烦心事。在她看来，训练是一件简单纯粹的事情，各自把动作练好，再齐心把正步走好，谁知心直口快的性格却让她在班排里遭遇排挤。

老队员们受到了年轻女兵的热烈欢迎，看着新一届的四排面，李静有种穿越时空的错觉，1999年的训练场景重又浮现眼前。那一刻，她才发现自己想说的其实有很多。

"姐姐，你们当年都是怎么坚持下来的？"一个稍显瘦弱的女孩儿充满期待地看着李静，瞬间令她想起了当年中途退出的小彤。

"想招儿呗！"李静有点儿坏坏地笑了，"我今天就是来教你们如何偷懒的。"

"长时间站立千万不要硬扛着，你得给自己制造喘息的机会，脚在鞋里使劲动一动，裤腿里的膝盖稍微打个弯。"

"包括教练员过来给你纠正动作的时候。"李静冲女兵们眨眨眼，"灵活的人一定知道怎么抓住机会。"

"趁此机会稍作放松。"女孩儿顿时明白了，说罢又赶紧捂了捂嘴。

所谓的偷懒其实是训练中的一些小技巧，对一代又一代方队女兵而言，与老队员的交流更是一种不可或缺的精神鼓舞。虽然方队上下从主官到中队干部，再到教练员，所有的人都在向着同一个目标努力，然而身份不同，立场与角度也就有所区别，有时甚至会出现矛盾。说到底，队员们的情感与压力，只有曾经的受阅人，曾经站在同一排面同一位置上的前辈才能真正感同身受。她们之间的悄悄话也因此显得格外重要且珍贵。

"姐姐，我能抱抱你吗？"临走前，那个瘦弱的女孩儿拉着李静的手不肯松开。

这让李静十分意外，她向来不习惯同别人有肢体接触。同学朋友间久别重逢，彼此拥抱一下，本是件稀松平常之事，李静却总是躲得老远，时间长了，大家也都了解了她的个人习惯。可眼下女孩儿需要一个拥抱，需要一份鼓励，李静根本没有理由拒绝，只好硬着头皮僵硬地伸开了双臂。

女孩儿紧紧抱住了她。李静感觉到了对方的体温和微微颤抖的身体。仿佛是多年未曾谋面的亲人，还有某种令她感动的力量在默默流动。离开之后，李静还在反复回味这个拥抱，对自己而言，它更像是一场洗礼。四十岁的她第一次深刻品尝到了拥抱的力量。

5月3日，六十名经过层层选拔、平均身高一米七的武警姑娘集体"空降"，其中不乏狙击手、突击手和重火力手，带着特种兵的耀眼光环甚至是挑衅，站在了众人面前。队员们大呼压力爆棚，一个萝卜一个坑，有人加入就意味着得有人退出，这令人绝望。更为致命的是，有消息称，这六十名武警不用参加考核，她们将被保送进阅兵集训点。这也是导致5月19日退队仪式异常"惨烈"的重要因素。

按照范慧娟的说法，那天所有人都"哭得跟狗似的"。2019年5月19日，白校学府路校区阳光明媚，距离女兵方队入驻阅兵集训点还有三天的时间，方队政委刘玉龙站在台上，心情复杂地看着这支庞大的、人员严重超标的队伍。二十五乘十四的徒步方队正常编员应该不到四百人，除去正式队员三百五十人，预备队员四十人足矣，而此时的女兵方队接近六百人。刘玉龙手里捏着一张轻飘飘的A4纸，上面有一百零八个名字。队伍被调整成"U"形，阳光把中间那块空地照得发亮，像一面巨大的镜子。

每一位女兵都有属于自己的阅兵情结，从各自的战位来到这里，都经历了各种曲折与辗转，"正步走过天安门"是支撑她们走到现在的精神动力，也是她们军旅生涯中最为荣光的梦想，她们离真正走进阅兵集训点仅一步之遥。对这群年轻女兵来说，刘玉龙即将宣布的那一长串名单无疑具备"死神来临"的打击力。生性乐观的范慧娟尽管手心全是汗，但她自认为能坦然接受现实。据说，她们班的八个女兵都做好了"走"的准备，就在头一天，黄栎婷还在起哄，组织大家提前收拾背囊，在班里嘻哈打闹，毫无离愁别绪，"佛系十九班"名副其实。来自东部战区某一线野战部队的范慧娟军龄已逾七年，在单位，她要和男兵一样每个月参加一次五十公里拉练和两次二十公里拉练，尤其是后者，几乎全程奔袭，其间还有各种课目，强度不可谓不大。吃苦对她来说，算不得什么，腰椎间盘突出引起的疼痛也算不得什么。2018年11月，范慧娟做了巴氏腺囊肿手术，进入方队时身体还处在恢复期，由于手术部位在大腿根部，反复的腿部动作导致伤口反复感染，长此以往会对身体造成严重影响。看着她咬牙坚持训练，有时疼得脸部都抽搐了，军医高丽彩却只能在一边干着急，无奈之下找到队长李科萱："我没权力去训练场抓人，你去！"李科萱便去找她谈，范慧娟表示了两个不放弃：不放弃治疗，不放弃训练。

  从这个泼辣好强又坚忍的女孩儿身上，李科萱依稀看到了自己当年的影子。李科萱来自军人家庭，是在父亲的严厉教育中长大的，从小接受军事化管理的她顺理成章地考入军校，成为一名作风强硬的女军官。接到阅兵任务后，这位彪悍的女军官给尚在哺乳期的宝宝强行断奶，毅然投入女兵方队的工作中。军人以服从命令为天职，做出的家庭牺牲往往不为人理解，而女军人作为母亲的失职也因此带有悲情色彩，李科萱白天在训练场陪着队员们苦练基本功，晚上回宿舍猛喝回奶茶。克服身体上的困难很容易，而心态的转变才真正让她措手不及。生完宝宝之后，李科萱带兵风格大变，对队员们时常笑脸相迎，动不动就要来个拥抱，不少队员曾是她带过的兵，私下也敢跟她开玩笑了。

  "队长，您有女人味儿了！"

  "啊，伟大的母性光辉！"

  有时，望着训练场上一个个挺拔的身影，李科萱会忍不住流下泪来。

  一百零八个女兵把那块空地填满了，营区的喇叭里单曲循环着《祖国不会忘记》。刘玉龙每念出一个名字，就会换来一声响亮的带着轻微哭腔的"到"，队列里抽泣的声音越来越大，

训练间隙（王米佳供图）

最后所有人都哭了。

"佛系十九班"走了四个，范慧娟望向朝夕相处的战友，她们被逐一取下帽号，戴上红花。阅兵训练是一个由丑小鸭到白天鹅的蜕变过程，她们经历了丑小鸭时期的所有磨难，然后戛然而止。关于那天退队仪式上的种种细节，大概只有崔亮亮的摄像机留下了蛛丝马迹，他把机器架在高处，俯瞰着每一名队员，但那远不是真相。真相在她们的记忆中继续生长，也在她们与之对抗的来自身体的、心理的、个人的、家庭的、单位的以及战友之间的种种矛盾和问题中破土而出。

女兵堆里的男干部

进村后，刘玉龙提出要加强"妈妈队员"的骨干作用。妈妈队员并非当了妈妈，而是指有过阅兵经历，即有受阅经验，以一个亲历者的身份给队友做示范，"我就是这样做到的"，让队友们明白并相信：自己也能做到。已有两次受阅经历的梅月圆任二中队副队长，和李科萱一起负责二中队的管理工作。在同事眼中，梅月圆性格内敛，有着江南女子的低调温婉，骨子里却蕴含惊人的坚忍，这令她整个人散发出一种独特魅力。副方队长张瑛找到梅月圆征求意见，希望她能上场。

"你的作用是什么？来这儿你不上场，那你来干什么？"张瑛言辞犀利，与其说是做思想工作，不如说是在下命令。

个中道理梅梅心里也是认同的，她的担心在于自己三十岁的身体能不能很好地坚持住，只剩下四个月时间，动作还能不

梅月圆军姿（梅月圆供图）

能练到位。榜样的力量她懂，可万一自己中途退场，岂不成了坏榜样？几番思量后，梅梅找到郭炳营总教练，提出前期白天参加训练，晚上请假，先适应一段时间。郭总点头表示同意，这样做是符合科学规律的。毕竟早期训练没有参加，身体状态跟不上，如果猛地一下练得太狠，结果往往会适得其反。这便是老队员的成熟之处，不仅经验丰富，思想上也足够冷静和理性。一个星期之后，梅梅加入了全勤训练。

6点10分，女兵方队例行早操，以中队为单位绕着民兵方队休息区至陆军方队休息区之间的训练道跑圈。空气清新，天穹湛蓝，西侧山岭呈现出锋棱崭然的轮廓，举目一望，令人顿生旷远之感。

阅兵集训点里树不多，绿化区种植的都是常青的低矮灌木，不像基地周围那些高大的胡杨，每次跑操，队伍就在树林里迂回，远处有望不到边的戈壁，低沉有力的口号声想必能传到很远很远的地方去吧。李瑞芝不太清楚怎样描述出那种乐趣，她一边跑一边细数着马兰基地的战友们，也回忆着一棵棵被战友们亲切命名的大树。这个微微有些凉意的清晨，李瑞芝想"家"了，在几千公里外的训练基地，那里几乎留下了她所有的青春记忆。她记得第一次进入戈壁滩，军卡在一望无垠的无人区开了五个小时，漫天的黄沙给她带来巨大震撼，仿佛某种神秘的引领。她也记得从济南到乌鲁木齐三天两夜的火车，连同她在内的二十名新兵在昏暗的硬卧车厢中摇晃，对面的中年大叔颇有些困惑地发问："你们这么小就要去新疆摘棉花吗？"姑娘们相视一笑，不置可否。李瑞芝一向不太清楚怎样描述当兵的乐趣，她也无法解释自己面对网上征兵在报名的时候，为何在去向意愿栏毫不犹豫地勾选了"艰苦边远地区"。那时她并不知道自己要去的地方究竟有多边远，当然也不知道自己将会深深爱上沙枣花那小小的白色花瓣，她把它们的香味夹进了军旅日记。现在，她特别想念那种香味，可惜，直到早操结束，遥远的马兰也没能为她捎来一丝一缕。

2019年十五支徒步方队中，除了领导指挥方队年龄偏大，其余的参阅队员大多为"九〇后"，"〇〇后"也不在少数。在如何鼓舞士气提高训练效果上，各方队教练可谓各显神通。

王米佳去兵站送文件，一路上会经过若干个风格迥异的训练现场。联勤保障部队的教练喜欢用一种类似电视购物导购员的语气："帅小伙子们！留给你们的时间真的不多了！今天第五排面走得太——棒——了！我爱你们！接下来让我看看还有谁——"带来一种车轮滚滚的紧迫感，同时树立一个榜样让所有人嫉妒，再让这种嫉妒迅速转化为训练动力。战略支援部队相对温柔，属于谆谆教诲式，以正面鼓励、表扬代替批评的方式："不错！已经有进步了，注意力再集中一些，压住步子，咱们再来一动。"接下来是海军方队，清新怡人的水兵服，平均年龄只有二十岁，大多为新兵的队员遭遇的却是暴脾气教练。不仅如此，严厉的教练人手一部平板，里面装有海军针对阅兵专门开发的APP，每个水兵娃娃的犯错细节都被记录在案，真正实现了可怖的训练信息化、纠错精准化。值得一提的是陆军方队总教练贠波，此人浓眉大眼、身型威猛、面露"凶"光，颇有些来者不善之势，乍一看以为是海军教练同款，实际上他采取的是"哄骗式"训练法。贠波从内兜掏出训练计划，眉头一拧，今晚休息？这怎么行！遂不动声色地走到队伍前面。

"没有对比就没有伤害，从这次大合练来看，咱们还差得远哪！接下来，咱们得采众家之长。"

"跟武警学什么？"贠波大嗓门一喊，战士们的回答自然也震天响：

"学——枪——法！"

"对嘛！武警也就枪法过关。维和的脖子最漂亮，咱们的脖子得向他们靠拢，另外，海军的标齐没毛病，咱派几个机灵的偷师去，嘿嘿——今晚就不休息了，加练！大家说好不好？"

"好！好！好！"

王米佳一边走一边听，有时会捂嘴笑笑，在她看来，战友们都练得很辛苦，踢得很棒，而每一位教练都是那么的可敬又可爱。如果说上述方队同仁都顺利地找到了各自行之有效的练兵之计，那么女兵方队面临的挑战就要严峻得多。

首先，对于棱角分明的队列规范而言，女性特有的身体曲线本身就是一大障碍，加之这次女兵的受阅服分陆军松枝绿、海军藏白、空军天蓝、火箭军藏黄以及武警橄榄绿五种，颜色倒丰富多彩，可整个方队呈现出的视觉效果就差了很多，整齐划一的标准大打折扣。再说女兵专属的高筒受阅靴，五厘米的鞋跟极大地影响了行进的稳定性，无论齐步还是正步都要比男兵付出更多的辛苦。

"女兵方队代表中国女兵"，真是沉甸甸的一句话。

一个晴朗无风的下午，二中队教导员牛鸿波从电脑里打开花名册，轻轻滑动鼠标，将"卢娜"二字标黄，这意味着又有一名队员交枪了。女兵方队三个中队各有一份花名册，正式队员为白底黑字，预备队员标注绿色，替补队员是红色。而黄色标注的则是保障人员，她们将全身心地投入方队训练的保障工作中，不再参加训练，任务结束之前，她们的枪支会一直躺在冰冷的枪械室。这种身份的转换，女兵们称之为"交枪"。

王米佳是女兵方队第一个交枪的队员,她沉稳心细、悟性高,是方队里再合适不过的保密员候选人。这一点,所有人都认同。入伍之前,王米佳学的是空乘专业,加之从小学习芭蕾舞的扎实功底,队列表现并不差,可方队保密员担负着涉密文件的收发、传阅和保管,岗位敏感又关键,并非谁都有能力胜任。方队副政委胡同江找米佳谈话的时候并没有下死命令,而是把决定权留给了她。王米佳想了一晚上。

　　2019年4月底,王米佳还在武警辽宁总队通信大队固定通信中队,当时正准备午休,班长带着好消息跑进了宿舍。得知有阅兵任务,战友们个个翻身下床,这可是武警女兵首次参加阅兵。王米佳却犯了难,今年是她最后的考学机会,从年前开始就一直在努力备考,眼下体能考核和预考都已顺利通过。"考学成功的把握十有八九,可阅兵就悬了,听说淘汰率相当高。"班长劝她慎重,要参加阅兵就必须放弃考学,二者只能选其一。王米佳好像没怎么犹豫就作出了决定。果然不出班长所料,一路走来,经历了层层严苛的选拔以及各种意外与惊险,好不容易才拿到了"入场券"。谁知,集训点里还有选择题等着她,方队希望她担任保密员。

　　这一次王米佳真的犹豫了,当保密员就必须彻底退出方队训练。这道选择题,其实并没有所谓的正确答案,必须尊重米佳的个人意愿,但出于方队整体工作考虑,胡同江也做好了再劝劝王米佳的思想准备。等到第三天晚上夜训结束,队员们排着队逐一将枪支交还入库,楼道里闹哄哄的,充斥着女兵特有的嘈杂,队伍在一点点往前挪动,王米佳没吭声,抱着心爱的步枪悄悄掉了眼泪。半个小时后,坐在办公室整理文件的胡同江听到了一声洪亮的"报告"。

王米佳（王米佳供图）

"报告胡副政委，保密员王米佳报到！"

2019年，女兵方队照旧分三个中队管理，女干部任中队长，教导员则是清一色的男同志。这种人员搭配，已是白校的传统做法。训练场里，女中队长们几乎全程跟练，把控着训练环节，此外，还要进行日常管理。蔡进、牛鸿波、王蕾三位青年军官气度潇洒，性格随和，加之细致有耐心又能歌善舞，堪称"居家"男人之典范。每逢方队搞文艺活动，三位教导员必定上台"PK"一番。给大家留下最深印象的恐怕要数"八一晚会"。

那晚，蔡进独自登台，极具年代感的霹雳舞完全颠覆了他浓郁的书生形象。牛鸿波的鬼步舞紧随其后，二中队的队员还专门给他做了粉丝牌，现场收获尖叫声无数，颇有巨星出场的风范。只有少数几个队员知道牛教导跳舞完全是从零起步，熬了好几个晚上现学的，很费了一番力气。还有王蕾独唱的《成都》，接近专业级别的唱功实力演绎了现场圈粉，将晚会气氛推向高潮。如此接地气的三个教导员自然深受女队员们的青睐，平日里说话随意，聊理想聊人生，也聊生活聊八卦，少不了开些玩笑，碰到心直口快的女孩儿甚至有时还会被怼几句。这是严酷又严密的训练生活中难得的释压方式，更重要的是，这样的交流能消除隔阂，真实掌握女兵们的思想状况。不争的事实表明，女主外男主内的管理方式确实没毛病。

111办公室有三个奶爸，王蕾、蔡进和李硕。方队的各项保障不分昼夜，工作人员除了晚上在宿舍休息，几乎所有时间奔忙在各自的要务中，能与家人联系的时间极少。工作间隙，李硕喜欢打开视频和心爱的宝宝互动，进村之前他的孩子刚满四个月，如今已经快九个月了，孩子还不会叫妈妈，却能对着手机里那个露出慈爱笑容的青年军官含混地喊："爸爸！爸爸！"这种懵懂又纯真的婴儿语言能在一瞬间将李硕的疲惫一扫而光。妻子尚在哺乳期，宝宝调皮难带，他一点儿忙也帮不上。111办公室既是训练组办公之地，又有三位男教导员盘踞于此，自然成了女兵方队信息量最大的地方。但凡带过兵的人多少都有些自己总结出来的带兵经验，也乐于分享，但是，要谈及男干部带女兵的心得，一般人还真不敢轻易开口。女兵事儿多不好带，加之男女有别，具体事务上诸多不方便，其中似乎有很多难以言说的部分。

往届女兵方队的训练中，因为不挂枪，胸线亦属排面标齐内容，男教练也因此练就了一眼识罩杯的绝技，说起来有些尴尬，但也确实出于训练需要。而当年自创各式"手语"的孙庆华副总教练如今以顾问身份重返方队。

孙顾问不动声色地往前走，右手会突然往上抬一下，他刚刚经过的女兵马上会意，略微将下巴上仰。整个过程行云流水般自然，不仔细观察很难发现，孙顾问有一个快速回头的动作，那一瞬间，与女兵有眼神交流："改得不错，保持住！"遇到问题比较大的，孙顾问就会停下来，正对着这位女兵，两只手掌相对，然后往左倾斜。女兵开始调整，孙顾问摇摇头，女兵再改。身体动作纠正完毕之后，孙顾问会把两只手放到眼睛旁边，用拇指与食指做出一个漂亮的开合动作。女兵便使劲闭一闭眼

梅月圆与李士扬（周蕾供图）

睛，把汗珠子挤开，然后再睁大双眼。

进村后，李士扬经常执行出车任务，外送病号去医院。在等待病号就诊的那段空当中，他有时会买点儿零食回去犒劳自己的妻子。这也是他作为丈夫，在职务范围外唯一可以被原谅的"以权谋私"了。有一段时间，梅梅特别想喝奶茶，李士扬一口气买了十六杯，又从隔壁小店拎走了一堆鸭脖子，回到村里偷偷送去妻子宿舍，同屋的队员们训练回来一看全部沸腾了，一边啃鸭脖一边直夸姐夫好。

医务室里欢乐多

医务室实际上有三间屋子——除了高丽彩坐镇的医务室还有心理室和理疗室。作为一所部队医学院校，白校负责抽组的女兵方队自然拥有诸多医疗优势，除了基础医疗护理保障外，

2009年还在阅兵集训点内首次开设了心理咨询室，引来其他方队纷纷效仿。之后，心理干预成为方队工作的重要部分。2017年7月，白校归属陆军军医大学（原解放军第三军医大学），更名为陆军军医大学士官学校。随着训练强度和训练压力的增大，队员们难免受到伤病困扰，理疗师张付智一个人有些应付不过来，军医高丽彩、防疫军医张丽时常跑去帮忙。陆军军医大学的领导得知情况后紧急抽调西南医院的肖斌教授前来援助。

"女兵方队的理疗室由我和一名士官医生负责，他主要负责针灸。队员们的伤主要是肩伤（大部分为左肩伤，因为抗强在左侧）、腹股沟拉伤（频繁高强度踢正步导致）、脚踝足弓伤（踢腿砸地是主要原因），此外手腕伤（长时间持枪、握枪）、颈椎疼（长时间军姿站立）也很常见。"6月10日，肖斌进驻阅兵集训点整整一周。这天下午，他终于得了一小段空闲，赶紧坐下来将最近忙碌又令人振奋的工作梳理一番，写医生日记是他多年养成的习惯。

在治疗过程中，肖斌主要以他最擅长的推拿为主，另外配合电疗。每天早上5点起床哨，6点钟开饭，肖斌也按照女兵方队的节奏开展工作。不到六点半他和张付智就要赶往医务室，一些怕影响训练的伤病队员已经在等候治疗了。午饭前后是理疗室的第一个高峰期，而每晚夜训结束，肖斌和张付智会迎来第二个高峰，这也是一天当中最辛苦的时段，收操时间有早有晚，但他们的治疗工作总是会持续到凌晨1点以后。有时，需要保障的队员数量比较多，肖斌通常会把相对简单的电疗操作做个示范，队员们学会了就可以进行自助式治疗。这样一来，肖斌就能省出更多时间做手法治疗。刚来时，肖斌还没摸清楚状况，处理手法较为轻柔缓慢，一个患者一个项目就要用去二十分钟。

很快他就发现，这样效率太低了。

"得快速处理和解决问题，与我在单位时不同，这里的时间太宝贵了！"

方队中流传着一个说法，再先进的仪器都比不上肖教授的手。理疗室原本配备了中频电治疗仪、超短波治疗仪、筋膜枪、蜡疗机、红外线电磁波谱治疗仪、肢体气压治疗仪，针对各种训练伤病，算得上应有尽有了。可自从肖教授来了之后，仪器的使用率就直线下降。一天上午，肖斌正在给齐敏做治疗，之前她不慎大腿肌肉拉伤，高丽彩建议她休息，她不听，怕影响排面考核，结果越拖越严重。没过一会儿，王小寒被李科萱扶着进了理疗室，嘴里止不住地喊疼，这位执行过亚丁湾护航任务的女兵走得异常吃力，满脸都是汗珠子。肖斌了解这些坚强的姑娘们，一般的疼痛根本没人会吭声，这种喊法，疼痛程度一定超出了想象。那段时期，为了增强腿部力量，队员们都绑着沙袋练，想必王小寒自己又加班"偷练"，训练过度了。肖斌快速做了检查，发现她的腿还有支撑力，便用点穴手法配合持续弹拨，不到三分钟，肖斌示意她起立："站起来试试。"王小寒一开始还不放心，慢慢试探着，很快发现自己又能走路踢腿了，立马破涕为笑。从此之后，"肖教授的手"被传得更神了。

短时间解决疼痛、帮助伤病队员重返训练场的肖教授深受女兵们的关心和"宠爱"。由于工作量巨大，手法治疗又特别消耗体力，工作间隙肖斌必须见缝插针地休息，前来治疗的队员看到他靠在按摩床边睡着了，不忍心叫醒他，就在一旁默默等着。食堂里，肖教授也时常享受特殊待遇，排队打饭的姑娘们一见到他，就会来一句："肖教授先请！"立马为他闪出一条绿色通道,不走都不行。要是忙于治疗顾不上吃饭,贴心的队员或者方队同事就会帮他打饭回来。都是自发行为,免不了出现"撞饭",最多的一次,肖教授收获了五份午餐。有一回,送饭的是教练员杜晓燕,一米八一的大高个径直走进来将餐盘往工作台上一放。

"教授,您先吃饭,吃完了帮我检查一下脖子,头歪了。"

"先检查吧。"肖教授笑眯眯地走了过去,怎奈两人身高悬殊,任凭肖教授踮脚尖伸脖子,手也只能触到她的颈椎,一屋子的人都看乐了。张付智提醒道:"你这么高,教授这么矮,你还站那儿仰着头。"

"头歪了,只能这么仰着。"杜晓燕有些不好意思,赶紧找个凳子坐了下来。

新一代女兵与过去最大的区别在于不再讳疾忌医,无论是理疗室还是心理室。武警女兵加入排面,方队有过一次较大调整,不少被换下排面的女孩儿痛苦不堪,心理室几乎成了通宵营业。每晚训练完已接近10点,心理师滑树红这才迎来了一天中最为繁忙的时段。前来咨询的女孩儿们有进来就哭啥也不说的,也有钻牛角尖试图与滑主任展开辩论的,还有情绪激动投诉教练员不公平的,把滑主任搞得焦头烂额,各种心理疗法轮番上阵,每天的访谈记录都是厚厚一沓。直到某个深夜,一位口齿伶俐的海军女孩儿把滑主任彻底聊"疯"了,这个女孩儿反守为攻,拉开阵势,摆事实讲道理,使出排山倒海之力,转眼将滑主任置于溺水的旋涡。

"你非要走过天安门吗?走过了天安门,你就能上天吗?"

撂下这句激将的狠话,滑树红敏锐地意识到自己也反应过度了。毫不夸张地说,曾经一度,究竟能不能在10月1日那天上场的焦虑，是笼罩在整个方队上空的共享乌云，谁也不知道下一秒会不会被教练点名。滑树红在中队干部的配合下，对整个方队进行全覆盖的心理测试，通过筛查高分值人员，制订出一对一的干预方案，再积极寻求队员协助，上下合力，这才遏制住消极情绪的继续蔓延。

直到 7 月底，排面人员相对固定下来，女孩儿们的心态渐

王米佳（左）与王可（右）（王米佳供图）

渐趋于稳定，心理室才终于清闲了些，但是队列训练却又陷入莫名其妙的低潮，徒步方队指挥部组织的几次考核成绩都不理想。按道理说，训练方法无懈可击，天气也越来越凉爽，加之后勤保障细致周到，所有指针都应该是朝上的，可不管怎么练就是走不齐，郭总的鼓励、教练员的高压政策也都不管用，所有人都纳闷，进而开始怀疑自己。种种迹象表明，女兵方队进入了一个可怕的瓶颈期。举几个常见术语，所谓"大脚尖"是指正步出腿时脚尖上翘，脚掌未与地面平行，而"大膝盖"则显膝盖突出。除此之外，还有落胯、坐胯、掀胯，还有一字步、辫子步、弹腿、掏腿。总之，队列中的群发问题多种多样，简直成了钻进钻出打不完的地鼠。

就在这个时候，武警方队向女兵方队发出邀请，措辞礼貌且友好，希望双方能进行训练交流。张瑛告诉大家，女兵方队与武警方队有历史渊源，历届阅兵场上都是邻居。合练在一个晴朗的下午如期进行。两支方队先是相互观摩，礼节性地提提意见，接下来的排面交流就不留情面地展开了批评，还真找出了不少隐形问题。最后一个环节仍然是传统项目——插花。女兵排面混进男兵排面，两个方队合成一个方队来练，庞大的队伍合成之后，队员们感觉耳目一新，完全转换了视角。带回的路上，方队长刘振生说："这是我看到你们踢得最好的一次。"之后，大家的训练效果算是有了起色，士气也逐日高涨。女兵们纷纷感叹，武警友邻果然名不虚传。

历史总有惊人的相似

这次阅兵，史明艳又开拓了新疆域——沙画。这几年网络上流行小视频，沙画展示的是一个动态的过程，能以视频形式保存，相比之前平面静态的画作更为生动。着手练习之后，史明艳渐渐体会到了沙画的难度，油画可以反复覆盖、反复调整，而沙画需要非常扎实的基本功，讲究的是一气呵成，手法须流畅且洒脱，不容一丝出错。也正是这一点令史明艳格外兴奋，沙画的内涵竟与阅兵训练颇有些相似之处。

得从最简单的开始。第一个作品略显青涩，是女兵方队的徽标。第二个就明显有了进步，通过层层叠叠不断出现的女兵轮廓绘制出了一场夜训。第三个作品右上角出现了太阳，烈日炎炎下，队员们正挥汗如雨。随着训练的进阶，史明艳的沙画技艺也慢慢提升，细沙在她指尖飞舞、流动，看起来俨然一位神奇的魔术师。

而四排面那个画漫画的队员叫张沁，是个性格开朗的四川女孩儿。训练初期，蹬翘作为踢腿的基本动作让不少女孩儿栽了跟头，张沁也位列其中，因此漫画《那些踢腿的日子》开篇就是对蹬翘的"控诉"。难怪刚开始教练说，站军姿是幸福的，站军姿无非是腰酸胳膊麻，脖子膝盖有点儿僵，相比之下蹬翘简直难以忍受。所谓蹬翘，就是"蹬脚跟、翘脚尖"，同时腿部绷直保持提胯状态。蹬翘练习从两分钟开始起步，正是这两分钟，刷新了张沁对漫长的认知，从脚后跟沿着小腿向上直至臀部，一路都在燃烧，整条腿像灌满了铅一样怎么也抬不起来，全身不受控制地抖动，根本撑不住。保持两分钟？根本不可能。张沁和其他队员一样，不停地脚点地，队伍里"报告，动一下"的叫喊声此起彼伏，她甚至怀疑蹬翘期间时间放慢了脚步。4月上旬，女兵方队每天除了军姿就是蹬翘，尽管所有人都竭尽全力，在一周之后的考核中及格的却寥寥无几，这还是考虑了大家的心理承受力"放水"之后的成绩。有人无意中听到郭总与方队长的交谈:"严格地讲,一个都不合格!"许多队员在这种打击之下产生了自我怀疑,为了参加阅兵,每个人都放弃了很多,尽管来之前都做好了吃苦准备,当真正地站在寒风中,手脚麻木,听教练一遍一遍地下达口令时,她们才发现训练的强度和枯燥程度仍然超出了想象。蹬翘的下马威,也让队员们深刻感受到腿部力量的重要性。深蹲,靠墙静蹲,再加上方队统一发放的沙袋,队员们苦笑着调侃:"总有一款适合你哦!"有的排面竞争激烈,队员们就相互较劲,干脆三管齐下,练的时候都是一脸倔强,等到熄灯后宿舍里总能听到一阵阵用咳嗽和擤鼻涕来掩盖抽泣声的动静。

在漫画的结尾,张沁有一段肺腑之言:"每天高标准的训练让你有一百次想放弃的冲动,但又总有一百零一个理由让你咬牙坚持下来。那些我们原本以为艰难得过不去的日子就这样被我们挺过去了。或许多年以后,说起中华人民共和国成立七十周年大阅兵,大家不会知道我们的名字,不会知道我们曾经历过什么。天空无法留下飞鸟的痕迹,但飞鸟经过了天空的洗礼。"

张沁所在的一中队八班总是要比别的班热闹一些,有夏冬换是原因之一。夏冬换身高一米七三,来自火箭军,原本是第四排面的老六,队列动作没别的毛病,就是枪带压迫颈椎导致神经麻痹,握枪动作总是滞后,严重时根本上不了手。交枪后,夏冬换被杨丹指定为枪支保管员,除此之外她还担当着另一个重要角色——排面专员。方队合成之后,郭总教练、孙顾问以及排面教练员虽各司其职,但苦于要关注的细节繁多,难免顾此失彼,再加上时间紧、标准高,训练中愈发需要一些专门盯排面的人员。夏冬换个子高嗓门大，眼尖嘴厉，便顺理成章地走马上任了，训练场上着实起到了大作用。也许是白天太过投入，以至于休息时间也无法将自己从工作状态中抽离出来，夏冬换基本上每天晚上都要说梦话。班长张欢睡觉很轻，邻铺的张沁又爱熬夜画漫画，因此两人经常一起收听夏冬换的夜间播送。睡着睡着，人高马大的夏冬换突然一个翻身，相连的四个床架都受到波及，猛烈地摇晃起来，紧接着就是一句："朱亚荣往前来一点儿，肩膀别后蹭！"

"张沁，左耳朵低一点儿！"张沁有时也会被梦中的夏冬换点名，左耳朵是她的老毛病，明明感觉头已经摆正了，可任谁看了都说左耳朵比右耳朵高，教练员直接上手给她强行扳正之后，张沁自己反而觉得头是歪的，这就是训练中最难克服的生理特性。为了克服这个毛病，张沁动用了一个小别针，将它针尖朝上插立在领口，调整好位置，耳朵一低下来就要挨扎，借此形成肌肉记忆，为此她吃了不少苦头。黑暗中，张沁不自觉地歪了歪脑袋，似乎在躲那根已遁于无形的别针，不料就在这当口，对面下铺的徐飞也开腔了。

"报告，动一下！"徐飞娇滴滴地喊了一声。

"动！"夏冬换咕咚又一个翻身，干脆利落地给予批准。

邻铺一直没睡着的张欢直起身来，与张沁面面相觑，天哪！这两人的梦话居然连上了。夏冬换的梦话不仅有感染力，还具备前瞻性。有天半夜，夏专员冷不丁来了一句："嗯，二十二号不错！"结果第二天，四排面二十二号在训练场上超常发挥，从拔军姿到踢腿都可圈可点，足足被表扬了一整天，回来后直夸夏冬换的嘴"开了光"。

一中队八班的确卧虎藏龙，除了夏冬换，还有"军乐团团长"谢娟、特种车驾驶员朱亚荣、为增肥吃牛肉吃到吐的徐飞，皆泼辣执拗，个个都不是等闲之辈，平日里数她们班闹腾，经常在熄灯之后还有大动静。张瑛观察了很长时间，总有一种担心，这个班啊搞不好会打一架。果不其然，8月中旬，班里爆发了"战争"，只不过上述几位只是拉架的配角，真正的主角竟然是班长张欢和她的好朋友张沁。

7月底，第四排面十五号张沁通过"别针疗法"好不容易克服了左耳朵，却因为大脚尖被教练员换下了排面，原本与张欢相邻的位置被另一名队员取代。第四排面教练员常可意动作要求标准极高，死抠细节，排面队员出现的各种问题不论大小都难逃她的法眼。

张欢与张沁床挨床，熄灯后，会共用小台灯，一起看看书，写写日记，有时张沁也把未完成的漫画拿出来，让她提提意见，两个人向来亲密无间，就是性格上有所不同，张沁热情外向，心思细腻的张欢则更为多愁善感。被换下排面的张沁大哭了一场，赌气不吃饭，留在训练场加练，张欢一边安慰一边也脱了鞋，陪着做比对，仔细研究她的脚尖，帮着找原因，牺牲了许多休息时间。十天之后，张沁用力得当、定位准确的出腿动作终于得到了认可，看到"常老板"紧绷的面部有一丝舒展，张沁心里大喊有戏，脸上掩饰不住的欣喜把常可意也惹笑了："回去吧！"

跟在常可意身后的张沁几乎是抱着枪蹦着走的，当然，她的重返排面也意味着那位暂时顶替的队员必须再次离开。这种残酷，在阅兵集训点几乎每时每刻都在发生。好朋友的回归令张欢也很高兴，两人默契地相互做了个鬼脸。谁知常可意没叫十五号下，却把张欢换了下来："你毛病那么多，一直改不了，现在节奏也稳不住了，你下。"张欢有缩步子的毛病，对步幅的拿捏总是差点儿意思，最近，踏乐不准也愈发明显，不是快了就是慢了，状态确实不佳。

历史总是惊人的相似。2009年三军女兵方队的张贝贝也是长期与别针为伴，每晚与铺位相邻的吴杏子凑在一盏小台灯下写日记，关系亲密的两人也经历过先后被换下排面。只是当年的情形不如这次"精彩"。

那天中午，张欢一个人在水房里边哭边敷面膜，不一会儿，张沁穿着拖鞋来洗衣服了。水房地面经常有积水，她怕湿了脚，只得连蹦带跳地够到水槽面前去。

"看着点儿行吗？"张欢怒斥一声，"水全溅到我身上了！"

从没见过张欢这样凶人，张沁没敢吭声，三下五除二赶紧洗完衣服。回到宿舍，越想越委屈，便对着徐飞大倒苦水："我也下过排面，知道下排面不好受，可她不能怪我啊，又不是我故意把她换下来的，她的动作确实有问题……"

"张沁，你说谁呢？"两人回头一看，张欢正站在门口怒目而视，"背后议论别人好吗？"

"我没说什么，有问题就面对，咱们一起想办法，你针对我有什么用？"

"我针对你什么了？我下了排面，你又蹦又跳的，就这么高兴？"

"你怎么能这样说，根本不体谅我的心情！"

"你体谅过我的心情？"

两个人越走越近，越吵越凶，谢娟和夏冬换一边拉一个，徐飞杵在中间调停，可她那慢吞吞的娃娃音哪压得过二人火炮似的嘶吼。张沁替下了张欢，这个结果是谁也没料到的。两个邻铺原本头碰头，现在换成了脚冲脚，共用的小台灯蜷在内务柜里一直闲着。

不久之后是张欢的生日，张沁绷不住了，专门拜托炊事班班长熊亚祯煮了一碗长寿面，还卧了两个鸡蛋。理疗室里难得人少，张沁放下面条就要走，到了门口又转过头来："趁热吃。""别走啦！"张欢冲她笑了笑，"过来陪我吃。"就这样，两个人总算和好了。

中秋之夜

9月14日晚上8点，浩荡的车队驶出了阅兵集训点，目的地——长安街，需要近两个钟头的车程。这是整个阅兵训练计划中的第二次天安门实地预演。因为担心受阅服起皱变形，队员们一上车就把外套脱下来，闷热的车厢里稍显凌乱。

中队教导员蔡进密切关注着车内情况，他从车厢头部慢慢踱步到车尾，仔细查看着各个角落：必须确保一切正常。刚登车时叽叽喳喳兴奋不已的女孩儿们，此时大部分已沉沉睡去。实在是太累了，她们相互倚靠着，看上去睡得很香甜。趁这个空当能休息一会儿也不错。蔡教导轻声提醒司机关闭了车内照明。

前不见首后不见尾的车队训练有素地停靠在路边，终于到了。由于实施了交通管制，平日里车流如梭的长安街显得异常空旷，秋风习习，华灯璀璨，空气中弥漫着庄严的气息。女孩儿们抑制住内心的激动迅速整理好军容，下车，集合，整队，朝集结地行进，一切都在有条不紊中进行。

简短的休整之后，各方队开始组织适应性训练，然后是紧锣密鼓的设备调试、受阅前动员、列队、排面拉线。0时10分，所有方队列队完毕，女兵们握枪端立，在一种郑重的等待中，时间似乎在以拔慢步的方式一秒一秒向前行进。

0时47分05秒，阅兵总指挥下达口令："标兵——就位！"

军乐团奏乐，预演正式开始。朱亚荣感觉到自己强有力的心脏正接收着来自一台导弹发射车的特殊信号——即将受阅的除了她自己，还有她熟悉的"巨型座驾"，这令她比别人更为兴奋。就在不远处的装备阵列中，有一支威风凛凛的导弹车方队，朱亚荣的战友们坚守在各自的战位上，和她一样严阵以待。朱亚荣来自全军第一支女子导弹发射连，2015年"九三阅兵"结束后，她站在队伍里迎接受阅战友和受阅装备凯旋，当特种车队轰隆隆驶进营区，灼眼的强光照进朱亚荣的双眸，驾驶员难以抑制的激动化为声声鸣笛，与战友们的欢呼形成了一种激荡人心的共振，在她脑海里久久回荡，朱亚荣从此埋下了阅兵梦的种子。天资聪颖的朱亚荣是军中屈指可数的特种车女驾驶员，在军旅生涯的第三年，她创下了四十五天学会三种特种装备驾驶技术的奇迹，成为一名优秀的司机兼操作号手。东风某导弹发射车身形巨大，对于一般年轻女孩儿来说，爬进驾驶室都成问题，她却一路披荆斩棘，把身价不凡的"豪车"开得驾轻就熟，举手投足间透出一股帅气，专业考核中把男兵们远远甩在了后面。

检阅车经过女兵方队，"为——人民——服务——"的豪迈口号响彻云天，朱亚荣端立在队伍中，手有点儿抖。她默默地计算着，时间正随着滚动的车轮向前，下一秒，检阅车将经过她心爱的曾朝夕相伴的装备。与此同时，她想起了周文芳，一位1990年入伍的老班长，在她成长过程中给予巨大关怀与帮助。6月底，装备方队陆续进集训点，地动山摇的阵势一时间扰乱了徒步方队的训练，排面中的朱亚荣也有些心不在焉，不时斜眼瞥向一号道，似乎期待着什么。周文芳是一位技术精湛的一级军士长，参加过1999年国庆大阅兵，2009年和2015年又以教练员身份执行装备方队的训练任务，这次还会再来吗？

朱亚荣请求蔡教导帮她打听，她有一种预感。在一个闷热的黄昏，绚丽的霞光染红西山，朱亚荣看到了那个熟悉的身影，她飞奔过去。不料老班长皱着眉后退一步，严肃地问道："朱亚荣，你怎么瘦了那么多？"其实，方队训练并不比开大车容易，单论一个拔慢步就十分要命。没道理啊，几十吨重、方向盘直径近一米的特种车她都能搞定，鼓捣两条腿却显得笨拙又吃力，一开始蹬翘站不稳，后来好不容易练稳了，踢腿又伸不直，每天都是满满的挫败感。几个月下来，原本体形清瘦的她又瘦了将近十斤，其中的艰辛一言难尽。朱亚荣话到嘴边又咽下了，她告诉周文芳自己还扛得住。

检阅车返回，分列式就要开始了，这是最令人期待的时刻，也是整个阅兵庆典仪式的高潮。女兵方队由阅兵式队形转为分列式队形，三百五十名队员和两名领队精准就位，她们的脚下，是三百五十二个清爽怡人的白色"T"字线。

脚跟并拢为一点，两只脚尖为两点，只要将它们分别置于"T"的三个端点，当三百五十二个人同时这样做，就能在极短的时间内得到一个规整的方阵，无懈可击。从训练场到合练集结地，再到长安街，"T"字线一直陪伴着女兵方队，所有人都能正确而熟练地使用它。不仅是"T"字线，还有步幅线、行进线。不仅是这次预演，还有上一次。不仅是长安街，还有阅兵集训点的训练场地，还有大合练的一号道、二号道，还有白校的学府路校区。显然，这些无处不在、整齐划一的训练辅助线并不是凭空出现的。

很难想象，它们的绘制者是一位法学女博士。据说，女兵方队训练组参谋黄雅杰最初接手这项工作时一筹莫展。在方队训练中，各式标线发挥着不可或缺的作用，零基础的黄博士跟标线们彻底杠上了。为了不影响方队训练，黄参的研究工作只能在午休时间展开，正午的太阳热情飙至顶峰，一堆黑墨汁、白油漆、黄喷漆，各种刷子尺子胶带尼龙绳将她重重包围。传统方法效率低，耗工耗时不说，关键是难以画出高质量的标线，黄参针对不同标线的具体参数设计出了一系列模具，再辅以操作便捷的自喷漆和九十度直角激光仪，终于攻破了这个恼人的课题。

预演的头一晚是中秋之夜。23点，在徒步方队指挥部的统一组织下，黄雅杰带着七位替补队员组成的画线小分队抵达长安街，差点儿把滑主任聊疯了的那个倔丫头江蕴倩便是其中一员。经历了四上排面又四下排面的残酷洗礼，这位要强的海军女孩儿顺理成章地钻进了牛角尖，脑袋被无数个"为什么"塞满。那个令人难忘的午夜，"走过了天安门，你就能上天吗"，吼完这句灵魂拷问，滑树红很快恢复了冷静，她给江蕴倩布置了一个作业：论走天安门和不走天安门的区别。第二天一早，滑主任就收到了小江极富诗意的答案——我已在天空飞过。

据江蕴倩同志本人透露，这是她挣扎了一个通宵，从无数个"为什么"里面抽取出来的"上上签"。滑主任还不踏实，暗中观察了很长一段时间，密切掌握着小江的动态，后来听说她开始在替补队员里散布诸如"成长比成功更重要""该经历的都已经经历了"之类的鸡汤文，滑主任才算是放下心来。

这一晚，在画线神器的辅助下，"T"字线、马扎轮廓标还有八步提示线一气呵成，完成得既潇洒又漂亮，附近方队的战友看傻了眼。黄参一瞧表，离返回时间还早着呢，顺便就帮左邻右舍两个方队完成了画线任务，后来不断有战友过来偷师，黄参大方地借出模具还附赠使用方法。

天安门就在不远处，黄雅杰把女孩儿们的心思摸得一清二楚。

"走，带你们走走长安街！"女中校大手一挥，引得女兵们欢呼雀跃。凌晨的长安街格外空旷，它沉静、从容，庄严中蕴含巨大的力量，似乎在展示着大国的广阔胸襟。年轻人沉浸在自豪中，又是拍照又是唱军歌。等待观看升旗仪式的群众站在警戒线外，看着这群蹦蹦跳跳的女兵。终于来到了天安门前，城墙在灯光的映照下散发出壮丽的色彩，华表威武，城楼巍峨，女兵们抬头观望，对祖国的崇敬之情油然而生，一时间，仿佛一切都安静了。

"呈排面集合，咱们走一动！"黄参突然下达口令。

江蕴倩和战友们起先一惊，继而明白了什么。气氛变得严肃起来，七个身着体能训练服的女兵迅速由高到低站成一排。排头的江蕴倩心情复杂，很想哭。身体协调能力好、敏感、细腻，女性天生的这些优势在江蕴倩身上体现得并不明显，训练初期的基础动作练习她就状况百出：脚型不正、大脚尖、大膝盖，几乎每个项目她都亮过红灯，别人通过针对性矫正就能克服的问题甚至根本就不会出现的问题，在江蕴倩面前却成了一座座大山。江蕴倩的右脚稍有些平足，这在练习正步分解动作时成了致命的麻烦——左脚出腿时，右脚站不稳，每次都倒。当然，刚开始大家都站不稳，可随着时间的推移，战友们陆续掌握了技巧，都不倒了，她还是会倒。不得不承认，对于高度统一的剔除一切个性特点的方队训练来说，每名队员实际上都是在同自己的身体结构和生理特性做着拉锯式的较量。江蕴倩与平足较量的结果是"自造足弓"——右脚单腿站立时略微向外侧倾斜以保持平衡，这是一个微妙的角度，小了会倒，大了会崴脚，江蕴倩练了很久，居然练成了。就是在她发现自己再也不会倒的那一天，教练员又指出了她新的问题。可江蕴倩从没想过要放弃，那一整夜关于为什么的思考也并未从本质上撼动她的执念。获得陆军军医大学一等奖学金的江蕴倩是个毫无争议的学霸，进入女兵方队后，这个要强的女孩儿始终用最大的努力对抗着自己的各种痼癖毛病，同时，又不得不接受接踵而来的残酷事实：从排面队员到预备队员，再从预备队员到替补。

真正触动她的，是一次训练间隙，几名队员跟着黄参补标线。密集的训练导致标线磨损严重，通常每半个月就要修补一次。工作已接近尾声，夏冬换突然发现有个"T"字歪了，旁边的战友催促道："不就一个'T'，歪点儿就歪点儿吧！"

"那不行，一个也不能歪，一点儿都不能歪！"夏冬换重新铺开摊子——她也是替补队员，离开排面后就主动要求做保障工作。她用抹布蘸上烯料，一点儿一点儿把那个歪"T"擦掉，她要重新画一遍。看着夏冬换专注的神情，江蕴倩觉得很眼熟，这不就是训练中要求的一丝不苟吗？女兵方队的受阅距离为九十六米，共计一百二十八步，每步步幅是七十五厘米，需六十六秒通过，整个过程必须做到分毫不差。江蕴倩突然明白了，也许自己也应该换一种方式了，第二天她找到牛鸿波教导员，主动提出交枪，转保障。

不退出替补就不能当保障人员，不当保障人员就没有机会画线，不画线就到不了长安街，不到长安街就看不见天安门。江蕴倩没有想到，曾纠结了好久好久的那个执念，制造出各种状况、给自己和他人带来巨大困扰的那个执念,一定要走过天安门、一定要爸爸妈妈亲朋好友在电视里看到她走过天安门的那个执念,她自以为已放下了的那个执念,竟然以一种曲折浪漫、近乎诗意的步伐越走越近,走到了眼前。原来它是可以实现的,用这样一种特殊方式。

当然,女兵方队即将通过天安门的三百五十二名队员并不清楚昨晚这里发生的一切,此时她们正严阵以待,紧张的气氛越来越浓,甚至带来了轻微的窒息感。

江蕴倩的画(高丽彩供图)

凌晨 1 时 18 分,仪仗队方队先头通过整齐线。

凌晨 1 时 22 分,武警部队方队先头通过整齐线。

凌晨 1 时 23 分,女兵方队先头通过整齐线。

星光熠熠

天安门西侧路口,刘玉龙习惯性地看了看表。

"向右看——一——二——"熟悉的呼号声准时传来,紧接着,是铿锵有力的正步声,身旁的上校和他都朝着天安门方向张望。

"玉龙政委、新伟处长,咱们的队伍很快就要转过来了!"

任红强从路西跑过来报告。

"好,马上准备接兵!"

话音刚落,第二梯队的第一支方队已转进广场西侧路,冷清的街道骤然间变得沸沸扬扬,裹挟着温热汗味和皮革气息的晚风扑面而来,密集的枪刺在夜色下闪闪发亮,武警方队的队员们步伐整齐,仍然保持着上场状态,没有一丝松懈。

按照流程安排,撤离路线需跑步前进,由于排面调窄,整个队伍拉长至四五十米,这个时候,女兵们腰间的"小蜜蜂"就派上了用场。"小蜜蜂"是一种便携式同步传音设备,无论是现场的军乐伴奏还是领队下达的口令,它都能及时准确地传送到队伍的每个角落,当年设备落后导致的音差问题也因此不复存在。

"前面的注意听口令,稳住步子!""小蜜蜂"里传出的洪亮女中音是程晓健少将的,解放军空军历史上第一位飞行师女师长。

端午节,白校周东浩政委曾带着机关处室同志到集训点慰问,分别时间虽不长,兄弟姐妹们相见还是有些激动,大家吃着粽子聊着天,一派其乐融融的景象。

"集训点的伙食标准比学校高,我看大家还都瘦了,可见训练是艰苦的,工作是繁重的,同志们别只顾着执行任务,还得坚持锻炼,返校之后还有体能测试等着大家!"周政委说完,又悄悄地把程将军拉到一边,"老程啊,有句话我也不知该不该问,都说练得苦,你怎么还练胖了?"

女将军指了指自己浮肿的脸,哭笑不得。5月初,程晓健患上了日光性皮炎,又疼又痒,医生建议避光休养,自训练以来半天病假都没请过的女将军自然不会听从,虽每天坚持擦药治疗，可每天也坚持全天候训练，症状自然就越发严重，最后红肿部位连成一片，整张脸大了一圈。这个时期恰逢政工组尹威华干事拍摄训练展板的素材，程将军的大特写就挂在理疗室斜对面的墙上。就是这张"虚胖"的照片，还闹了另外一个笑话。

那个阶段，由于训练刻苦，程晓健、寇志平和唐冰三位女将军都出现了腰肌劳损，几乎隔天就要接受肖教授的治疗。这种情形持续将近一个月的时候，肖教授实在忍不住了，那天做完按摩，他把程将军送到理疗室门口，指了指大照片里的空军女将领："首长，我来了这么久，怎么总也见不到这位胖将军？"肖斌来得晚，没见过程将军之前的模样。

"她就是我，我就是她。"程晓健哭笑不得，彼时她的日光性皮炎早已痊愈，体重下降了整整十五斤。

4月初，三位女将军接到阅兵任务时，兴奋程度并不亚于年轻的女兵队员们。尤其是寇志平，十四岁参军、年近六十的她在三位女将军当中年龄最大军龄最长，阅兵情结也最为深重，对她来说，能以将军领队的身份参加中华人民共和国成立七十周年大阅兵，无疑是给四十多年漫长的军旅生涯画上了圆满的句号。动身之前，寇志平专程去看望老父亲，向他汇报了喜讯。八十九岁的寇老爷子一听来了精神，颤颤巍巍地站起身，亲自示范站桩，要给她传授增强腿部力量的动作要领。寇志平的父亲生于武术世家，从小习武，他希望女儿能把武术精髓运用到训练中，达到事半功倍的效果。在石家庄学府路校区期间，寇志平、程晓健和唐冰亲如姐妹一般，三人相互帮助彼此鼓劲，一起熬过了最艰苦的基础训练。进村之后才发现，别的方队都是两位将军领队，唯独女兵方队多一个，那就意味着三选二。三位女将军心里不踏实了，转念一想，有没有可能女兵方队就是三个领队呢？寇志平记得，2009年国庆阅兵，女兵方队就是由三位分别着陆军、海军、空军常服的女军官担当领队。很快，来自徒步方队指挥部的确凿消息推翻了这种猜测，所有徒步方队都只有两名领队。

三人的关系由此变得微妙，明里暗里都较着劲，谁也不甘落后。这种微妙的有趣之处在于，其他方队的将军领队没有竞争压力，加之年纪也大了，很多痼癖动作确实也很难克服，教练员往往追在屁股后面纠错，说好话，哄着改。再看三位女将军就明显不同，且不论被纠错时那股认真劲，要是谁的动作被点名表扬了，那么这位女士肯定要得意一整天。尽管三个人私底下还是好姐妹，但是训练场上的厮杀已初现刀光剑影。

女兵们训练刻苦，为的是能进排面成为正式队员，进了排面又希望自己的位置能尽量靠前。从往年阅兵的实况录像中，大家似乎发现了一个规律，越靠近排头，进入特写镜头的机会越大，所以一旦自己的位置处于十名以后，基本上就无法在屏幕上被看清了。这些猜测其实并没有依据，却经常成为女兵宿舍里讨论的热点。

关于这个问题，那些星光熠熠的将军们也同样在意。进村之后，徒步方队指挥部组织所有将军领队连同领导指挥方队第一排面的将军队员们集中训练，主要是出于年龄的考虑，反正标准要求都一样，同龄人一起练更利于进步，也便于相互加油打气，将军们毕竟年过半百了，多少都带着些伤病。林军长参加过2015年阅兵，是英模方队的领队，有过受阅经历的他在训练场上想必多一份沉着和自信。将军们初次集结，程晓健正在教练员马小兵的指导下练习站立，林军长毫不客气地指出症结："你，脑袋低了！"列队之后正巧又与女兵方队三位女将军相邻，林军长便主动当起了"小教练"。他自称掌握了教科书式的动作要领,可纠正得多了,难免也会和正牌教练员有出入。

"林军长,你说得不对吧?我们小余要求正步敬礼是不允许停顿的,会拖节奏。"唐冰少将一边反复比画着动作一边偏过头质疑。小余是唐冰的正牌教练员,此时,她正立在旁边看着林军长,一脸较真。

"嘿!瞧我的!"林军长一个箭步跨出队列,亲自给出了示范,"像这样,你得有这么一个稍微的停顿,才有铿锵感。"有时大家会觉得,在这些极为细微的动作上,林军长显得吹毛求疵了,有炫技的嫌疑。一次训练间隙,林军长压低了嗓门儿,一扫平日的风趣,语气严肃地向程、唐二人袒露了自己的心声:"陆军方队有劈枪动作,估计特写给不了领队,我希望你俩能代替我,把最完美的将军风采展示出来!"

听罢此话,两位女将军会心一笑。徒步方队的男将军领队中,往往存在明显的体型差异,动作再标准也无法呈现出惊艳的效果,而程晓健与唐冰身型一致,高矮胖瘦都差不多,相互配合的默契也令众人心服口服,加之每次考核这对组合总是名列前茅,引得其他方队的领队愤愤不平:"要我看,两位女将军就是来砸场子的!"可见,林军长的期望不无道理。唯独二人的相貌有别,程晓健是飞行员出身,长年累月的严苛训练和飞行经历磨砺出一种不怒自威的英武之气,而唐冰长相甜美,气质典雅。第二次预演之后的复盘对女兵方队提出了关于表情的问题。这次大阅兵,女兵方队挂枪成为一种显著信号,女兵作为军事力量中的重要部分,不能再以俊美形象示人,她们要同男兵一样,展现出中国军人的血性与刚强。因此,女兵方队之前的"表情自然,眼球集中,嘴角上翘,满面春风"的微笑方案

寇志平将军（寇志平供图）

需紧急调整，参加完高层复盘会议的唐冰少将回到方队，召集大家做了详细研讨。

"要练杀气。"唐冰瞪圆双眼，下意识地调整着面部状态，"不能只对着镜子练，要让它由内而外。"练杀气，这对唐冰本人来说就是个不小的挑战，天生有些嘴角上扬的她不笑也像在笑，就算真的发起火来也很难呈现出威怒之态。

就在6月底，必须确定领队人员的关键时期，寇志平收到了四张来自解放军总医院不同科室的"最后通牒"。原来，在5月下旬组织的全面体检中，寇志平就有好几个部位亮了红灯，尤其是骨科，核磁扫描显示，她的左右小腿发现多处异常斑点，催她住院的电话打到了阅兵集训点。她怕影响训练，就一直拖着没去。直到一位熟识的医生朋友告诉她，腿上的斑点疑似恶性肿瘤，必须尽快彻查、治疗，这才让她有所动摇。递交病假报告的头天晚上，寇志平辗转难眠，她知道这意味着自己将成为三人当中的候补，忍住病痛忍着担心那么拼命地练，最终还是与受阅机会失之交臂，多年来对部队的忠诚与热爱、从军委一号台的话务员最终成长为女将军的艰辛回顾，似乎都失去了最佳表达，这位已经当了奶奶的女将军难过地流下了眼泪。近一个月的治疗结束后，寇志平作为候补将军领队重返阅兵集训点，继续坚持着每天的训练。

执　　念

完成第二次天安门预演任务的女兵方队返回阅兵集训点，待清点人员、枪支入库完毕，启明星已经升得很高了。东方泛出鱼肚白，队员们终于躺到了床上，她们要利用今天白天的时间好好补一觉，养回精神。

舞台搭建是从午饭后开工的，政工组干事高晓明有些焦虑，她倚靠在门岗旁，不停地用对讲机与各方进行沟通，把控着每个环节。一台晚会的准备工作十分繁杂，一个人负责整台晚会其难度不亚于一项系统工程。为了尽量不影响队员们休息，她把工作人员的数量压缩到最低，加之舞台保障是外请的，阅兵集训点又有严格的保密要求，因此很多具体事项她都必须亲力亲为。政工组组长李海亮担心晓明一个人忙不过来，干脆先放下手头的工作，到会场充当"劳动力"。

阅兵集训点里生活枯燥，屈指可数的几次文艺晚会是队员们难得的调剂，高标准训练带来的压力、排面调整引起的情绪波动，在轻松有趣的晚会氛围中都能得以缓解。作为一个典型的完美主义者，高晓明从接到任务开始，晚会的主题立意，节目的数量形式，包括舞台灯光音响背景座位分布，全在脑子里转，恨不得把所有细节都考虑周全，一样也不落下。李海亮看完她的策划书颇有些担心："晓明啊，就是个中秋生日会，自己人凑一起乐和乐和就行了。你这么搞，是想整成春晚吗？"

天幕已黯淡下来，月朗星稀，晚风怡人。女兵们坐在马扎上交头接耳，都显得很兴奋。楼前闹哄哄的，睡足一整天，醒来就有节目看，这样的幸福对大家来说太难得了。舞台以楼前的平地为基础垫高了六十厘米，迷彩网制作的背景上，一轮明月镶嵌在"家国天下情"七个字当中。延期两天的中秋晚会就要开始了，首先登台的是高丽彩，这倒有些令人意外，不过很快就响起了掌声和欢呼声，犹如明星登场，两侧的射灯"啪啪啪"全开了，高丽彩急忙拿起话筒来。

"听我说。"突如其来的强光让人睁不开眼，她转过身，用力摆摆手，"把灯关了，我不要这个。"

被队员们亲切地唤作"高妈妈"的高丽彩主任来自白校战术医疗系，在白校附属医院妇产科工作了近三十年，多次执行阅兵任务，具备丰富的医疗保障经验。

高丽彩主任（左一）与队员列队长安街（高丽彩供图）

她不是上台表演节目的，距离10月1日正好还有半个月，高丽彩惦记的是女孩儿们的月经。早在2月份方队组建之初，月经统计工作就开始了，每名队员的周期、流量和痛经情况都有详细记录。女兵方队月经统计表显示，有近三分之一的队员将在月底行经，为了保证最佳上场状态，高丽彩准备了三种方案，确保人人有效。经验告诉她，半年多的高强度训练，再加上跌宕起伏的情绪波动，女孩儿们难免出现月经异常，尤其是最后这一个月。

"所以我再提醒大家一次。"高妈妈露出了招牌式的微笑，"除了统计表上显示的人员，如果还有感觉自己月底要来的，或者担心会来的，都赶紧找我。"

主持人就位，晚会正式开始。

《C哩C哩》舞曲响起的瞬间，台下就沸腾起来了。这是女兵方队每天训练前的热身操，所有人都会，台下的女孩儿纷纷站了起来，教练员和训练组的几位年轻参谋也纷纷加入。

盛夏酷热难当，午睡之后仍然感觉困倦乏力，提不起精神，下午的训练效果也因此大打折扣，高晓明参加过2009年国庆大阅兵，对此深有体会。今年再次执行阅兵任务，她在学府路校区时就开始着手热身操的选择，浏览大量视频资料之后，她敲定了《C哩C哩》，此曲旋律浪漫，富有节奏感，女孩儿们整齐又不失帅气的舞姿重新定义了这支网红舞曲，演绎出铿锵靓丽的女兵范儿。首度亮相，近四百名年轻女兵活力共舞的震撼场面，在村里引发了不小的混乱。附近的男兵方队从联勤保障部队、战略支援部队到海军、空军，甚至再远一些的火箭军都纷纷注目，有的尚能保持队列基本成形，冲着女兵方向佯装在做热身动作，有的干脆围拢过来，看了个眼直。这个场面，不出意外地被监控捕捉到了。

"女兵方队东侧方队、西侧方队、北侧方队请注意，请你们注意军人形象，立即返回各自的训练场地，继续训练！"徒步方队指挥部的喊话重复了三遍，现场才恢复正常。可能有人要问，南侧的方队为什么能保持理智？答案是，南侧是一条车道，没有方队。

热舞还在继续，笑容最为灿烂、舞姿最具感染力的当数舞台正中央的赵彧尼。赵彧尼来自武警云南总队，是2018年9月

赵彧尼（前排左二）（赵彧尼供图）

刚入伍的新兵，千禧年之后出生的新新人类普遍具备的自信在她身上体现得尤为明显。姗姗来迟的武警姑娘们来方队报到时，方队早期的基础训练已进行了两个多月，为了保持整体节奏不被打乱，方队长刘振生与方队总教练郭炳营决定暂时将武警编为十五、十六排面，单独练，在科学训练的大前提下追赶进度。众所周知，这次阅兵徒步方队均由十四个排面合成，而队列训练的每个阶段都需要在时间与质量双重保障下不可逾越地循序渐进，武警姑娘们要想在短时间内抹平差距实在是悬。这一点，孙顾问比谁都清楚，半辈子都在和阅兵训练打交道的他，不无担心地看着烈日下武警姑娘们一个个被汗水浸透的背影。只有赵彧尼不发愁，在十五排面里练了不到一个星期，就毫无忌惮地宣布了自己的两大目标：第一，进入第一排面；第二，在第一排面踢过天安门。在竞争激烈关系微妙的队员之间，这种高调姿态简直就是自绝后路，姑娘们暗自佩服赵彧尼的同时，也偷偷替她捏了把汗。一米七六的身高，长相甜美又不失英气，加拿大留学三年，其间曾周游列国，未满十九岁，热衷于健身、篮球以及阅读军事杂志的赵彧尼有着傲人的先天条件和远超同龄人的阅历，属于那种被上天眷顾、被同伴嫉妒的女孩儿。然而，这一切并不能为艰苦的训练提供丝毫便捷。6月18日，方队开始排面合成，第一批编入排面的武警名单中，赵彧尼如愿以偿，为之付出的代价是，一个半月的时间里，她的体重下降了近二十斤，白皙的面容已然晒成了猪肝色。第一排面是整个方队至关重要的组成部位，标准要求极为严苛，自信作为赵彧尼最大优势的同时也带来了种种问题，一味地追

赵彧尼（前排左一）（赵彧尼供图）

求单兵动作完美的她标齐意识差，排面整体意识差，排面行进中常常冒出来。这个时候，一排面教练员、以严厉著称的卢云就会狠狠地瞪着她，毫不留情地低吼："下去！"据说，赵彧尼被换下排面的次数高达两位数，听者揪心，本人却从未慌过。因为常常是上午还在排面里，下午就不在了，赵彧尼称之为"朝生暮死"，还热情地向大家推荐频繁进出排面的好处："真的，每次重回排面都像是重获新生，进步特别明显，你要不要试试？""还是别试了吧，我觉得一直待在排面里也挺好的。那个——大婷婷，你今天口红什么色号来着？"同屋的战友避之不及，赶紧转移话题。

对于这个努力且幸运的十九岁女孩儿来说，真正的成长往往不是从简单粗暴的打击中得来的。一次训练间隙，赵彧尼不经意间听到了几句闲聊。"唉，要是给我十厘米，让我去第一排面多好。""给你二十厘米你也去不了，连排尾都没戏！""别叹气啦，每个排面每个位置都一样重要，方队是大家的，缺了谁都不行！"对话来自第十四排面，语气中充满了羡慕和无奈。赵彧尼突然有了一种沉重感，之前一心要做最好的自己、要努力实现个人目标的狭隘令她羞愧，赵彧尼重新审视自己的战位，第一次意识到"0106"并不只代表赵彧尼。

总有一些事情在意料之外，站在舞台上的姑娘要为大家唱一首她自己写的歌。在这之前，没有人知道她会唱歌，更别提写歌了。李蕊宏，二十五岁，来自南部战区海军，是南海舰队某通信团的报务员。在平均身高一米六八的第十排面，训练标兵李蕊宏一直顺风顺水，队员和教练员对她的评价也都很高。7月底的一个下午，毫无征兆地，李蕊宏的右腿突然出错，劲使不上，出腿路径也出现了严重问题，在排面里显得突兀。

"你先出来自己练，找原因，改动作。"教练员王博也深感意外，暂时将她换了下来。也许只是当天不在状态，这种偶发性状况在方队训练中十分普遍。所有人包括李蕊宏自己都坚信，她很快就能回去。岂料，李蕊宏竟一路下滑，最后成了替补。

进入9月，出于整体工作考虑，方队将所有排面二十八名以后的人员正式划为替补，单独组织训练。方队人员从此一分为二，排面队员在正门集合，奔赴训练场，侧门集合的则是五十多名替补，组训任务交给了武警男教练员刘欢迎。刘欢迎用略带河南口音的普通话整队、训前动员，然后颇具悲壮意味地将队伍带至食堂旁的小操场。替补队员们心态各异，但是训练时每个人都好像忘记了一切，相互纠正动作，分享小诀窍，一丝一毫也不肯懈怠。

"教练，你再帮我看看，我出腿有进步了吗？"

"我知道我没希望了，但我还是想坚持。"

看到她们那股认真劲，刘欢迎特别心疼，一个人偷偷抹过眼泪。他能做的十分有限，除了合理安排好训练，他会挖空心思地装傻、出错，一本正经地说些幽默话，为的是博姑娘们一笑。这是一项高风险的技术活儿，表演不到位观众没反应，要是过于浮夸就会穿帮，刘欢迎担心这会对替补队员敏感的内心造成另一种伤害。尽管他在表演方面毫无天赋可言，值得庆幸的是，迄今为止，刘欢迎居然从未失手，姑娘们每次都会发笑。这种默契，笑中带泪，不得不归类为另一种浪漫。

李蕊宏也会笑，虽然她同别的队友一样，早就识破了欢迎班长的蹩脚演技。为了保证排面人员的训练，替补队员们包揽了所有时段的坐岗任务。李蕊宏时常感觉恍惚，跌宕的现实就杵在眼前，需要反复劝说、反复接受。坐岗的时候她喜欢望着楼前的二号道发呆，这条用于徒步方队合练的训练道每天承载着成千上万次踩踏，承载着人声鼎沸，承载着汗水与激情，也会在午休时分承载空茫的孤寂与光阴。高晓明见过她发呆，说实话，眼神里深深的忧虑令人担心。因此，当李蕊宏把这首充满正能量又蕴含款款深情的《那些年》唱给她听时，她不太相信歌词出自李蕊宏之手。总有些事情会在意料之外。李蕊宏微微笑着，用一种近乎安静的方式唱着自己写的歌，舞台灯光调成了橘色，暖暖地映照在每一张脸上，这些日子里，她们挥洒的汗水实在是太多了，此时此刻，泪水似乎在解释着什么。

  2019 年的 3 月，石家庄依旧是冬天
  寒风凛冽，冻坏我们的脸
  整理着装挺起胸膛，口号声喊得很响亮
  头顶上的帽徽闪闪发着光
  第一次走向训练场，第一次军姿的模样
  半年尝遍了苦辣酸甜
  我们的故事很长，回忆都闪着光
  用脚步丈量着距离，用心感受对正标齐
  心中有信仰，脚下就更有力量
  头顶蓝天脚踩大地，肩并肩战斗的默契
  生活两点一线，我们不辱使命
  操场上队列的轨迹，汗水洒过这片土地
  我们大家庭，团结勇敢不放弃
  我们心连心，书写阅兵的奇迹
  日记本写下的经历，时光里留下的印记
  感谢这半年最美好的相遇

女兵方队，我爱你

正如歌词中所写，初期的预备训练是从春寒料峭的2019年3月开始的，然后横跨整个夏季直至深秋，严寒和酷暑的时候都赶上了。在长达近四个月的高温天气中，烈日的暴晒给所有人都颁发了一枚"小V领"，衬衣领口之上露出的那截脖子有一道清晰的"V"形分界线，有女孩儿说这是胜利的标志。

天气炎热，训练艰苦，队员们消耗极大，需要在训练间隙及时补充水分、电解质和碳水化合物。有的方队经验老到，间餐分发运动饮料和品牌面包，卫生方便又省事。蒲晓鹏率领的炊事班队伍坚持每天熬制新鲜饮品，并根据训练强度进行配方调整，酸梅汤、菠萝汤、蜂蜜茉莉花茶都深受姑娘们喜爱，还有自制的各式西点，保证一周之内不重样，这需要在花去大量时间精力的正餐之外又多费几番心思与辛劳。董帅和张晓东还自创了现场切西瓜的节目——身着洁白工作服的帅小伙优雅地将餐车推进休息棚，颇具仪式感地为刀具进行酒精消毒，一个魔术师般的挥手动作，转眼间幽蓝色的火焰缠绕在刀与西瓜之间。女兵们发出阵阵欢呼，热闹当中训练的疲劳似乎也一扫而光。在炊事班战士眼里，女兵们如花的笑脸就是他们胜利的标志。

2019年4月15日，陆军勤务学院训练基地的蒲晓鹏接到了女兵方队饮食保障任务。他带领三十名学员连夜集结，一路倒了三趟火车，总算按通知要求准时抵达了石家庄。蒲晓鹏年轻，炊事班管理经验几乎为零。方队长刘振生心里难免打鼓，可作为方队主官，过多干涉具体工作会让下属有所顾虑，难以施展开拳脚，因此他便不动声色，每天密切关注着食堂方面传来的各种消息。三十一个人保障五百多号人，可以说劳动强度巨大。

两层楼的食堂，且不提炊事员们，就是蒲晓鹏在各组之间兜兜转转督查工作，一天的步数都能超过两万步，他一度认为计步器有问题。

蒲晓鹏的办公桌上码放着《西方哲学史》《恺撒：巨人的一生》《马岛战争：阿根廷为福克兰群岛而战》《战争与和平》，再往下看，还有《人类酷刑简史》《聂鲁达：我坦言我曾历经沧桑》《敦煌壁画复原》，完全是跨专业大杂烩式的阅读，加之他的博士身份，使得这位村里学历最高的司务长多少有些"怪异"。细致入微、高度戒备是他的标签，过于严谨较真的工作作风也曾引发过争议：司务长有必要用博士吗？

大部队入驻集训点之前，炊事班跟随先遣队伍提前进驻，卫生倒是打扫得很干净，可统一配备的两台大型洗碗机却不翼而飞。方队长刘振生走进洗碗间，心里咯噔一下，这位博士司务长果然不按套路出牌！

"方队长，您别着急，我是嫌洗碗机碍事，就把它们都拆了。"究竟用不用洗碗机，蒲晓鹏是做过通宵实验的，两台洗碗机同时运行一次能洗八十个餐盘，用时二十分钟，一餐下来一千零八十个餐盘至少需要四个半小时，显然已超过了两餐之间的时间间隔，如果换人工流水作业，八个水龙头二十分钟能洗出一百五十个，可以省下将近一半的时间。蒲晓鹏的脑子飞转着，炊事班除了保障一日三餐，还要负责两顿间餐，时间宝贵，必须争分夺秒。经过严密计算和慎重比对之后，蒲博士果断下令：拆！

蒲晓鹏早就计划好了，保障期间所有碗筷都由炊事班负责清洗，也许饭菜口味暂时无法跟别的方队媲美，这个在后期肯定也能追上，但不管怎样，他们都要竭尽所能地为女兵们服务。

没想到，女兵方队吃完饭不用洗碗，这也成了令其他方队羡慕不已的理由，虽说洗碗就是件顺手而为的事，但洗与不洗的区别，也只有从训练场上下来的战士们心里最清楚。至于这样大包大揽带来的巨大工作量，比如勤务组人均每天要手洗三百六十多件碗盘，比如切配组人均切配三百斤食材，整个炊事班如何从一开始全天全员蛮干十九小时以上调整到确保每人每天七个半小时的睡眠，当中惊人的进阶速度和完美的统筹学部署，便是蒲晓鹏博士的强项了。

即将踏上征程

9月19日下午，寇志平接到上级通知，国庆节当天她将站在领导指挥方队的队伍里接受阅兵式检阅。当时，二号道的大合练已接近尾声，她看到压轴的维和部队方队正走过主席台。这一天傍晚，高丽彩在笔记本上画下第十四个红叉叉之后，总算松了一口气。

时间需要回到9月3日。一天的训练结束了，楼道里开始热闹起来，一中队几名队员有说有笑地找到蔡教导，想确认一下离队车票的信息，正式上场的日子近在眼前，意味着分别也不再遥远。来自祖国各地的女兵将在10月3日那天全体撤离，回归各自的战位。111办公室挤满了女兵，"执行非战争军事任务鉴定表"需要每个人亲自核对，难忘的受阅经历将为她们的人生留下光荣又绚烂的一笔。女兵方队的一楼是办公区，"L"形的走廊两侧分布着各种办公室和库房，第七排面六号队员祝雪荣从"L"底部这一端开始走，经过拐角，径直走到另一端。她头晕，浑身无力，今天的训练是咬牙坚持下来的。

"高妈妈，我特难受。"祝雪荣走进走廊尽头的医务室，有气无力地坐在了凳子上。高主任关切地探过身来，孩子脸色不对，伸手碰额头，有点儿低烧，暂时没有别的症状，吃点儿退烧药好好睡一觉，或许就缓解了。没想到，第二天祝雪荣不仅烧没退，身上还出现了一些不典型疱疹。"水痘！"脑袋里突然冒出的两个字，让高主任一下子紧张起来，回想2009年和2015年两次执行女兵方队的医疗保障任务，她都遇到过"险情"。出水痘，腺病毒，都是传染性很强的疾病，发病初期若不能有效控制，就会造成大面积染病，后果不堪设想。眼下已进入9月，这个阶段是绝对生不起病的。转诊单很快写好了，上面只有两个字加一个问号。不料，兵站卫生所暂时也无法确诊，只是在问号后面又加了两个字：可疑。

这可不行，高主任坐不住了，必须采取措施。她安排祝雪荣立即搬至四楼隔离室，患者所在宿舍也要相对隔离，吃饭单独吃，取枪还枪都调整到最后。接下来，女兵方队楼实施全方位无死角物表消毒和紫外线消毒，防疫军医张丽带着白小燕和钱金凤忙了整整二十四小时没有合眼。还有最重要的，全体队员包括保障人员都必须接受水痘疫苗接种，确保一个不落。一系列强势操作之后，高主任这才想起找主官汇报，她有些疲惫地摊开手，一脸苦笑："我承认，我的做法有点儿左了。"

"老高，你这是宁可错杀三千不肯放过一人啊！"方队政委刘玉龙冲她抬了抬胳膊，调侃道。遵照高主任的指示，方队政委和方队长也都乖乖地接种了水痘疫苗。

9月5日清晨，祝雪荣全身大面积出现疱疹，高主任当机立断将她转送至三〇二医院，当天中午确诊为水痘。看来，之前的预判和紧急措施是完全正确的，高丽彩郑重其事地在笔记本上圈出了十四个空格,每天画掉一格,9月19日所有空格划完,就意味着水痘抗体在接种人员体内达到峰值。如无意外,截至今天,警报可以解除了。

电子倒计时牌上只剩下寥寥数日,每个人都明白,阅兵生活即将滑向尾声,难以言状的复杂情绪激荡着她们。齐敏心里清楚,作为一名预备队员,主业是保障,副业才是训练,她曾因为大腿肌肉拉伤,在坚持训练和休息养伤的矛盾中苦苦挣扎过。方队到达站立点之后,齐敏就和其他预备队员自动出列,协助正式队员们整理着装、检查武器。当郭总用大喇叭下达命令:"站立准备!"每个排面的两名预备队员迅速前往队列两端开始拉线,一根横贯排面的尼龙线绷紧之后作为依据,可以将二十五名队员的帽檐、枪口以及右手调整到分毫不差,排面教练员从左到右,逐个审视,一一标齐。

骄阳之下,长达九十分钟的站立开始了。

女兵们自有女孩儿的方式去对抗辛苦,这种有趣在阅兵集训点几

军医高丽彩开展工作(高丽彩供图)

乎是独一无二、不可复制的。以女性之柔韧克困境之刚，大概也可以用来解释为何女性抗压能力往往优于男性。实际上，人类具备许多有趣的心理现象，其中一种叫作"幻想性错觉"，主要表现为人们会将眼前模糊、随机、彼此并无联系的事物赋予一定的意义。赵院林的"食疗站立法"正是将这种心理现象的作用发挥到了极致，长久的站立固然需要毅力，同时也需要一些巧妙的幻想去对抗越走越慢的时间。

起初，赵院林把位于她正前方的吕琳琳想象成一支冰激凌，对于阅兵集训点长达四个月的高温天气来说，清凉是有了，但是没过多久赵院林就发现了问题，冰激凌吃起来太过单一，就算每天变着口味吃也很容易厌倦，后来她试过吃火锅、各种水果拼盘以及零食，中间还穿插过热血的英雄电影，都无法让她持久地集中注意力。最终，赵院林把吕琳琳锁定成了一只羊，她要吃烤全羊，从撒料腌制开始想象，后面还有生火、烤制、闻香、拆分、大快朵颐，总之，操作复杂，细节繁多，太棒了！赵院林兴奋地想，这将是一个足够长又足够有滋味的过程。有时她也会担心，要是吕琳琳知道了这一切会不会头皮发麻，可这一次，她竟发现自己的头皮开始发麻了。

赵院林是在刚开始"啃羊腿"的时候晕倒的，最后的意识停留在"咦，羊腿怎么这么大"。紧接着，常家宝也倒了，倒之前她一直在掐自己，赵院林被人架出队伍之后，她也没有了力气。队列中，晕倒是一种传染病，当身边有队友晕倒，很容易产生连锁反应。

高举着军帽模仿阅兵车的战士，一遍一遍地从院校科研方队前跑过，队员们据此反复练习着转头注目礼和答词。每次大合练之前，各方队都会针对自己的薄弱环节进行临场加练，以期达到最佳合练效果。女兵方队要准备拉线了，张付智趁这空当跑过去给大家分发薄荷糖。随着科学高效训练方法的全方位运用，训练过程中，晕倒的现象已经很少发生了，昨天却一连晕倒了好几个，给所有人都留下了眼前一黑的恐怖阴影。滑树红当天中午就给队员们做了心理干预，张付智琢磨着，薄荷能醒脑，糖分可以补充体力，这一招指定管用。

胡扬凡从张付智摊开的手中取走了两颗，自己吃一颗，另一颗递给了身边的王怡。王怡摆了摆头，表情苦涩。"吃一颗，嘴里有点儿甜没准能好受些。"说完，胡扬凡直接把糖塞到了她嘴里。王怡是方队的大排头，编号0101，令众多队员心生羡慕。当然，每个人都清楚，大排头可不是谁都能当的，这个位置必须"稳"字当头。可今天的王怡不太稳，站立的时候腿部有好几次明显的晃动，坐在休息区的方队长刘振生和军医高丽彩都密切关注着。

"好事情提前来了。"高丽彩笑呵呵的，像是自言自语。刘振生偏过头来，一脸疑惑。十天前，高妈妈对王怡实施了月经调整方案，本是10月1日当天的经期，现在整整提前了一周。"这样一来，大排头就能以最佳状态上场了。"方队长听完恍然大悟。

好不容易把九十分钟的站立坚持下来，王怡满脸通红，大颗的汗珠子不断从脸颊两边滴落。队伍正由阅兵式调整至分列式，这个过程她只需要向右转身，找到属于她的标线，然后原地踏步，像一颗钉子一样死死地钉牢那个位置，其余的队员则必须通过五十七步调整到位，一步也不能多，一步也不能少。原地踏步的时候，王怡的右脚从不离地，只做一个翘脚跟的辅助动作，目的是避免产生位移，今天她仍然如此，只不过上身轻微地往左靠了靠。这个微小的动作，胡扬凡当然感觉到了，她立即将右胳膊略微抬伸，为王怡提供一个支撑。尽管这个力量非常有限，带来的帮助和鼓励却是巨大的。

只剩最后七天了，浮躁的情绪随着大日子的临近在女兵之间悄悄蔓延，今天这一趟，女兵方队走得并不理想，好几个排面都出现了催步子的问题。尤其是齐步换正步之后，第一排面明显右挤。胡扬凡特别紧张，平时出现这种情况，都是她和王怡一起扛，今天只能靠她自己，不知道行不行。

"偏了！回去！"胡扬凡一边努力稳住节奏，一边用余光顾及着步幅，再找合适的时机给左边的队员提示，最重要的是，她必须用左胳膊死死顶住来自左边若干名队员传来的挤压，丝毫都不能再往右挪动。大约十步之后，胡扬凡松了口气，因为左胳膊承受的压力明显减弱了，三号开始往左回撤，然后是四号、五号，一个接一个，终于调整归位。这样的连锁反应在排面中经常出现，行进中一旦某个队员往右偏，势必也会影响右边相邻的队员右偏，如此传递，直至波及排头。这种问题难以解决的根源在于，大家并不知道这种传递究竟是有意还是无意的，因为它很可能是排面中的钉子兵在传达正确的调整信号。

9月29日，训练内容又回到了基础的军姿和排面练习。训练期间，方队长刘振生几乎全程跟在训练场，只有亲眼看着她们练，他心里才放心，而这些被他视为孩子的女兵们不经意间瞥见有主官坐镇，脚下自然也踏实几分。方队分排面带开，教练员穿梭其中，不厌其烦地对各种细节反复打磨。着绿色常服衬衣的女兵们身姿挺拔，时而端立，时而行进，排面与排面间不停地更迭着队形与方位，队伍看上去有如童话里变幻莫测的魔法森林。

小黑从联保方队休息棚的斜坡慢悠悠地蹭下来，在女兵方队的大黑牛音箱旁边停住了，它看起来有些忧郁。女兵们刚进村时，它还是一只通体乌黑的小奶狗，怯生生地四处警惕地张望着，一点点靠近食堂侧门的垃圾箱。

"快来看，有只小不点儿！"谷美子最先发现了它。

女兵们呼啦一下全围了上去，吓得它趴在地上直哆嗦。"黑司令""小黑""煤球"……它很快就有了一堆名号。那个时候它还不会下坡，女兵们一休息就爱跟它打招呼，小黑摇着尾巴欣然前往，不料腿一滑，骨碌骨碌地就从小土坡上滚下来了，逗得大家哈哈大笑，赶紧分些点心给它。小黑吃饱了就在村里闲逛，东看看西瞧瞧，每个方队都要视察一番，却从不忘记自己是女兵方队的"人"。有一回，院校科研方队的电瓶车路过女兵训练场，几位战士停下来看了看，小黑便低吠着直冲过去，作势要咬人，样子凶得很，与女兵们的感情可见一斑。如今小黑已经长成一只帅气的大狗了，也不知它是如何得到了消息，这个一度人声鼎沸的村子很快就要"兵去楼空"了，离愁别绪写在了它脸上。

9月30日，最后一天了。111办公室一片忙碌，找李硕的人络绎不绝，训练组最辛苦的参谋果然名副其实。各种手册和内部资料已经收缴完毕，堆在墙角等待移交。李蕊宏趴在一堆包装盒里，为全方队人员刻制纪念光盘。刻录机一次只能同时复制六张CD，她必须连夜赶工。副方队长张瑛过来沟通喝水问题，刚接到上面通知，要求当天只能喝热水，瓶装矿泉水不允许带入场地。"行军壶估计不够，得让各方队问一下，看两个人喝一壶行不行？"李硕停下手中的鼠标，想了想说："瑛姐，咱用统一发放的保温杯不行吗？还能直接放在挎包里。""不行不行！"张琦大声反对，"那个是方队的纪念品，我们都要珍藏的，没人舍得用。"湖南女孩儿张琦正在统计需要染发的人员，经过长时间日晒，有不少女兵的头发泛黄，为了统一军容，安排了理发师上门服务。

"嗯，保温杯还是怕漏水，不安全。"张瑛在拥挤的房间里踱着步，走着走着就没地方下脚了，"还有，要提醒大家，餐包里的东西，吃多少拿多少，不要多带。"

两人正琢磨着，吕立璞急匆匆地跑来问："纪念章到了，现在发不发？"大日子临近，回撤也就临近了，很多物资需要回收上缴的同时，又有诸多纪念品需要发放。不管是执行重大任务纪念章、方队大合照，还是受阅人员的编号牌，都将成为女兵们永久的珍藏。"发东西也问我？"李硕腾地站起来，"这个不归我管吧？""处长说得问你。"小吕俏皮地皱了皱眉，"根据训练时间酌情安排。"李硕赶紧翻开训练计划表。

"今天下午枪支入库之后，没有方队通知，任何人不得动枪。"说曹操曹操到，李新伟处长走了进来，环顾着这间乱得不可开交的屋子，想再说点儿什么，手刚抬起又放下了，转身要走，正碰上尹威华闷头闷脑地闯入，两人险些撞上。尹威华让各中队通知预备队员马上到楼前集合，三位女将军领队正等着她们呢。预备队员失去了上场资格，和女将军领队的同框机会自然也少，细心的刘玉龙政委专门安排小尹为她们补上这个遗憾。算起来，政工组干事尹威华已是第三次执行阅兵任务，新闻宣传工作需要文武双全，小尹白天背着三十多斤的摄影包穿梭在训练场，晚上还要连夜整理采拍素材、撰写新闻故事，独具女兵特色的方队徽章和"中国女兵，铿锵豪迈，献身使命，无上荣光"的战斗口号都出自他的"大脑壳"。尚未正式上场，女兵方队已经好几次上了微博热搜,背后"推手"就是这个湖南小个子。

20点10分,女兵方队的楼道恢复了安静。每间宿舍里都满满当当,受阅服换好了簇新的缀饰,打足鞋油的高筒靴立在床边,床架上挂着按穿戴顺序整理妥当的丝袜、衬衣和领带,内务柜边上,是一排刚领回来的印有国庆七十周年标志的绿色餐包。今天晚上,女兵们要早早睡下,明天,也就是10月1日的凌晨2点,阅兵集训点将响起最早的起床哨。

二百个日日夜夜就要走到尽头,每个人终于看到了这条曲折的、艰辛的走廊尽头。令所有人好奇的、向往的、期待中又带着些许忐忑的长途跋涉的尽头,是一道光,它刺眼又温和,充斥着各种影像与声音;它非凡又平常,时而微笑,时而哭泣;它陌生又熟悉,像别人又像是自己。

史明艳在作画(王米佳供图)　　沙画"雨中正步"(王米佳供图)

大蛋糕（王米佳供图）

史明艳完成了在阅兵集训点的最后一幅沙画——雨中正步。军靴砸地不断激起的水花中，有女兵的笑脸，有昂扬坚定的斗志，也有战天斗地的万丈豪情。尤秀丽追剧到第四十五集了，剧中的韩星子要去拍最后一场戏；9月初，张欢回到了排面，所在位置正是原本属于张沁的十五号，两人"冤家路窄"，又成了邻居；前一阵出现晕倒险情的杜浩冉重新站在了队伍中；29日晚，战旗方队用餐车送来了一个意外惊喜，对女兵姑娘的赞赏与钦佩积攒了四个多月之后，小伙子们终于大胆示爱。三米长、一点五米宽的巨型蛋糕上，数码喷绘着祖国的壮丽河山，旁边有八个醒目的红字——中国女兵，震撼世界。

尾　声

　　在最黄金的年纪共襄盛举，一起吃过刻骨铭心的苦，同有一段非凡的经历，曾以中国女兵的身份站到军旅生涯的荣誉高地，见证那难以复制的闪耀时刻。这便是受阅女兵们多年后仍然亲如姐妹的情感基础和相互认同的交谈基础，以至于在她们心里，一众战友被自动划分为两类，参加过阅兵的和没有参加过阅兵的。

　　她们的聚会通常以十年为计量单位，或许是因为方队解散过后大家即刻归建，奔忙于各自的任务中，无暇聚首，或许是因为时间太短还不忍去揭开那尚未干透的青春往事，又或许是因为阅兵十年一次，新的女兵方队即将亮相，再次点燃了她们难忘又难舍的阅兵情结。2019年"十一"前夕，三军女兵方队十五排面的聚会如期而至。

　　十年不见，每个人的面容都发生了变化，大家你看看我，我看看你，又哭又笑，一个排面的人几乎都退伍了，张萍转了文职，只有提干的涂思婷还是现役。

　　忆起往事，吴云飞感觉一切仿佛都还在昨天，诸多细节队员们都已淡忘，他却记得一清二楚。在大家的怂恿下，吴杏子读了一段当年"骂"吴云飞的日记，没想到魔鬼教练听完之后还认真地揪出了其中两处笔误。

"知道我为什么那么狠吗？"吴云飞站起身，"实际上，很长一段时间里，十五排面都没有完全确定下来，一直有争议。会不会撤？我比你们更担心。想想吧，身高不占优势，只有把你们练得无可挑剔，万一真有那一天，至少还能凭借过硬的动作调去别的排面。"

"那你当时为什么不告诉我们？"

"他不敢，怕增加大家的思想负担。"王俊光替他回答了这个问题。

"在女兵方队担任教练员，也许是我这辈子最难忘的事。"

那几天，无论是重温训练还是对酒当歌，吴云飞的眼眶始终都是红红的。有的时候，男人真是不好捉摸。可能在某个时期某种环境之下，他的表现特别让人难以接受，可回过头一看，他有他的道理，他有他的委屈，他还有他的无限深情。

2017年12月，吴云飞选择自主就业离开了部队，结束了长达十六年的军旅生涯。北京八年，他在三军仪仗大队；西安八年，他在第四军医大学警卫连，主要工作是负责入伍新生的军训。回到山东后，吴云飞很快就被知名的军训公司聘为特级教练，原本以为能继续发挥组训特长，而实际上，面向中学和普通高校的新生军训，与部队的正规训练相去甚远，各方面的标准大幅度降低，训练氛围也令军旅情结深重的吴云飞沮丧不已，越发感叹英雄无用武之地，一番思想斗争后，他决定离开训练场，转行做了餐饮。

"报告王总！史上最牛十五排应到二十九名，其中正式队员二十五名,预备队员四名,实到二十二名,其中正式队员二十名,预备队员二名。是否开始训练请指示!史上最牛十五排教练员吴云飞!"在天津某训练基地,队员们重新列队,吴云飞整队后转身跑向王俊光,然后立定,敬礼,报告。

"按计划进行!"王俊光回敬军礼,继而竖起了大拇指。这些年,他似乎始终没有离开过阅兵场,这个排面到得最齐。

"阅兵这件事情,它的荣誉和历史意义的高度始终都在。不同时代之下,对受阅队员的人生影响也许会有所变化。你不能说哪个是好的,哪个是不好的,我只要你思考一个问题,阅兵精神是什么?你能回答这个问题,那别的问题都可以迎刃而解。如果回答不上来,那你就没有真正参加过阅兵。"

石华最终答应了秋团的邀请。站在队伍中,左邻右舍都是当年一起在训练场上战天斗地的老战友,心里有种说不出的踏实和愉悦。伴奏响起,队员们闻声而动,默契一如当年。令石华不满的是,正式加入受阅女兵合唱团的那天,竟然还

受阅女兵合唱团(谢秋娜供图)

有一套程序复杂的仪式，秋团也没有提前告知，不然怎么也得画个淡妆，好好拾掇一下。这个谢班长，多大岁数也改不了较真的毛病！

又是深秋，白校的女学员迎来了11月的第一个周六。这天上午她们需要集体带往教室自习，下午则是自由活动时间。在秋风的摇晃下，银杏树不断挥洒落叶，宿舍楼前铺满了令人惊叹的金黄。年轻的女兵来来回回，有时望着对面的操场发呆，有时聊天、用手机拍下一张张合影。她们或许知道，又或许不知道，三十五年前，她们师姐的师姐的师姐……一群几乎与她们祖母同龄的女兵也曾年轻，也曾在这银杏树下追逐、谈笑……